cahier jour soir

12-13 ans

5e

Maths

Auteures

Annie Le Goff

Françoise Peynaud

Professeures de Mathématiques au collège

Magnard

Présentation

Un cahier pour réussir

• **Ce cahier de Mathématiques, destiné aux élèves de 5e, est conforme aux derniers programmes.**

Il reprend toutes les notions et couvre tous les domaines :
- Nombres et calculs
- Organisation et gestion de données
- Grandeurs et mesures
- Espace et géométrie
- Algorithmique et programmation

• **La rubrique « J'observe et je retiens »** propose toutes les **règles** accompagnées d'**exemples**, avec des **astuces** pour tout comprendre.

• **La rubrique « Je m'entraîne »** propose des **exercices progressifs** pour réinvestir les acquisitions. Ils sont classés par niveau de difficulté (de ★ à ★★★).

• À la fin de chaque page, l'enfant est invité à **s'auto-évaluer**.

→ ***Les corrigés détachables sont situés au centre du cahier.***

Des mémos visuels

Des schémas et cartes mentales sur les rabats avec l'essentiel à retenir, pour une mémorisation visuelle efficace !

Des quiz numériques interactifs

Des quiz interactifs pour aller plus loin sur chacun des thèmes du programme, accessibles grâce au QR code ou sur lienmini.fr/7309-01

Illustration de couverture : Anne Guillard
Conception graphique : Yannick Le Bourg

Dépôt légal : Décembre 2022 — N° éditeur : MAGSI20230823 - Achevé d'imprimer en Novembre 2023 par Vincenzo Bona SpA en Italie

Sommaire

NOMBRES ET CALCULS

ORGANISATION ET GESTION DE DONNÉES

GRANDEURS ET MESURES

ESPACE ET GÉOMÉTRIE

ALGORITHMIQUE ET PROGRAMMATION

Corrigés détachables au centre du cahier

1 Expression numérique : addition et soustraction

→ Corrigés p. I

J'observe et je retiens

■ **Règle n° 1** Dans une expression numérique **sans parenthèses**, comportant des additions et des soustractions, on effectue successivement les opérations de la **gauche vers la droite**.

■ **Règle n° 2** Dans une expression numérique **comportant des parenthèses**, on commence par effectuer les calculs **à l'intérieur des parenthèses**.

Attention
Dans le cas où l'expression comporte plusieurs niveaux de parenthèses, on commence par effectuer le calcul de la parenthèse qui est située le plus à l'intérieur de l'écriture.

Exemples

1 Calcul de A = 105 – 22,8 – 15,5 + 10,3
On applique la règle n° 1.
A = 105 – 22,8 – 15,5 + 10,3
A = 82,2 – 15,5 + 10,3
A = 66,7 + 10,3
A = 77.

2 Calcul de B = [165 – (25 + 6)] – 72 + [34 – (11,5 + 8,5)]
On applique la règle n° 2 dans chaque crochet.
On applique la règle n° 1 dans chaque parenthèse.
B = [165 – (25 + 6)] – 72 + [34 – (11,5 + 8,5)]
B = [165 – 31] – 72 + [34 – 20]
B = 134 – 72 + 14
On applique la règle n° 1.
B = 134 – 72 + 14
B = 62 + 14
B = 76.

Je m'entraîne

1 ★ Calcule les expressions numériques suivantes.

1. A = 95 – 48 + 52
A = ...
A = ...

2. B = (95 – 48) + 52
B = ...
B = ...

3. C = 95 – (38 + 52)
C = ...
C = ...

4. D = 115 – 52 – 48
D = ...
D = ...

2 ★ Calcule les expressions numériques suivantes.

E = 8,5 + [15 – (6 + 5)]
E = ...
E = ...

F = [17 – (9,5 – 3)] – 3,2
F = ...
F = ...

G = 52,5 + 7,5 – (53,5 – 4,5)
G = ...
G = ...

H = (71 – 30,9) – [40 – (35 – 5)]
H = ...
H = ...

3 ★★ Léa achète un cahier à 5,40 €, un paquet de feuilles perforées et un livre à 15,50 €. Le montant total de ses achats est 24,70 €. Combien coûte le paquet de feuilles perforées ?

Le paquet de feuilles perforées coûte : 24,70 – (......... + ...) = ... – .... = ...

4 ★★ Nadia achète un album de bande dessinée à 4,75 €, un vinyl à 16 € et un livre à 7,80 €. Elle paie avec un billet de 50 €. Quelle somme lui rend-on ?

....

5 ★★★ Loïc possède 250 € d'économie sur son compte d'épargne et 53 € dans son porte-monnaie. Il veut s'acheter pour son anniversaire un téléphone qui coûte 150 € et un tee-shirt à 23,75 €. Ses parents lui donnent 50 €.

1. Quelle somme d'argent Loïc doit-il retirer de son compte d'épargne pour faire ses achats ?

....

2. Quel montant lui restera-t-il ?

....

Auto évaluation — Très bien ☐ Bien ☐ Pas assez bien ☐

2 Expression numérique : addition, soustraction et multiplication

→ Corrigés p.I

J'observe et je retiens

■ « 4 multiplié par 21 plus 9 » : comment savoir s'il s'agit de (4 × 21) + 9 ou bien de 4 × (21 + 9) ?
Sans voir l'expression écrite, c'est le vocabulaire qui permet de savoir de quelle expression il s'agit.

- (4 × 21) + 9 est la somme du produit de 4 par 21 et de 9. Elle se calcule ainsi : (4 × 21) + 9 = 84 + 9 = 93.
- 4 × (21 + 9) est le produit de 4 par la somme de 21 et de 9. Elle se calcule ainsi : 4 × (21 + 9) = 4 × 30 = 120.
- Pour alléger l'écriture, il a été décidé que dans l'écriture (4 × 21) + 9, les parenthèses sont inutiles.

■ Dans une expression numérique sans parenthèses, on commence par effectuer le calcul de la **multiplication** avant celui de l'addition et de la soustraction.

■ Dans une expression numérique comportant des parenthèses, on commence par calculer le contenu des **parenthèses** et à l'intérieur d'une parenthèse, on applique la règle précédente.

Exemples

48 + <u>5 × 7</u> = 48 + 35 = 83 ; (<u>48 + 5</u>) × 7 = 53 × 7 = 371 ;
47 – 3 × (<u>5 + 2</u>) + 18 = 47 – <u>3 × 7</u> + 18 = <u>47 – 21</u> + 18 = 26 + 18 = 44.

Je m'entraîne

1 ★ Calcule mentalement.

1. (7 + 8) × 3 = ... ; 2. 6 × 31 – 20 = ... ; 3. 36 – (6 + 2) × 4 = ... ; 4. [14 – (0,2 × 5 + 8)] × 6 = ...

2 ★ Calcule les expressions suivantes en soulignant le calcul qui doit être effectué à chaque étape de calcul.

A = 41 – (16 + 4 × 0,5)
A = ...
A = ...
A = ...
A = ...

B = 12 × 8 – 15 + 5 × 9
B = ...
B = ...
B = ...
B = ...

C = (61 – 22) × (13,6 – (4,1 + 7,5))
C = ...
C = ...
C = ...
C = ...

3 ★ Traduis chaque expression par une expression mathématique, puis calcule l'expression.

A est la somme de 29 et du triple de 15. A = ...
B est le produit de 25 par la différence de 132 et 92. B = ...
C est la somme du produit de 0,25 par 4 et du double de 17. C = ...
D est la différence de 72 centièmes et du produit de 4 par 18 centièmes. D = ...

4 ★★★ Ilies, Arthur et Maé ont acheté deux plaquettes de chocolat à 0,75 € l'une, trois bouteilles de jus de fruits à 1,90 € l'une et un gâteau à 7,50 €. Arthur et Maé ont donné 5 € chacun et Ilies 6 €. Calcule la somme qu'il leur restera.

....

5 ★★★ Place des parenthèses pour que les égalités soient vraies.

6 + 5 × 4 – 3 – 2 + 1 = 44 6 + 5 × 4 – 3 – 2 + 1 = 26

6 + 5 × 4 – 3 – 2 + 1 = 10 6 + 5 × 4 – 3 – 2 + 1 = 8

Auto évaluation Très bien ☐ Bien ☐ Pas assez bien ☐

3 Distributivité de la multiplication par rapport à l'addition et à la soustraction : développement

→ Corrigés p.I

J'observe et je retiens

■ Quand on calcule les deux expressions A = 3 × (5 + 8) et B = 3 × 5 + 3 × 8, on utilise les règles des fiches 1 et 2.

- On a A = 3 × (5 + 8) = 3 × 13 = 39 et B = 3 × 5 + 3 × 8 = 15 + 24 = 39.
- On remarque que A = B, c'est-à-dire que 3 × (5 + 8) = 3 × 5 + 3 × 8.
- On dira en français : le produit du nombre *m* et de la somme de deux nombres *a* et *b* est égal à la somme des produits *ma* et *mb*.

■ Passer de *m* × (*a* + *b*) à *m* × *a* + *m* × *b* s'appelle **développer**.

- On dit que l'on a **distribué** le nombre *m* aux termes *a* et *b* de la parenthèse (*a* + *b*).
- On dira en français : le produit du nombre *m* et de la différence de deux nombres *a* et *b* est égal à la différence des produits *am* et *bm*.

■ Passer de *m* × (*a* – *b*) à *m* × *a* – *m* × *b* s'appelle **développer**.
On dit que l'on a **distribué** le nombre *m* aux termes *a* et *b* de la parenthèse (*a* – *b*).

À savoir
Pour l'addition
m × (*a* + *b*) = *m* × *a* + *m* × *b* pour des nombres décimaux *a*, *b* et *m*.

À savoir
Pour la soustraction
m × (*a* – *b*) = *m* × *a* – *m* × *b* pour des nombres décimaux *a*, *b*, *m* et *a* > *b*.

Je m'entraîne

1 ★ Développe, puis calcule.

D = 8 × (17 + 2,5)
D = ...
D = ...
D = ...

E = 10 × (25 – 6 + 4)
E = ...
E = ...
E = ...

M = 9 × (23 – 4,2)
M = ...
M = ...
M = ...

N = 20 × (45 – 16 + 4)
N = ...
N = ...
N = ...

2 ★ 1. Sachant que 695 × 24 = 16 680, calcule 795 × 24 et 695 × 34.

795 × 24 = (695 + ...) × 24 = ... × 24 + 100 × ...... =

....

695 × 34 = ...

2. À l'aide des calculs précédents, trouve le résultat de 795 × 340.

795 × 340 = ...

3 ★ Comment calculer rapidement 238 × 99 ?
On sait que 99 = 100 – 1.
On remplace dans la multiplication 99 par 100 – 1 et on développe l'expression :
238 × 99 = 238 × (100 – 1) = 238 × 100 – 238 × 1
= 23 800 – 238 = 23 562.

Fais de même avec 238 × 101 ; 795 × 99 ; 35 × 104.

....

....

4 ★★ Pour poster un colis, il faut un timbre à 1,02 € et un timbre à 0,50 €. Antoine doit expédier 8 paquets identiques. Écris avec deux méthodes différentes en une seule expression la somme qu'il devra donner.

....

5 ★★★ La figure ci-contre représente un grand champ rectangulaire ABCD.

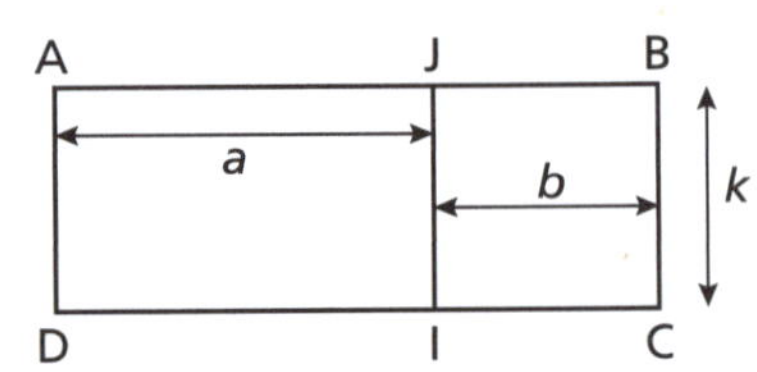

Ce champ a été partagé en deux champs rectangulaires AJID et JBCI.
Sachant que *a* = 240 m, *b* = 150 m et *k* = 90 m, calcule avec deux méthodes différentes l'aire du champ ABCD.

....

Auto évaluation Très bien ☐ Bien ☐ Pas assez bien ☐

4 Distributivité de la multiplication par rapport à l'addition et à la soustraction : factorisation

→ Corrigés p.I

J'observe et je retiens

■ Dans la fiche 3, nous avons utilisé l'égalité $m \times (a + b) = m \times a + m \times b$. Cette égalité peut se lire dans l'autre sens, de droite à gauche. Dans ce cas, on lit : $m \times a + m \times b = m \times (a + b)$. On a transformé la somme des termes $m \times a$ et $m \times b$ en un produit, celui de m et de $a + b$.

■ Quand on transforme $m \times a + m \times b$ en $m \times (a + b)$, on dit qu'on **factorise** l'expression $m \times a + m \times b$.
Dans l'expression $m \times a + m \times b$, le nombre m est le **facteur commun des produits** $m \times a$ et $m \times b$.
Cela veut dire que m est un facteur en commun dans les produits $m \times a$ et $m \times b$.

Exemples $28 \times \mathbf{2\,531} + 72 \times \mathbf{2\,531} = (28 + 72) \times \mathbf{2\,531}$
$= 100 \times \mathbf{2\,531} = 253\,100$;

$\mathbf{4{,}9} \times 13{,}7 - \mathbf{4{,}9} \times 3{,}7 = \mathbf{4{,}9} \times (13{,}7 - 3{,}7)$
$= \mathbf{4{,}9} \times 10 = 49$;

$2 \times \boldsymbol{a} + 6 \times \boldsymbol{a} = (2 + 6) \times \boldsymbol{a} = 8a$.

Astuce
Dans ce cas, la lettre a représente un même nombre. C'est comme si l'on disait qu'additionner 2 bonbons et 6 bonbons, c'est avoir 8 bonbons.

À savoir
Pour l'addition :
Pour n'importe quels nombres décimaux a, b et m, on a :
$m \times a + m \times b = m \times (a + b)$.
La somme des produits $m \times a$ et $m \times b$ est égale au produit m et de la somme $a + b$.

À savoir
Pour la soustraction :
Pour n'importe quels nombres décimaux a, b et m on a :
$m \times a - m \times b = m \times (a - b)$.
La différence des produits $m \times a$ et $m \times b$ est égale au produit de m et de la différence $a - b$ (avec $a > b$).

Je m'entraîne

1 ★ Calcule après avoir factorisé.

$A = 127 \times 12 - 127 \times 2$

A = ...

A = ...

$B = 14{,}5 \times 47{,}95 + 14{,}5 \times 2{,}05$

B = ...

B = ...

$C = 21{,}564 \times 2{,}47 + 21{,}564 \times 7{,}53$

C = ...

C = ...

2 ★ Calcule après avoir factorisé.

$D = 6 \times 204{,}52 + 21 \times 204{,}52 - 7 \times 204{,}52$

D = ...

D = ...

$E = (9 \times 71{,}23 + 2 \times 71{,}23) + (7 \times 28{,}77 + 4 \times 28{,}77)$

E = ...

E = ...

3 ★★ Kim a acheté 6 cartons de jus de fruits ce mois-ci et 5 cartons des mêmes jus de fruits le mois dernier. Chaque carton contient 12 bouteilles.

1. Écris l'expression A qui permet de calculer le nombre de bouteilles achetées ce mois-ci.
2. Écris l'expression B qui permet de calculer le nombre de bouteilles achetées le mois dernier.
3. Écris la somme des expressions A et B. Transforme cette somme en un produit et calcule-le.
4. Qu'as-tu calculé ?

....

4 ★★ Chaque semaine, Thomas achète un journal à 1,30 € et un magazine à 3,50 €.

1. Calcule la dépense par mois (ou 4 semaines) pour l'achat du journal. → ....
2. Calcule la dépense par mois pour l'achat du magazine. → ....
3. Calcule de deux manières différentes la dépense totale par mois. → ....

Auto évaluation Très bien ☐ Bien ☐ Pas assez bien ☐

5 Calcul littéral : expression « en fonction de », variable et inconnue

→ Corrigés p.II

J'observe et je retiens

■ Le calcul littéral est un calcul dans lequel des lettres désignent des **nombres**.

■ Pour rendre l'écriture plus simple, on peut supprimer le signe × devant une lettre ou devant une parenthèse.

Exemple L'écriture 2 × (L + l) correspond au calcul du périmètre d'un rectangle de longueur L et de largeur l. Elle peut s'écrire 2(L + l).

■ Pour calculer une expression littérale pour une certaine valeur des nombres désignés par une lettre, on remplace les lettres par leur valeur et on effectue le calcul avec les règles de calcul habituelles.

> **À savoir**
> L'écriture $a \times a$ peut être remplacé par a^2 (le carré du nombre a), l'écriture $a \times a \times a$ peut être remplacée par a^3 (le cube de a).
> $5 \times x$ s'écrit $5x$.

Exemple Calcul de $(3x + 7)(x + 4)$ pour $x = 8$. On a $(3 \times 8 + 7)(8 + 4) = 31 \times 12 = 372$.

■ On peut utiliser les règles de développement et factorisation.

- **Développement** : $4(7 + t) = 4 \times 7 + 4 \times t = 28 + 4t$
- **Factorisation** : $7y + 42 = \underline{7} \times y + \underline{7} \times 6 = \underline{7}(y + 6)$
- **Réduction d'une expression littérale** : $4a + 6a = 4 \times \underline{a} + 6 \times \underline{a} = \underline{a} \times (4 + 6) = 10a$

Je m'entraîne

1 ★ **Écris plus simplement.**

1. $8 \times t =$ ....
2. $15 + x \times x =$ ....
3. $13 \times (9 + y) =$ ....
4. $x \times y - 4 \times (x \times x + 6) =$ ....

2 ★ **Écris mathématiquement.**

1. La différence de 42 et du triple de y : ....
2. Le quart de la somme de a et de 9 : ....
3. La somme du carré du nombre a et du cube de 2 :

....

3 ★ **Développe, puis réduis si c'est possible :**

1. $15(x - 4) =$ ....
2. $2(x + 8) - 4 =$ ....
3. $4(2x + 1) + 5(7 - x) =$ ....

4 ★ **Factorise.**

1. $12x + 16 =$ ....
2. $27 - 9y =$ ....

5 ★ **Réduis l'expression suivante.**

$5a^2 + 8 + 7a - 3a^2 + 12a - 6 =$ ....

6 ★★ **Calcule les expressions suivantes pour $x = 0{,}5$ puis pour $x = 9$.**

1. $A = 5x + 7 =$ ....
2. $B = 31 - 2x =$ ....
3. $C = 8 + 2x^2 =$ ....

7 ★★ **Un carré a un côté qui mesure x, un rectangle a une longueur qui mesure $y + 6$ et une largeur qui mesure y. Exprime le périmètre P_1 du carré en fonction de x et le périmètre P_2 du rectangle en fonction de y. Calcule P_1 et P_2 pour les cas suivants. Dans chaque cas, compare P_1 et P_2.**

1. $x = 3$, $y = 4$
2. $x = 11$, $y = 5$
3. $x = 5$, $y = 2$.

8 ★★★ **Choisis un nombre x ; multiplie-le par 4 ; ajoute 6 ; multiplie le résultat par 5 puis soustrais 30. Comment peut-on trouver le nombre x, en connaissant le résultat final ?**

....

Auto évaluation — Très bien ☐ Bien ☐ Pas assez bien ☐

6 Test d'égalité

→ Corrigés p.II

J'observe et je retiens

■ L'expression littérale $3a + 17$ (qui est la somme du triple de a et de 17) prend des valeurs différentes lorsque l'on remplace a par des valeurs différentes. (→ voir fiche 5)

■ Une égalité est une phrase mathématique qui dit que les deux membres de l'égalité (celui du côté gauche du signe = et celui du côté droit du signe =) sont égaux. Cette phrase peut être vraie ou fausse.

- Une égalité peut être **vraie pour certaine(s) valeur(s)**.

Exemple L'égalité $8y + 5 = 37$ est vraie si $y = 4$. Mais elle est fausse pour toutes les autres valeurs de y.

- Une égalité peut être **toujours vraie**.

Exemple L'égalité $3a + 21a - 5a = 19a$ est vraie pour n'importe quelle valeur donnée au nombre a.

- Une égalité peut être **ne jamais être vraie**.

Exemple L'égalité $(4x - x + 2) - 3x = 8$ n'est jamais vraie. Pour n'importe quelles valeurs de x, $(4x - x + 2) - 3x$ vaut 2. Et 2 n'est pas égal à 8.

Je m'entraîne

1 ★ Exprime l'aire en rouge en fonction du nombre a. Puis calcule-la quand $a = 3$, puis quand $a = 7$.

Quand $a = 3$: ....

Quand $a = 7$: ....

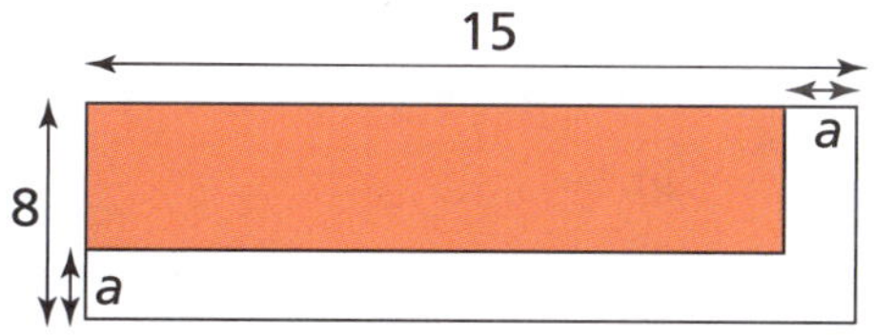

2 ★★ Pour chaque cas, dis si l'égalité $7u - 5 = 2b + 6$ est vérifiée.

- 1er cas : $u = 3$; $b = 2$
→ ....
- 2e cas : $u = \frac{16}{7}$; $b = \frac{5}{2}$
→ ....
- 3e cas : $u = 2$; $b = 1,5$
→ ....
- 4e cas : $u = 1$; $b = 0$
→ ....

3 ★★★ Pour choisir le forfait de son téléphone portable, Nadia a deux possibilités : Forfait A : 0,15 € par SMS. Forfait B : un abonnement mensuel de 3,50 € et ensuite 0,07 € par SMS.

1. Au mois de janvier, Nadia a envoyé 65 SMS. Quel prix devrait-elle payer avec le forfait A ? avec le forfait B ?

....

2. Si elle envoie x SMS dans un mois, exprime le prix qu'elle doit payer avec le forfait A et avec le forfait B.

....

3. En mars, Nadia a payé 5,95 € pour 35 SMS. Quel forfait avait-elle choisi ?

....

4 ★★★ Voici quelques affirmations avec a, b et c des nombres décimaux, dis si elles sont vraies ou fausses.

Affirmations	Vrai ou Faux	Explication si nécessaire
$5 \times a - 132 = 0$ quand $a = 25$		
$1,420 < \frac{27}{19} < 1,421$		
$\frac{21}{8} = 2,625$		
Si $a < 9$ et $b < 3$ alors $a - b < 6$		

Auto évaluation Très bien ☐ Bien ☐ Pas assez bien ☐

7 Puissances

→ Corrigés p. II

J'observe et je retiens

■ *a* étant un nombre quelconque, la puissance de *a* d'exposant *n* est le produit de *n* facteurs égaux au nombre *a*. On note cette puissance a^n.

Exemple 3^4 est la puissance de 3 d'exposant 4, elle remplace le produit $3 \times 3 \times 3 \times 3$ et vaut 81.

L'expression $2 \times 2 \times 2 \times 2 \times 2 \times 2$ est le produit de 6 facteurs égaux à 2. Cette expression vaut 64.

Pour simplifier l'écriture de l'expression $2 \times 2 \times 2 \times 2 \times 2 \times 2$, il existe la notion mathématique, puissance de 2, qui s'écrit 2^6. Donc $2^6 = 2 \times 2 \times 2 \times 2 \times 2 \times 2 = 64$, il s'agit de la puissance de 2 d'exposant 6.

■ Quand l'exposant est égal à 2, l'écriture a^2 est appelée **le carré** de *a*.

■ Quand l'exposant est égal à 3, l'écriture a^3 est appelée **le cube** de *a*.

Exemples Le carré de 12 s'écrit $\mathbf{12^2}$, il remplace 12×12 et vaut 144.
Le cube de 7 s'écrit $\mathbf{7^3}$, il remplace $7 \times 7 \times 7$ et vaut 343.
L'aire d'un carré de côté *a* est égale à $\mathbf{a^2}$.
Le volume d'un cube d'arête *a* est égal à $\mathbf{a^3}$.

> **Astuce**
> On retrouve cette notion de puissance quand on calcule l'aire d'une figure et le volume d'un solide. (→ voir fiches 39 à 41).

Les puissances interviennent également dans les conversions d'aire ou de volume dans des unités différentes.

Exemples 1 m² = 100 dm² ou encore 1 m² = 10^2 dm² ; 1 m² = 10 000 cm² ou encore 1 m² = 10^4 cm² ;
1 m³ = 1 000 dm³ ou encore 1 m³ = 10^3 dm³ ; 1 m³ = 1 000 000 cm³ ou encore 1 m³ = 10^6 cm³.

Je m'entraîne

1 ★ **Calcule.**

$A = 3^4 =$ ....

$B = 2^3 =$ ....

$C = 32^2 =$ ....

$D = 0{,}8^4 =$ ....

$E = 1^5 =$ ....

$F = 1{,}2^3 =$ ....

$G = 5^7 =$ ....

$H = \left(\frac{7}{3}\right)^2 =$ ....

2 ★ **Écris mathématiquement, puis calcule.**

1. Le carré de 8 : ....
2. Le cube de 0,2 : ....
3. Le carré de 1,3 : ....
4. Le cube de 3 : ....
5. Le carré de $\frac{2}{3}$: ....
6. Le cube de $\frac{5}{2}$: ....

3 ★★ **Exprime les aires dans les unités demandées.**

1. 4 m² = ... dm² = ... cm²
2. 13,5 dm² = ... cm²
3. 0,2 m² = ... dm² = ... cm²
4. 418 cm² = ... mm² = ... dm²

4 ★★ **Exprime les volumes dans les unités demandées.**

1. 6 m³ = ... dm³ = ... cm³
2. 0,8 dm³ = ... cm³
3. 350 cm³ = ... dm³

5 ★★ **Lundi, un nénuphar a une aire de 1 dm². Sa surface double toutes les 24 heures. Exprime l'aire du nénuphar 5 jours plus tard à l'aide d'une puissance de 2.**

....

....

....

Auto évaluation : Très bien ☐ Bien ☐ Pas assez bien ☐

8 Multiples et diviseurs d'un entier naturel

→ Corrigés p.II

J'observe et je retiens

Astuce

Cette fiche est utile pour simplifier des fractions (→ fiches 10 à 17).
Pour les critères de divisibilité, voir le mémento.

Exemple Une classe de 30 élèves de 5e loue un autocar pour aller au musée du Louvre. Le montant de la location est de 120 €. On dit que 120 est un multiple de 30. Le nombre 120 est le produit de 30 par le nombre entier naturel 4. Donc 30 est un diviseur de 120.

- Le nombre entier naturel a est **un multiple de** l'entier naturel non nul b s'il existe un entier naturel unique q tel que $a = b \times q$.
- L'entier naturel b ($b \neq 0$) est **un diviseur de** l'entier naturel a si et seulement si a est un multiple de b. Il existe donc un nombre entier q tel que $a = b \times q$.

Exemple Le nombre 72 est un multiple de 1 ; 2 ; 3 ; 4 ; 6 ; 8 ; 9 ; 12 ; 18 ; 24 ; 36 et 72.
On peut écrire $72 = 1 \times 72$; $72 = 2 \times 36$; $72 = 3 \times 24$; $72 = 4 \times 18$; $72 = 6 \times 12$; $72 = 8 \times 9$.

- Si M est un multiple à la fois des nombres n et p alors M est un multiple commun de n et de p.
- Pour savoir si un nombre a est multiple d'un nombre b, on utilise les critères de divisibilité des nombres.

Exemple L'entier naturel 5 400 est à la fois divisible par 4 ; par 9 et par 25. Donc il est divisible par $4 \times 9 \times 25 = 900$.
5 400 est divisible par 4, alors il l'est aussi par 2.
Il est également divisible par 9 et 3 ainsi que par 5 et 25.

Je m'entraîne

1 ★ **Écris les multiples de 11 inférieurs à 87.**

....

2 ★★ **Écris les multiples de 17 inférieurs à 200 et supérieurs à 100.**

....

3 ★★ **Écris les 15 premiers multiples de 68.**

....

4 ★★ **Quels sont les nombres entiers de 4 chiffres dont le chiffre des centaines est 7, strictement inférieurs à 3 000, qui sont multiples de 3 et de 5 ?**

....

....

....

....

5 ★★ **Au CDI du collège Albert Camus, il y avait entre 250 et 300 CD. En les groupant par 2 ou par 3 ou par 5, « c'est pareil : il en reste 1 ». Combien y a-t-il exactement de CD ?**

....

....

6 ★★ **Soit $A = 2 \times 5 \times 9 \times 11$. Trouve tous les diviseurs de A.**

....

....

7 ★★★ **Pour l'anniversaire de Maïa, tous les enfants se sont partagés équitablement 60 bonbons. Ils ont reçu entre 11 et 16 bonbons. Peut-on savoir combien d'enfants étaient présents.**

....

....

Auto évaluation — Très bien ☐ Bien ☐ Pas assez bien ☐

9 Nombres premiers : décomposition d'un entier naturel en facteurs premiers

→ Corrigés p.III

J'observe et je retiens

■ Un **nombre premier** est un nombre entier naturel qui a deux diviseurs : 1 et lui même.

Exemple Les premiers nombres premiers sont 2 ; 3 ; 5 ...
Il en existe une infinité.

Remarque
Le nombre 1 n'est pas premier parce qu'il n'a qu'un seul diviseur.

■ Tout nombre entier naturel non premier peut se décomposer en un produit de facteurs premiers.
Cette décomposition en facteurs est utilisée pour simplifier les fractions.

■ Pour reconnaître qu'un nombre entier naturel est premier, on le divise successivement par les premiers nombres entiers.

On arrête les divisions lorsque le quotient obtenu est égal ou inférieur au diviseur essayé.

Exemple Recherche et disposition pratique de la décomposition en facteurs premiers du nombre 120.

1 2 0	2
6 0	2
3 0	2
1 5	3
5	5
1	

On écrit à gauche d'un trait vertical le nombre à décomposer et les différents quotients jusqu'à l'unité.
On écrit à droite les différents diviseurs premiers successifs.

On a $120 = 2 \times 2 \times 2 \times 3 \times 5 = 2^3 \times 3 \times 5$

Je m'entraîne

1 ★ **Colorie tous les nombres premiers en te servant des caractères de divisibilité.**

1	2	3	4	5	6	7	8	9	10
11	12	13	14	15	16	17	18	19	20
21	22	23	24	25	26	27	28	29	30
31	32	33	34	35	36	37	38	39	40
41	42	43	44	45	46	47	48	49	50

2 ★★ **Les nombres 111 ; 113 et 117 sont-ils premiers ?**

→ ....

....

3 ★★★ **Simplifie les fractions en utilisant la décomposition en produits de facteurs premiers.**

1. $\frac{18}{45}$ ....

2. $\frac{25}{60}$ ....

3. $\frac{840}{700}$ ....

4. 2 311 est-il premier ?

Aide
Pour 7 ; 11 ; 13 et 17, pose les divisions en colonne. Utilise ensuite ta calculatrice avec la suite des nombres premiers.

Auto évaluation Très bien ☐ Bien ☐ Pas assez bien ☐

10 Écritures fractionnaires : proportion

→ Corrigés p. III

J'observe et je retiens

■ Les différents visages d'une fraction :

1re interprétation $\frac{5}{8}$, c'est 5 fois $\frac{1}{8}$.

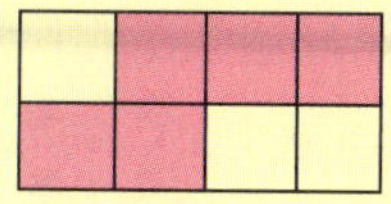

- Dans le rectangle ci-contre, chaque carreau représente $\frac{1}{8}$ du rectangle.
- Donc la partie colorée représente $\frac{5}{8}$ du rectangle.

2e interprétation $\frac{5}{8}$ est le nombre par lequel il faut multiplier 8 pour trouver 5, c'est-à-dire le nombre dont le produit par 8 est égal à 5, soit $8 \times ? = 5$, $? = \frac{5}{8}$

3e interprétation Une fraction est une proportion. Par exemple, dans le club de tennis, $\frac{5}{8}$ des adhérents sont des garçons.

À savoir

Une fraction s'écrit comme un quotient de deux nombres entiers, le nombre au-dessus du trait de fraction est le **numérateur**, le nombre au-dessous du trait de fraction est le **dénominateur**.

Je m'entraîne

1 ★ Paul a mangé $\frac{3}{4}$ du gâteau et Chloé a mangé $\frac{1}{8}$ du même gâteau. Représente sur le schéma la part mangée par Paul et celle mangée par Chloé.

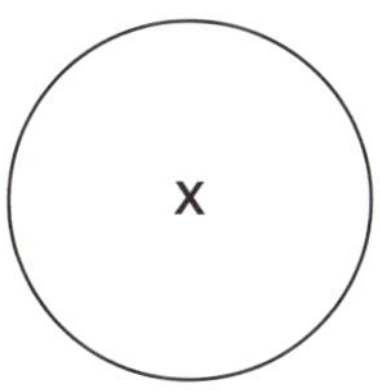

2 ★ Quelle fraction de la figure est colorée ?

....

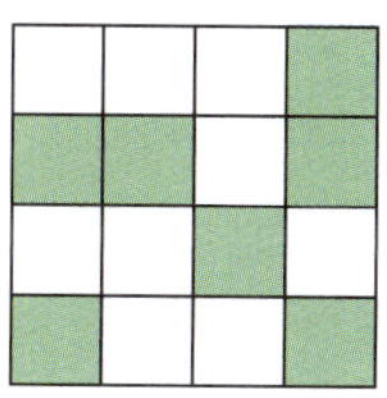

3 ★ Alex et Camélia veulent acheter un jeu. Camélia possède $\frac{1}{6}$ du prix du jeu et Alex $\frac{1}{3}$ du prix du jeu. Représente sur le schéma, en rouge, la fraction du prix que possède Camélia et en vert la fraction du prix que possède Alex.

prix du jeu 

4 ★★ Dans le zoo Patel, sept animaux sur les vingt-quatre que comprend le zoo sont des reptiles. Quelle est la proportion des reptiles parmi les animaux de ce zoo ?

....

....

5 ★★ Comment écrit-on le nombre dont le produit par 4 est égal à 7 ?
Calcule $4 \times 1{,}75$. Que peux-tu conclure ?

....

....

....

....

6 ★★★ Pendant une semaine de vacances d'hiver, sur les 125 enfants inscrits à l'école de ski, 38 sont en cours de première étoile. Quelle est la proportion des élèves de l'école de ski inscrits en première étoile ?

....

....

....

11 Écritures fractionnaires : égalité

→ Corrigés p.III

J'observe et je retiens

■ Pour ces trois rectangles superposables divisés successivement en 2, en 4 et en 8, les parties coloriées sont de même aire.

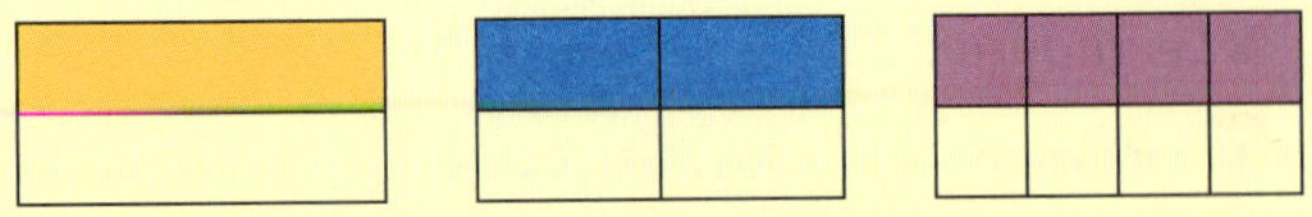

On écrit que $\frac{1}{2} = \frac{2}{4} = \frac{4}{8}$.

a, *b* et *k* étant des nombres quelconques ($b \neq 0$ et $k \neq 0$), $\frac{a \times k}{b \times k} = \frac{a}{b}$.

C'est-à-dire que le quotient de deux nombres ne change pas de valeurs si on multiplie ou si on divise ces deux nombres par un même nombre non nul.

■ Le quotient de deux nombres décimaux *a* et *b* (*b* étant non nul) est l'unique nombre *q* tel que : $a = b \times q$.

● On note $q = \frac{a}{b}$. Donc l'écriture $q = \frac{a}{b}$ signifie que $a = b \times q$.

Exemple La fraction $\frac{1}{2}$ représente le nombre décimal 0,5. On peut donc écrire $\frac{1}{2} = 0,5$ car $1 = 2 \times 0,5$

$\frac{1}{2}$; $\frac{2}{4}$; $\frac{2,5}{4}$; $\frac{3}{6}$ … $\frac{1 \times k}{2 \times k}$ sont des écritures fractionnaires différentes. Elles représentent toutes le nombre décimal 0,5. On dit qu'elles sont **équivalentes**.

La fraction $\frac{1}{2}$ est l'écriture fractionnaire la plus simple. On dit qu'elle est **irréductible**.

■ Une écriture fractionnaire $\frac{a}{b}$ est irréductible si et seulement si les nombres *a* et *b* ont un seul diviseur commun : 1

Exemple On a $\frac{16}{24} = \frac{16 \div 8}{24 \div 8} = \frac{2}{3}$.

Les fractions $\frac{16}{24} = \frac{2}{3}$ sont équivalentes car elles représentent le même nombre.

La fraction $\frac{2}{3}$ est irréductible car les nombres 2 et 3 n'ont qu'un seul diviseur commun qui est 1.

Astuce
Simplifier une écriture fractionnaire, c'est trouver l'écriture fractionnaire irréductible qui représente le même nombre.

Je m'entraîne

1 ★ Recopie et complète pour que les fractions soient équivalentes.

$\frac{59}{10} = \frac{5\,900}{\dots\dots} = \frac{\dots\dots}{100} = \frac{\dots\dots}{20} = \frac{2\,360}{\dots\dots}$

2 ★ Écris quatre fractions égales à $\frac{9}{4}$.

……………………………………………………………………

……………………………………………………………………

……………………………………………………………………

3 ★★ Calcule la valeur décimale des quotients $\frac{18}{45}$ et $\frac{63}{225}$ sans poser de division.

……………………………………………………………………

……………………………………………………………………

4 ★★ Calcule la valeur des quotients $\frac{19}{0,32}$ et $\frac{0,15}{1,6}$. Pose la division.

……………………………………………………………………

……………………………………………………………………

5 ★★★ Additionne puis complète le dernier rectangle.

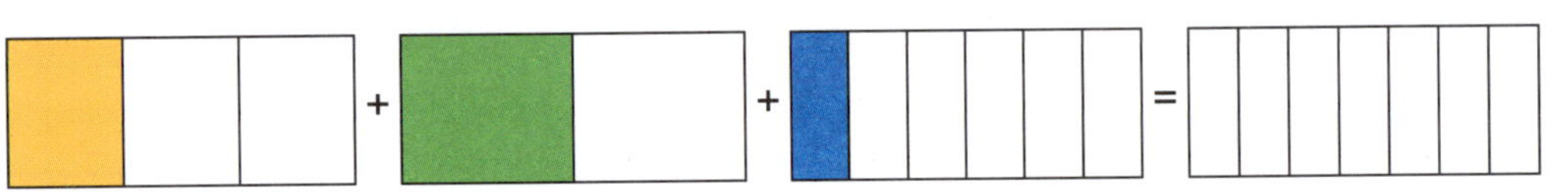

Auto évaluation Très bien ☐ Bien ☐ Pas assez bien ☐

12 Écritures fractionnaires : nombre décimal ou nombre rationnel

→ Corrigés p. IV

J'observe et je retiens

■ Le quotient de deux nombres décimaux a et b (b étant non nul) est l'unique nombre q tel que : $a = b \times q$.
On note $q = \frac{a}{b}$. Donc l'écriture $q = \frac{a}{b}$ signifie que $a = b \times q$.

■ Lorsque la division de a par b a pour reste 0, le quotient q de a et b est **un nombre décimal**. Le nombre q peut alors s'écrire sous forme fractionnaire **ou** sous forme décimale.
Dans le cas contraire, le quotient n'est pas un nombre décimal. Le nombre q s'écrit uniquement sous forme fractionnaire. On dit que q est **un nombre rationnel**.

Exemple Si $a = 12$ et $b = 15$ alors $q = \frac{12}{15}$ ou $q = 0{,}8$ et si $a = 18$ et $b = 7$ alors $q = \frac{18}{7}$.

En calculant le quotient $\frac{18}{7}$, la calculatrice affiche : 2,571 428 571. Le produit de 7 × 2,571 428 571 n'est pas égal à 18. Donc 2, 571 428 571 est une valeur approchée de $\frac{18}{7}$. Sa valeur exacte est $\frac{18}{7}$.

■ On peut toujours encadrer un quotient avec deux nombres décimaux aussi proches l'un de l'autre que l'on veut.

- Encadrement à une unité près : $2 < \frac{18}{7} < 3$
- Encadrement à $\frac{1}{10}$ près : $2{,}5 < \frac{18}{7} < 2{,}6$
- Encadrement à $\frac{1}{100}$ près : $2{,}57 < \frac{18}{7} < 2{,}58$
- Encadrement à $\frac{1}{1\,000}$ près : $2{,}571 < \frac{18}{7} < 2{,}572$

Je m'entraîne

1 ★★ **1.** Calcule le quotient au millième de la division de 432,7 par 28,1.
2. Donne la valeur tronquée au centième de 432,7 par 28,1.
3. Donne la valeur arrondie à $\frac{1}{10}$ de $\frac{432{,}7}{28{,}1}$.

432,7 | 28,1

La valeur tronquée au centième de 432,7 par 28,1 est : ....

La valeur arrondie à $\frac{1}{10}$ de $\frac{432{,}7}{28{,}1}$ est ....

2 ★★ **1.** Calcule le quotient au millième de la division de 53,75 par 8,25.
2. Donne la valeur tronquée au dixième de 53,75 par 8,25.
3. Donne la valeur arrondie à $\frac{1}{100}$ de $\frac{53{,}75}{8{,}25}$.

53,75 | 8,25

La valeur tronquée au dixième de 53,75 par 8,25 est :
....

La valeur arrondie à $\frac{1}{100}$ de $\frac{53{,}75}{8{,}25}$ est ....

3 ★★★ **Parmi les fractions suivantes, entoure en vert celles dont le quotient est décimal.**

$\frac{9}{15}$; $\frac{25}{7}$; $\frac{12}{45}$; $\frac{8}{5}$; $\frac{26}{10}$

4 ★★★ **Parmi les fractions suivantes, entoure en rouge celles dont le quotient n'est pas décimal.**

$\frac{10}{26}$; $\frac{5}{8}$; $\frac{45}{12}$; $\frac{7}{25}$; $\frac{15}{9}$

5 ★★★ **Le nombre π n'est pas un nombre décimal. Voici les 50 premiers chiffres de son écriture décimale : 3,141 592 653 589 793 238 462 643 383 279 502 884 197 169 399 375 1. En sachant cela, complète le tableau suivant.**

	$\frac{1}{10}$	$\frac{1}{100}$	$\frac{1}{1\,000}$	$\frac{1}{10\,000}$
Valeur approchée par défaut de π à				
Valeur approchée par excès de π à				
Valeur tronquée de π à				
Valeur arrondie π à				

Auto évaluation Très bien ☐ Bien ☐ Pas assez bien ☐

13 Fractions : comparaison

→ Corrigés p. IV

J'observe et je retiens

■ Dans ce premier rectangle, la partie colorée représente $\frac{4}{15}$ de la surface du rectangle.

■ Dans ce deuxième rectangle de dimensions identiques au premier, la partie colorée représente $\frac{6}{15}$ de la surface du rectangle.

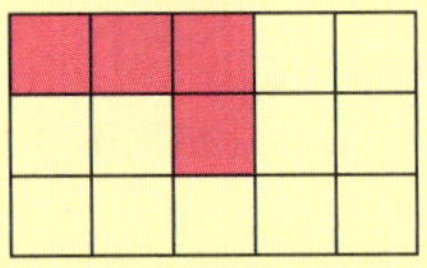

$\frac{4}{15} < \frac{6}{15}$

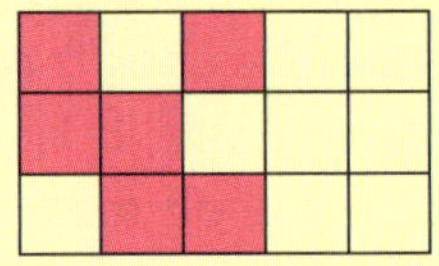

■ Pour deux fractions qui ont le même dénominateur, **la plus grande est celle qui a le plus grand numérateur**.
Une fraction est **supérieure** (respectivement inférieure) à 1 si son numérateur est supérieur (respectivement inférieur) **à son dénominateur**.

■ **Comment compare-t-on deux ou plusieurs fractions ?** Pour comparer $\frac{18}{15}$; $\frac{12}{14}$ et $\frac{24}{21}$:

Méthode 1 On écrit chaque écriture fractionnaire avec le même dénominateur et on applique la règle n° 1.
Le choix du dénominateur n'est pas unique, un multiple de 35 convient.
$\frac{18}{15} = \frac{6}{5} = \frac{42}{35}$; $\frac{12}{14} = \frac{6}{7} = \frac{30}{35}$ et $\frac{24}{21} = \frac{8}{7} = \frac{40}{35}$. Or $30 < 40 < 42$ donc $\frac{12}{14} < \frac{24}{21} < \frac{18}{15}$.

Méthode 2 On calcule la valeur décimale de chaque écriture ou une valeur approchée. On compare ces valeurs. Les écritures fractionnaires sont rangées dans le même ordre que les valeurs décimales.
0,9 est la valeur arrondie au dixième de $\frac{12}{14}$; 1,1 est la valeur arrondie au dixième de $\frac{24}{21}$ et $\frac{18}{15} = 1{,}2$.
Or, $0{,}9 < 1{,}1 < 1{,}2$ donc $\frac{12}{14} < \frac{24}{21} < \frac{18}{15}$.

Je m'entraîne

1 ★ Complète avec > ou <.

$\frac{17}{9}$ .... $\frac{12}{9}$; $\frac{18}{12}$ .... $\frac{5}{4}$; $\frac{7}{5}$ .... $\frac{1}{3}$; $\frac{13}{4}$ .... $\frac{75}{36}$;
$\frac{7}{13}$ .... $\frac{13}{7}$; 3 .... $\frac{25}{8}$

2 ★ Dans la liste des fractions, entoure celles qui sont inférieures à 1.

$\frac{2}{5}$; $\frac{14}{12}$; $\frac{9}{12}$; $\frac{16}{40}$; $\frac{12}{30}$; $\frac{21}{18}$; $\frac{3}{4}$; $\frac{70}{60}$; $\frac{24}{60}$; $\frac{7}{6}$.

3 ★ Classe les fractions suivantes dans l'ordre décroissant : $\frac{5}{6}$; $\frac{61}{50}$; $\frac{2}{3}$; $\frac{23}{30}$; $\frac{8}{5}$; $\frac{31}{25}$; $\frac{11}{15}$.

....

4 ★ Classe les fractions suivantes dans l'ordre croissant : $\frac{7}{12}$; $\frac{4}{3}$; $\frac{5}{6}$; $\frac{1}{2}$; $\frac{3}{12}$; $\frac{3}{2}$.

....

5 ★★ Sur les 320 élèves demi-pensionnaires inscrits le lundi, 72 sont des élèves de 5e. Sur les 250 élèves demi-pensionnaires inscrits le mardi, 55 sont des élèves de 5e. Quel est le jour où la proportion des élèves de 5e parmi les demi-pensionnaires est la plus importante ?

....

6 ★★ Trouve une fraction comprise entre :

1. $\frac{3}{5}$ et $\frac{4}{5}$

....

2. $\frac{17}{21}$ et $\frac{18}{21}$

....

3. $\frac{61}{15}$ et $\frac{62}{15}$

....

Auto évaluation : Très bien ☐ Bien ☐ Pas assez bien ☐

14 Fractions : addition et soustraction

→ Corrigés p. IV

J'observe et je retiens

■ Pour additionner (ou soustraire) des **fractions ayant le même dénominateur** :

- On garde le dénominateur. → $\frac{a}{b} + \frac{c}{b} = \frac{a+c}{b}$ et $\frac{a}{b} - \frac{c}{b} = \frac{a-c}{b}$
- On additionne (ou on soustrait) les numérateurs. → $\frac{12}{15} + \frac{7}{15} = \frac{12+7}{15} = \frac{19}{15}$ et $\frac{12}{15} + \frac{9}{15} = \frac{21}{15} = \frac{21 \div 3}{15 \div 3} = \frac{7}{5}$
- On simplifie si cela est possible. → $\frac{12}{5} - \frac{8}{5} = \frac{4}{5}$ et $\frac{12}{15} - \frac{9}{15} = \frac{12-9}{15} = \frac{3}{15} = \frac{3 \div 3}{15 \div 3} = \frac{1}{5}$

■ Pour additionner (ou soustraire) des **fractions ayant des dénominateurs différents** :

- On écrit chaque fraction avec le même dénominateur. → $\frac{5}{8} + \frac{2}{3} = \frac{5 \times 3}{8 \times 3} + \frac{2 \times 8}{3 \times 8} = \frac{15+16}{24} = \frac{31}{24}$
- On additionne (ou on soustrait) les numérateurs des nouvelles fractions. → $\frac{5}{8} + \frac{7}{24} = \frac{5 \times 3}{24} + \frac{7}{24} = \frac{15+7}{24} = \frac{22}{24} = \frac{22 \div 2}{24 \div 2} = \frac{11}{12}$
- On simplifie si cela est possible. → $\frac{7}{16} - \frac{5}{24} = \frac{7 \times 3}{16 \times 3} - \frac{5 \times 2}{24 \times 2} = \frac{21}{48} - \frac{10}{48} = \frac{21-10}{48} = \frac{11}{48}$

Je m'entraîne

Dans les quatre premiers exercices, effectue les calculs.

1 ★ 1. $\frac{12}{15} + \frac{20}{15} =$ .... 2. $\frac{52}{18} - \frac{28}{18} =$ ....

3. $\frac{25}{30} + \frac{25}{30} =$ .... 4. $\frac{24}{40} + \frac{16}{40} =$ ....

2 ★ 1. $\frac{13}{5} + \frac{20}{15} =$ .... $+ \frac{20}{15} =$ ....

2. $\frac{25}{30} - \frac{12}{15} = \frac{25}{30} -$ .... = ...

3 ★ 1. $\frac{13}{8} + \frac{7}{5} =$ .... 2. $\frac{38}{15} - \frac{3}{4} =$ ....

3. $\frac{4}{7} + \frac{4}{3} =$ .... 4. $\frac{2}{9} + \frac{13}{5} =$ ....

4 ★★ 1. $\frac{14}{15} + \frac{16}{24} =$ .... 2. $\frac{5}{12} - \frac{15}{45} =$ ....

3. $\frac{16}{40} + \frac{28}{24} =$ .... 4. $\frac{63}{35} - \frac{45}{60} =$ ....

5 ★★ **Trois personnes se partagent une somme de 1 800 €. La première personne reçoit les trois huitièmes de la somme.**
La deuxième reçoit le quart de la somme.

Aide
$\frac{1}{4} = \frac{2}{8}$

1. Quelle fraction de la somme reçoit la troisième personne ?

....

2. Quelle somme reçoit la première personne ?

....

6 ★★ **Un collège reçoit une subvention qui lui permet de financer les trois-quarts du prix d'un voyage scolaire. Les familles paieront un cinquième du voyage. Quelle part du prix du voyage restera-t-il à faire payer par le foyer du collège ?**

....

....

Rappel
15 % peut s'écrire sous forme fractionnaire avec 15 pour numérateur et 100 pour dénominateur.

Auto évaluation Très bien ☐ Bien ☐ Pas assez bien ☐

15 Fractions : multiplication

→ Corrigés p.V

J'observe et je retiens

Tout comme les fractions décimales :

■ Pour multiplier deux fractions, **on multiplie leurs numérateurs entre eux et on multiplie leurs dénominateurs entre eux.**
Autrement dit : $\frac{a}{b} \times \frac{c}{d} = \frac{a \times c}{b \times d}$.

Exemples $\frac{13}{7} \times \frac{5}{3} = \frac{13 \times 5}{7 \times 3} = \frac{65}{21}$ et $\frac{42}{13} \times \frac{2}{21} = \frac{42 \times 2}{13 \times 21} = \frac{21 \times 2 \times 2}{13 \times 21} = \frac{2 \times 2}{13} = \frac{4}{13}$.

→ Cette règle est valable que les deux fractions aient le même dénominateur ou non.

■ Multiplier un nombre n par la fraction $\frac{a}{b}$, c'est multiplier n par a, puis le diviser par b ou encore c'est le diviser par b, puis le multiplier par a. Autrement dit : $n \times \frac{a}{b} = \frac{n \times a}{b}$ ou encore $n \times \frac{a}{b} = \frac{n}{b} \times a$.

Exemple $29 \times \frac{4}{5} = \frac{29 \times 4}{5} = \frac{116}{5} = 23,2$.

Conseil
Avant d'effectuer les produits au numérateur et au dénominateur, essaie de simplifier si tu le peux.

Je m'entraîne

1 ★★ **Effectue les produits suivants. Tu écriras les résultats sous forme de fractions irréductibles.**

$\frac{3}{8} \times \frac{17}{23} =$ ....

$\frac{65}{12} \times \frac{28}{15} =$ ....

$\frac{128}{25} \times \frac{75}{16} =$ ....

$\frac{3}{14} \times \frac{35}{12} =$ ....

$\frac{4}{9} \times \frac{25}{11} =$ ....

$\frac{70}{3} \times \frac{7}{20} =$ ....

2 ★★ **Effectue les produits suivants. Tu écriras les résultats sous forme de fractions irréductibles.**

$42 \times \frac{18}{7} =$ ....

$35 \times \frac{7}{3} =$ ....

$\frac{4}{5} \times 134 =$ ....

$\frac{15}{40} \times 30 =$ ....

$2,4 \times \frac{4}{3} =$ ....

$\frac{5}{14} \times 0,28 =$ ....

3 ★★ **Écris mathématiquement les expressions suivantes et calcule-les.**

1. Les deux septièmes de 98 : ....
2. Les trois quarts de 1 232 : ....
3. Les deux tiers de cinq quarts : ....
4. Les quinze vingtièmes de 12,5 : ....

4 ★★★ **Une balle de tennis rebondit aux quatre cinquièmes de la hauteur dont elle tombe. On la laisse tomber d'une hauteur de 9 mètres.
À quelle hauteur montera-t-elle après avoir touché le sol trois fois ?**

....

....

5 ★★★ **Cinq enfants se partagent 500 timbres de la manière suivante : le premier a un quart de la collection, le deuxième en a 25 de plus que le premier, puis le troisième reçoit les deux cinquièmes de ce qui reste alors, le quatrième a les deux tiers de la part du troisième et le dernier a le reste.
Calcule combien de timbres reçoit le cinquième enfant.**

....

Auto évaluation — Très bien ☐ Bien ☐ Pas assez bien ☐

16 Fractions : expressions numériques avec ou sans parenthèses

→ Corrigés p.V

J'observe et je retiens

On applique, pour des expressions numériques avec fractions, les mêmes règles de priorité que pour les **nombres décimaux**.

Je m'entraîne

1 ★ Écris les trois fractions suivantes sous forme de fractions irréductibles.

$\frac{12}{15}$ = ... $\frac{25}{30}$ = ... $\frac{16}{24}$ = ...

Calcule les expressions suivantes.

$\frac{12}{15} + \frac{25}{30} \times \frac{16}{24}$ = ... + ... = ...

$\frac{12}{15} \times \left(\frac{25}{30} + \frac{16}{24}\right)$ = ... + ... = ...

2 ★ On considère $a = \frac{28}{24}$, $b = \frac{20}{15}$ et $c = \frac{16}{40}$.
Écris a, b et c sous forme de fractions irréductibles.
Calcule I = $c + b \times a$ et J = $(b + a) \times c$.

a = ... b = ... c = ...

I = ... J = ...

I = ... J = ...

I = ... J = ...

3 ★ Calcule les expressions suivantes.

$A = \frac{11}{4} + \frac{2}{7} \times \frac{35}{20}$ $B = \left(\frac{7}{5} - \frac{4}{15}\right) \times \frac{3}{2}$

A = ... B = ...

A = ... B = ...

A = ... B = ...

4 ★ Calcule les expressions suivantes.

$D = \frac{9}{7} \times \frac{49}{14} - \frac{13}{6}$ $E = \frac{6}{5} \times \left(\frac{7}{12} + \frac{4}{3}\right)$.

D = ... E = ...

D = ... E = ...

D = ... E = ...

5 ★ Clément mange les cinq quatorzièmes des 70 cerises du panier et Maya en mange les deux septièmes. Quelle fraction des cerises reste-t-il à Barbara et combien de cerises ont-ils mangées chacun ?

1. La fraction des cerises qu'il reste à Barbara est :

....

2. Le nombre de cerises mangées par Barbara est :

....

3. Le nombre de cerises mangées par Clément est :

....

4. Le nombre de cerises mangées par Maya est :

....

6 ★★ Léa a dépensé le quart de son argent de poche pour acheter un livre et le tiers de ce qui lui restait pour acheter un magazine. Elle pense qu'il lui reste la moitié de l'argent dont elle disposait au départ. A-t-elle raison ?

....

....

....

7 ★★★ Calcule.

1. La somme de quatre cinquièmes et du produit de deux tiers par un huitième.

....

2. La différence entre cinq neuvièmes et le produit de trois quarts par deux septièmes.

....

Auto évaluation Très bien ☐ Bien ☐ Pas assez bien ☐

17 Fractions : simplification

→ Corrigés p. VI

J'observe et je retiens

■ Un même rectangle est partagé de différentes manières. Cela se traduit par : $\frac{1}{3} = \frac{2}{6} = \frac{4}{12}$.

n° 1 n° 2 n° 3

■ Le quotient de deux nombres reste inchangé si l'on multiplie (ou si l'on divise) ces deux nombres par un même nombre non nul :

$\frac{a}{b} = \frac{k \times a}{k \times b}$ et $\frac{a}{b} = \frac{a \div k}{b \div k}$ avec a, b et k sont des nombres quelconques (b et k étant non nuls).

Cette règle permet de simplifier une fraction. Elle permet aussi d'écrire plusieurs fractions avec un même dénominateur pour les comparer, pour les additionner ou les soustraire.

Astuce

Pour simplifier une fraction, on divise le numérateur et le dénominateur de la fraction par un diviseur qui leur est commun.

Exemple $\frac{28}{42} = \frac{2 \times 14}{2 \times 21} = \frac{14}{21}$ et $\frac{14}{21} = \frac{7 \times 2}{7 \times 3} = \frac{2}{3}$.

On dit que l'on a simplifié successivement la fraction $\frac{28}{42}$ par 2 et par 7. On a $\frac{28}{42} = \frac{14}{21} = \frac{2}{3}$.

La fraction $\frac{2}{3}$ qui ne peut plus être simplifiée est irréductible.

Je m'entraîne

1 ★ **On considère $a = \frac{45}{60}$, $b = \frac{63}{35}$ et $c = \frac{24}{40}$.**
Écris a, b et c sous forme de fractions irréductibles.

....

2 ★ **On considère $a = \frac{810}{765}$, $b = \frac{48}{528}$ et $c = \frac{64}{704}$.**
Écris a, b et c sous forme de fractions irréductibles.

....

3 ★★ **Écris quatre fractions égales à $\frac{9}{4}$.**

....

4 ★★ **Simplifie le plus possible :**

1. $\frac{840}{700}$ ....
2. $\frac{18}{45}$ ....
3. $\frac{25}{60}$ ....

5 ★★ **Parmi les fractions suivantes, regroupe celles qui sont égales.**

$\frac{2}{5}$; $\frac{14}{12}$; $\frac{9}{12}$; $\frac{16}{40}$; $\frac{12}{30}$; $\frac{21}{18}$; $\frac{3}{4}$; $\frac{70}{60}$; $\frac{15}{60}$; $\frac{24}{60}$; $\frac{12}{45}$; $\frac{7}{6}$.

....

....

6 ★★★ **Pour calculer $\frac{31}{50}$ on peut écrire**
$\frac{31}{50} = \frac{31 \times 2}{50 \times 2} = \frac{62}{100} = 0{,}62$. Donc, sans poser la division on trouve la valeur décimale du quotient qui est 0,62.
Utilise la même méthode pour calculer le quotient de $\frac{63}{225}$ et de $\frac{840}{700}$.

....

....

....

Auto évaluation Très bien ☐ Bien ☐ Pas assez bien ☐

18 Fractions : problèmes de synthèse

→ Corrigés p.VI

Conseil
Avant de commencer ces exercices, relis les parties *J'observe et je retiens* des fiches 9 à 17.

Je m'entraîne

1 ★★ Les phrases suivantes sont-elles vraies ou fausses ?

	Vrai	Faux
1. 35 est un multiple de 5	☐	☐
2. 6 est un diviseur de zéro	☐	☐
3. 19 a pour diviseur 3	☐	☐
4. 31 est multiple de 31	☐	☐
5. 0 est un multiple de 76	☐	☐
6. 125 a pour multiple 25	☐	☐
7. 10 est un multiple de 20	☐	☐
8. 0 est un diviseur de 45	☐	☐
9. 4 est un multiple de 20	☐	☐
10. 1 divise n'importe quel entier naturel	☐	☐

2 ★★ En 5e A, 14 élèves sur 25 ont eu la rougeole. En 5e B, 6 élèves sur 10 l'ont eue. Dans quelle classe de 5e la proportion d'élèves malades est-elle la plus grande ?

....

3 ★★ Calcule, puis écris chaque résultat sous forme de fraction.

1. Le triple de deux septièmes ou ....
2. Le double de deux cinquièmes ou ....
3. Le tiers de deux septièmes ou ....
4. La moitié de deux cinquièmes ou ....

4 ★★★ Mercredi matin, Mila et Jamel ont parcouru le quart de la distance d'une randonnée de 24 kilomètres.
En début d'après-midi, ils parcourent les quatre cinquièmes de ce qui restait.
Exprime en fraction la distance qu'il reste à parcourir et exprime en kilomètres cette même distance.

....

5 ★★★ Pour le parcours d'un triathlon, on prévoit trois parties : un vingt-quatrième de la distance totale à la nage, un tiers en course à pied et le reste à vélo.

1. Quelle fraction de la distance totale est parcourue en vélo ?

....

2. La distance totale est de 12 km ; calcule la longueur de chaque partie.

....

....

6 ★★★ Un automobiliste constate que les trois-quarts du réservoir d'essence de sa voiture ont été consommés. Il ajoute 20 litres d'essence, ce qui remplit le réservoir aux sept-huitièmes.

1. Quelle fraction de la capacité du réservoir représentent les 20 litres d'essences ?
2. Quelle est la contenance du réservoir ?
3. Il a consommé 8 L pour parcourir 100 km. Quelle distance peut-il parcourir avec sa voiture si le réservoir est plein ?

7 ★★★ Une table rectangulaire mesure 6 m de périmètre. Sachant que la largeur est égale aux deux tiers de la longueur, trouve les deux dimensions de cette table.

8 ★★★ Quatre enfants se partagent une somme d'argent.
Le premier en prend $\frac{1}{5}$, le second $\frac{1}{4}$ le troisième $\frac{3}{10}$.
Il reste 270 €.

1. Quelle est la part du quatrième enfant ?
2. Quel est le montant de la somme d'argent à partager ?
3. Quelle est la part de chacun ?

Auto évaluation Très bien ☐ Bien ☐ Pas assez bien ☐

19 Nombres relatifs : introduction

→ Corrigés p. VI

J'observe et je retiens

■ Nous sommes, au quotidien, amenés à considérer de nouveaux nombres, notamment pour résoudre certains problèmes mathématiques. Voici quelques exemples :

– **dans les ascenseurs :** deuxième sous-sol par rapport au rez-de-chaussée ou (–2) ;

– **en météorologie :** en hiver, 15°C au-dessous de zéro ou (– 15) et en été, 32°C ou (+ 32) ou 32 ;

– **en histoire :** Pythagore est né en 580 avant J.-C. ou (– 580) et Mozart est né en 1756 après J.-C. ou (+ 1756) ;

– **en bourse ou en budget :** un crédit de 162 euros correspond à (+ 162) alors qu'un débit de 500 euros représente (– 500).

■ Tous ces nombres sont notés avec un signe **+** ou **–** et sont appelés **nombres relatifs**. Ils sont relatifs par rapport au **nombre zéro** et permettent de graduer une droite à gauche et à droite du nombre zéro.

À savoir

Un nombre précédé du signe plus est appelé nombre **relatif positif**.
Un nombre précédé du signe moins est un nombre **relatif négatif**.
Le nombre **zéro** est à la fois positif et négatif.

■ Sur la droite ci-dessous, les points E et C sont à la même distance du point 0. On dit que la distance à zéro de (– 6) est 6 et la distance de (+ 6) à zéro est 6. Autrement dit : la distance OE est égale à 6 ou bien OE = 6 et la distance OC est égale à 6 ou bien OC = 6. On dit que les nombres (– 6) et (+ 6) sont opposés.

■ Deux nombres relatifs de signes différents qui ont la même distance à zéro sont **opposés**.

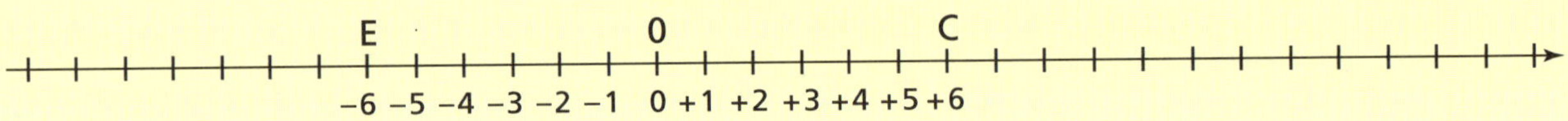

Je m'entraîne

1 ★ Complète avec un nombre relatif.

1. Lila descend au 3e sous-sol ou ....
2. Archimède est né en 287 avant J.-C. ou ....
3. Charlemagne est né en 742 ou ....
4. Euclide est né en 325 avant J.-C. ou ....

2 ★ Parmi les nombres suivants (– 3,9) ; (– 6,5) ; (+ 4) ; (+ 5,6) ; (– 4) ; (+ 2,5) et (– 6,7).

1. Quels sont les nombres relatifs négatifs ?

....

....

2. Trouve l'opposé de chaque nombre relatif.

....

....

3 ★★ Complète comme dans l'exemple.

Exemple l'Everest : (+ 8 848) → l'Everest culmine à 8 848 m.

La rivière de Padirac : (– 103) m.

....

Certaines fosses de la mer Rouge : (– 2 835) m.

....

Le Fuji-Yama : (+ 3 800) m.

....

4 ★★ Dans son jardin, Sam a noté les températures suivantes : (+7,5) ; (–9) ; (+ 4) ; (0) et (–5).
Cite les nombres relatifs positifs de cette liste.
Quel est le nombre de cette liste qui a la plus grande distance à zéro ? ....

....

Auto évaluation Très bien ☐ Bien ☐ Pas assez bien ☐

20 Nombres relatifs : comparaison de nombres relatifs et droite graduée

→ Corrigés p.VII

J'observe et je retiens

■ Pour graduer une droite, il faut **un point O** appelé **origine** qui est associé au nombre 0 ; **un point I** qui est associé au nombre (+ 1) ; **un sens positif** qui correspond au déplacement du point O vers le point I. À tout point M de la droite graduée, on peut associer un nombre relatif appelé **abscisse** du point M. L'abscisse du point M est notée x_M.

Remarque
Les nombres (+ 4) et (– 4) ont la même distance à zéro et des signes différents. Ils sont opposés. Les points E et G, qui sont respectivement associés à (– 4) et (+ 4), sont symétriques par rapport au point O.

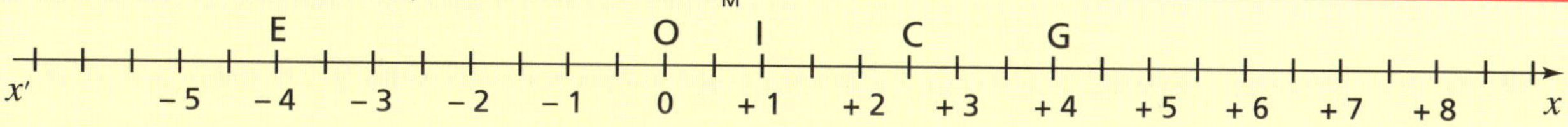

→ Cette droite graduée va te permettre de comparer les nombres relatifs.

■ Pour comparer deux nombres **positifs** : le plus petit est celui qui a la plus petite distance à zéro.

■ Pour comparer deux nombres **négatifs** : le plus petit est celui qui a la plus grande distance à zéro.

■ Pour comparer deux nombres **de signes différents** : le plus petit est le nombre négatif.

Exemples (– 28,7) < (– 28,56) car 28,7 > 28,56.
La distance à zéro de (– 28,7) est plus grande que celle de (– 28,56).
(– 12,58) < (+ 307) car (– 12,58) est négatif et (+ 307) est positif.
(+ 29,1) > (+ 29,08) car 29,1 > 29,08. La distance à zéro de (+ 29,1) est plus grande que celle de (+ 29,08).

Remarque
Un nombre relatif négatif est inférieur ou égal à zéro. Un nombre relatif positif est supérieur ou égal à zéro.

Je m'entraîne

1 ★ **1.** Place, sur la droite graduée, les points A, B, C, E, F, G et H repérés par leur abscisse respective : (– 3,5) ; (– 6,5) ; (2,5) ; (+ 4) ; (+ 5,6) ; (– 4) et (– 1,7).

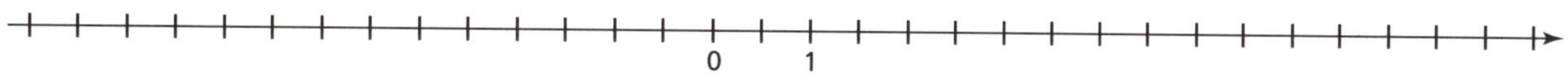

2. Complète : Le plus grand nombre est .... Le plus petit est ....

Le nombre qui a la plus petite distance à zéro est ..... .

3. Cite les points qui sont symétriques par rapport au point O. Que peut-on dire de leurs abscisses ?

2 ★ **Complète avec les signes > ou <.**

(+ 17) .... (+ 12)	(– 2,3) .... (– 4)	(+ 6) .... (– 5,5)	(– 5) .... (– 1)
(+ 13) .... (+ 21)	(– 1,99) .... (– 1,990)	(+ 12) .... (+ 4,2)	(– 0,5) 0

3 ★★ **Range dans l'ordre croissant (du plus petit au plus grand) les nombres suivants :**
(+ 5,2) ; (+ 22,2) ; (– 8,2) ; (+ 22,02) ; (+ 14,2) ; (– 32,24) ; 0 ; (– 0,5) ; (– 9) ; (+ 30) ; (– 90) ; (+ 41,5).

4 ★★ **Parmi cette liste de nombres décimaux relatifs :**
(– 4,077) ; (– 4,07) ; (– 4,007) ; (– 4) ; (+ 4,7) ; (+ 4,77), quel est le plus grand ? Le plus petit ?

Auto évaluation — Très bien ☐ Bien ☐ Pas assez bien ☐

21 Nombres relatifs : addition

→ Corrigés p.VII

J'observe et je retiens

■ Comment additionner deux nombres relatifs de même signe ?

- Le signe du résultat, c'est-à-dire de la somme, est celui des deux nombres.
- La distance à zéro de la somme est la somme des distances à zéro des deux nombres relatifs.

Exemples (+ 3,4) + (+ 2,8) = + (3,4 ⊕ 2,8) = (+ 6,2)

Les deux nombres relatifs ont le même signe + → donc → on garde le signe + ; on additionne les distances à zéro

(– 5,2) + (– 10,75) = – (5,2 ⊕ 10,75) = (– 15,95)

Les deux nombres relatifs ont le même signe – → donc → on garde le signe – ; on additionne les distances à zéro

■ Comment additionner deux nombres relatifs de signes différents ?

- Le signe du résultat, c'est-à-dire de la somme, est celui du nombre relatif qui a la plus grande distance à zéro.
- La distance à zéro de la somme est la différence des distances à zéro des deux nombres relatifs.

Exemples (– 9,6) + (+ 5,2) = – (9,6 ⊖ 5,2) = (– 4,4)

Les deux nombres relatifs sont de signes différents et 9,6 > 5,5 → donc → le signe du résultat est celui de – 9,6 ; on soustrait les distances à zéro

(– 2,6) + (+ 7,2) = + (7,2 ⊖ 2,6) = (+ 4,6)

Les deux nombres relatifs sont de signes différents et 7,2 > 2,6 → donc → le signe du résultat est celui de + 7,2 ; on soustrait les distances à zéro

Je m'entraîne

1 ★ Calcule les sommes suivantes.

A = (– 8,3) + (– 6,27) = ...

B = (– 5,4) + (+ 17) = ...

C = (– 9) + (+ 1,2) = ...

D = (+ 45) + (+ 3,5) = ...

E = (– 2,04) + (– 48,6) = ...

F = (– 13,4) + (+ 2,4) = ...

G = (– 208) + (+ 116) = ...

H = (+ 354) + (+ 508) = ...

2 ★ Effectue les sommes suivantes.

(– 657) + (+ 357) = ...

(+ 12 430) + (+ 470) = ...

(– 520) + (– 180) = ...

(– 13,457) + (+ 13,457) = ...

(– 0,02) + (+ 2,52) = ...

(+ 4,003) + (– 4,003) = ...

3 ★★ Calcule les expressions numériques suivantes.

J = [(+ 31) + (– 42)] + (+ 5) = ...

K = [(– 8) + (– 55)] + [(+ 24) + (– 1)] = ...

L = (– 45) + [(– 40) + (+ 27)] = ...

4 ★★ Au cours des six derniers mois, Jules a reçu 50 €, a dépensé 24 € puis 12 €, a reçu 8 € puis 5 € et a dépensé 18 €. Traduis par une somme de nombres relatifs la succession des recettes et des dépenses et calcule le bilan.

....

Auto évaluation Très bien ☐ Bien ☐ Pas assez bien ☐

22 Nombres relatifs : soustraction

→ Corrigés p. VII

J'observe et je retiens

La soustraction de deux nombres

La soustraction est une opération qui existe aussi avec les nombres relatifs. Contrairement aux nombres décimaux, on peut toujours calculer la différence de deux nombres relatifs. Pour calculer la différence de deux nombres relatifs, on transforme l'expression à l'aide d'une addition.

- **Pour soustraire deux nombres**

Soustraire un nombre, c'est additionner son opposé.

Autrement dit : ***b* – *a* = *b* + opposé de *a***.

Exemples (– 7) – (+ 2) = (– 7) + (– 2) = (– 9) et (+ 25) – (+ 1) = (+ 25) + (– 1) = (+ 24)

Quand on calcule la différence de deux nombres relatifs, on commence par transformer la soustraction en addition avec la règle ci-dessus, puis on calcule en appliquant les règles habituelles de l'addition.

- **Pour les expressions numériques comportant plusieurs opérations, on procède de la même façon.**

► Chaque soustraction est transformée en addition avec la règle énoncée ci-dessus.

► Quand l'expression ne comporte que des additions, on effectue le calcul de gauche à droite, ou bien on regroupe les nombres positifs entre eux ainsi que les nombres négatifs.

Exemple A = (– 8) – (–7) + (+ 15) + (– 33) – (– 25)

1. On transforme les soustractions en additions avec la règle précédente :
A = (– 8) + (+ 7) + (+ 15) + (– 33) + (+ 25).
2. On regroupe les nombres positifs entre eux ainsi que les négatifs : A = (+ 7) + (+ 15) + (+ 25) + (– 8) + (– 33).
3. On effectue la somme des nombres positifs ainsi que celle des négatifs : A = (+ 47) + (– 41).
4. On termine le calcul : A = (+ 6).

Je m'entraîne

1 ★ **Calcule les différences suivantes après les avoir transformées à l'aide d'une addition.**

A = (– 6) – (– 21) = ...

B = (+ 22) – (+ 73) = ...

C = (– 48) – (+ 27) = ...

D = (– 33) – (– 25) = ...

E = (+ 2,5) – (– 4,5) = ...

2 ★ **Calcule les expressions numériques suivantes.**

G = (– 54) – (– 17) + (– 12) = ...

H = (– 14) + (+ 28) – (+ 334) = ...

I = (+ 200) – (– 80) – (– 45) = ...

J = (– 210) + (– 140) – (+ 470) = ...

K = (+ 0,005) – (+ 2,004) – (– 3,007) = ...

3 ★★ **Calcule les expressions numériques suivantes.**

M = (– 7) – [(+ 12) + (– 35)] = ...

N = (+ 43) – [(– 69) – (+ 44)] = ...

O = (– 142) – [(+ 18) + (– 43) – (+ 61)] = ...

P = (– 25) + [(+ 77) – (– 58) + (– 4,5)] = ...

4 ★★★ **Calcule les expressions numériques suivantes.**

S = (– 14) – [(– 6) – (+ 22)] + (– 6) = ...

T = (– 14) – (– 6) – [(+ 22) + (– 6)] = ...

U = (– 14) – [(– 6) – (+ 22) + (– 6)] = ...

V = [(– 14) – (– 6) – (+ 22)] + (– 6) = ...

W = (– 14) – (– 6) – (+ 22) + (– 6) = ...

X = [(– 14) – (– 6)] – [(+ 22) + (– 6)] = ...

Auto évaluation Très bien ☐ Bien ☐ Pas assez bien ☐

23 Nombres relatifs : somme algébrique et enchaînement d'opérations

→ Corrigés p.VII

J'observe et je retiens

■ Comment calculer rapidement une expression numérique de nombres relatifs après avoir simplifié son écriture ?

On considère l'expression A = (– 8) – (– 7) + (+ 15) + (– 33) – (– 25).

Nous allons suivre les étapes suivantes :

1re étape On transforme les soustractions en additions : A = (– 8) + (+ 7) + (+ 15) + (– 33) + (+ 25).

2e étape On supprime les signes opératoires d'addition ainsi que les parenthèses autour des nombres relatifs : A = – 8 + 7 + 15 – 33 + 25.

■ Pour transformer une expression de nombres relatifs en somme algébrique :
– on transforme les soustractions en additions selon la règle de la fiche 22 ;
– on supprime les parenthèses autour des nombres relatifs ainsi que les signes opératoires d'addition. Dans le cas où le premier terme de l'expression numérique est un nombre positif, on n'écrit pas son signe +.
L'écriture obtenue est appelée une **somme algébrique**.

Exemple A = (– 8) – (– 7) + (+ 15) + (– 33) – (– 25)
A est maintenant une somme algébrique : A = – 8 + 7 + 15 – 33 + 25.
On regroupe les nombres positifs entre eux ainsi que les négatifs :
A = 7 + 15 + 25 – 8 – 33.
On effectue la somme des nombres positifs ainsi que celle des négatifs :
A = 47 – 41 donc A = 6.

Astuce
Il est souvent plus rapide de regrouper les nombres selon leurs signes : un groupe de nombres positifs et un groupe de nombres négatifs.

Je m'entraîne

1 ★ Transforme les expressions numériques en sommes algébriques.

A = (+ 3,2) + (– 11) – (– 8,6) – (+ 9,4)

A = ...

B = (– 2,4) – (+ 2,8) – (– 6,7) + (– 12,3)

B = ...

C = (+ 110) – (– 80) + (+ 55) + (– 120)

C = ...

D = (– 1 024) + (– 32) + (– 16) + (+ 64)

D = ...

2 ★ Transforme les sommes algébriques en sommes de nombres relatifs.

F = – 21 + 45 – 10 – 47

F = ...

G = 187 – 452 + 127 + 328

G = ...

H = 1 032 + 276 – 147– 529

H = ...

I = – 16 – 24 – 40 + 72

I = ...

3 ★ Calcule les sommes algébriques suivantes.

J = – 13 – 34 + 29 – 118 + 91

J = ...

K = 28 – 45 + 72 – 34 + 71

K = ...

4 ★★ Calcule les sommes algébriques suivantes et classe les nombres M, N et P en ordre décroissant.

M = 7,4 – 9,1 – 3,3 + 1,2 – 3,5

N = – 2,5 – 4,5 + 2,6 – 3,6 + 4,2

P = 1,4 – 2,5 – 4,2 – 1,2 + 9,9

5 ★★★ Calcule les expressions en effectuant d'abord les sommes algébriques à l'intérieur des parenthèses.

R = (–14 – 28 + 12) + (17 – 8 – 21) – (– 19 + 11)

S = (23 – 41 + 9) – (–7 – 8 + 12) + (15 – 9)

Auto évaluation Très bien ☐ Bien ☐ Pas assez bien ☐

24 Repère dans le plan

→ Corrigés p. VII

J'observe et je retiens

- Pour construire un repère du plan, il faut deux droites $(x'x)$ et $(y'y)$ perpendiculaires en O.
- À n'importe quel point M du plan, on associe un couple de nombres appelés **coordonnées** du point M que l'on note $(x_M ; y_M)$.

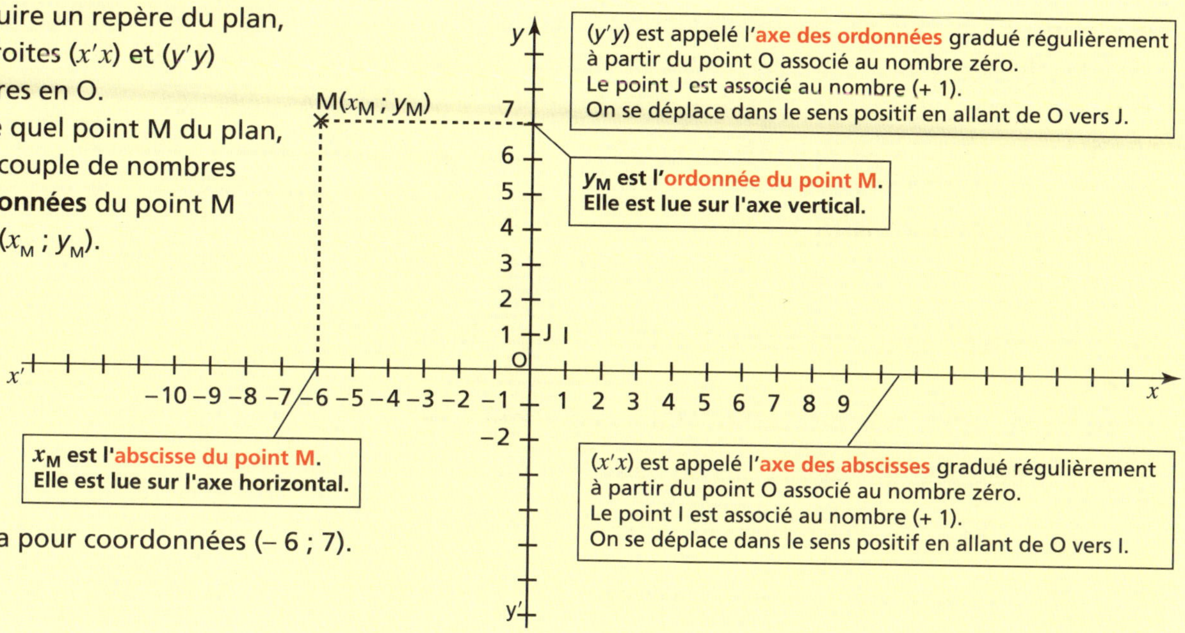

Exemple M a pour coordonnées (– 6 ; 7).

Je m'entraîne

1 ★ **1.** Dans un repère du plan, place les points : H (– 1 ; 5), P (– 2 ; 1), K (– 3 ; 3), L (1 ; – 3) et M (0 ; 1).

2. Place les points H', P', K', L' et M' pour qu'ils aient respectivement des abscisses et des ordonnées opposées à celles des points H, P, K, L et M. Que peux-tu dire des points H et H' ; P et P' ; K et K' ; L et L' ; M et M' ? Trace en rouge les segments [HK], [HL] et [PM] et en vert [H'K'], [H'L'] et [P'M'].

2 ★ **Découvre un mot de 7 lettres. Les renseignements suivants permettent de trouver les 7 lettres. Remets-les dans l'ordre pour trouver le mot.**

1. Son abscisse est égale à son ordonnée.
2. Son ordonnée est supérieure à + 5.
3. Son abscisse est inférieure à – 3.
4. Son abscisse et son ordonnée sont des nombres relatifs négatifs.
5. Son abscisse est comprise entre 1 et 3.
6. Son abscisse et son ordonnée sont des nombres relatifs opposés.
7. Son ordonnée vaut – 4 + 5.

Le mot est : ....

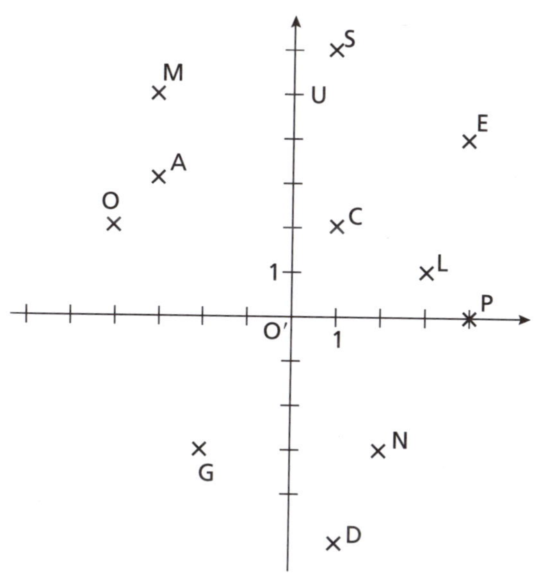

3 ★★★ **1.** Dans un repère du plan, place les points : A (– 3 ; 5), B (1 ; 5), C (– 1 ; 1), D (– 1 ; 5).

2. Place les points A', B', C' et D' respectivement symétriques des points A, B, C et D par rapport à O. Lis leurs coordonnées. Trace en rouge les segments [A'D'], [D'C'] et [D'B'] et en vert les segments [AD], [DC] et [DB].

Auto évaluation Très bien ☐ Bien ☐ Pas assez bien ☐

25 Proportionnalité : 4e proportionnelle et produit en croix

→ Corrigés p.VIII

J'observe et je retiens

■ Deux grandeurs sont proportionnelles lorsque chaque valeur de l'une s'obtient en multipliant la valeur correspondante de l'autre par un même nombre non nul. Ce nombre est appelé le **coefficient de proportionnalité**.

Exemple Pour préparer de la gelée de cassis, les proportions sont les suivantes :
3,5 kg de cassis pour 2 kg de sucre.
Pour compléter ce tableau de proportionnalité :

Masse de sucre en kg	2	3	?
Masse de cassis en kg	3,5	?	14

1re méthode **Relation entre les nombres**
3 kg de sucre ou 1,5 fois 2 kg de sucre. Donc la masse de cassis pour 3 kg de sucre sera 1,5 fois 3,5 kg.
1,5 × 3,5 = 5,25 kg.
14 kg de cassis ou 4 fois 3,5 kg de cassis. Donc la masse de sucre pour 14 kg de cassis sera 4 fois 2 kg.
4 × 2 = 8 kg.

2e méthode **Utilisation du coefficient de proportionnalité**
$\frac{3,5}{2}$ = 1,75. Cela veut dire que pour 1 kg de sucre, on utilise 1,75 kg de cassis.
Donc, pour 3 kg de sucre, on utilise 3 × 1,75 = 5,25 kg de cassis. Pour 14 kg de cassis, on utilise $\frac{14}{1,75}$ = 8 kg de sucre.

3e méthode **Utilisation du produit en croix**

2	3
3,5	*a*

2 × *a* = 3,5 × 3 donc 2*a* = 10,5 donc *a* = 5,25.
Pour 3 kg de sucre il faudra 5,25 kg de cassis.

■ Dans un tableau de proportionnalité, les produits en croix des nombres de deux colonnes sont égaux.

a	*b*
c	*d*

On a : $a \times d = b \times c$

Cette règle sert à compléter un tableau de proportionnalité sans connaître le coefficient quand on connaît trois des quatre nombres.

Je m'entraîne

1 ★ **Y a-t-il proportionnalité entre le prix de l'abonnement et la durée de l'abonnement ?**

Abonnement GlissMag
6 mois : 15 € ; 1 an : 28 € ; 2 ans : 54 €

....

2 ★ **Dans la recette d'un dessert, les quantités des ingrédients sont proportionnelles au nombre de personnes pour lesquelles le dessert est préparé. Il faut 180 g de sucre pour 6 personnes.**

1. Quelle quantité de sucre faut-il pour 2 personnes ?

....

2. Quelle quantité de sucre faut-il pour 10 personnes ?

....

3. Pour combien de personnes sera le dessert si j'utilise 450 g de sucre ? ....

3 ★★ **Complète le tableau de proportionnalité suivant.**

0,4	4		20
	6	18	

4 ★★ **Avec 0,5 litre de peinture « Tigre blanc », on peint 12 m² de murs. Combien de litres de peinture utilisera-t-on pour peindre 54 m² de murs ? Tu peux compléter un tableau de proportionnalité.**

Nombre de litres de peinture		
Surface peinte en m²		

5 ★★ **Trois kg de poires Williams valent 10,50 €.**

1. Que paiera-t-on si l'on achète 2 kg ? ....

2. 5 kg ? ....

3. 1,5 kg ? ....

Auto évaluation Très bien ☐ Bien ☐ Pas assez bien ☐

26 Proportionnalité : taux de pourcentage

→ Corrigés p. VIII

J'observe et je retiens

Exemple Lors d'une réunion rassemblant 250 personnes, on constate que 80 d'entre elles ont les yeux bleus. On peut se demander quel est le pourcentage de personnes ayant les yeux bleus dans cette réunion. Cela consiste à trouver le nombre de personnes ayant les yeux bleus pour un total de 100 personnes avec la même proportion.

(× 0,32)

Nombre de personnes aux yeux bleus	80	a
Nombre total de personnes	250	100

► Le coefficient pour passer de la 2e ligne à la 1re est $\frac{80}{250} = 0{,}32$. On a $a = 100 \times 0{,}32$.

Dans la même proportion, si le nombre total de personnes était de 100, 32 personnes auraient les yeux bleus. On dit que 32 % des personnes de la réunion ont les yeux bleus.

■ Quand on veut calculer quel pourcentage du nombre b représente le nombre a, on cherche le nombre qui pour 100 représente la même proportion que a pour b.

a	x
b	100

Connaissant a et b, trouver le nombre x, c'est **calculer la quatrième proportionnelle**. Calculer le taux d'un pourcentage, c'est faire le calcul d'une quatrième proportionnelle (→ voir fiche 25).

Rappel
Appliquer a % à la quantité n c'est calculer $n \times \frac{a}{100}$.

■ Le prix d'un article ou d'une facture est composé de deux parties :
► le prix hors taxe (prix HT) ;
► la TVA (taxe sur la valeur ajoutée) qui correspond à 19,6 %, 5,5 % ou 2,1 % du prix HT selon l'article ou la facture.

Je m'entraîne

1 ★ **Un pull-over coûtait 45 €. Au moment des soldes, il est vendu 36 €. Exprime, en pourcentage du prix initial, le montant de la remise.**

Le montant de la réduction est de : ....

Prix initial en €	45	100
Montant de la réduction en €		

Après avoir complété la première colonne, utilise le coefficient de proportionnalité du tableau ou bien une autre méthode pour compléter la seconde colonne.

La réduction représente .... % du prix initial du pull-over.

2 ★ **Calcule le montant de la TVA d'un article taxé à 19,6 % dont le prix HT est 80 €, puis son prix TTC. Pourquoi le montant de la TVA est-il proportionnel au prix de l'article ?**

....
....
....
....

3 ★★ **Voici la répartition des choix effectués par les élèves d'une classe de 5e pour les activités proposées en EPS.**

	Basket	Trampoline	Athlétisme
Filles	2	6	3
Garçons	7	3	4

1. Combien y a-t-il d'élèves dans cette classe ? ....
....

2. Quel pourcentage des élèves de cette classe les filles représentent-elles ? ....

4 ★★ **Dans un club de judo, 12 sur 40 adhérents ont la ceinture marron.**
Exprime la proportion des ceintures marron par rapport à l'ensemble des adhérents comme un pourcentage et comme une fraction ayant pour dénominateur 100.

....
....
....

Auto évaluation Très bien ☐ Bien ☐ Pas assez bien ☐

27 Proportionnalité : échelle

→ Corrigés p.VIII

J'observe et je retiens

- Les dimensions sur un plan ou sur une carte, sont **proportionnelles** aux dimensions réelles.
- L'échelle de la représentation est le quotient $\frac{\text{dimension sur plan}}{\text{dimension réelle}}$ (les dimensions étant exprimées dans la même unité).
- On exprime souvent l'échelle sous forme d'une écriture fractionnaire de numérateur 1.

Exemple 1 Dans le cas d'un plan à l'échelle $\frac{1}{500}$, les dimensions sur le plan sont 500 fois plus petites que les dimensions réelles ou encore les dimensions réelles sont 500 fois plus grandes que les dimensions sur le plan. Donc 1 cm sur la carte représente 500 cm en réalité. 0 ⊢⊣ 500

Dimensions sur le plan	1	....
Dimensions réelles	500	....

Ce tableau est un **tableau de proportionnalité**. On utilise les règles de calculs habituelles d'une situation de proportionnalité.

Exemple 2 Quelle est la distance réelle entre la mairie et le gymnase ?
Sur un plan à l'échelle $\frac{1}{5\,000}$, la distance entre la mairie et le gymnase est de 7,8 cm.
$7{,}8 \times 5\,000 = 39\,000$. La distance réelle entre la mairie et le gymnase est de 39 000 cm ou 390 m.
La distance réelle entre le stade et le collège est de 1,5 km.

Exemple 3 Quelle est la distance entre le stade et le collège sur un plan à l'échelle $\frac{1}{5\,000}$?
1,5 km = 150 000 cm. Sur le plan, les dimensions sont 5 000 fois plus petites. $\frac{150\,000}{5\,000} = 30$. Sur le plan, la distance entre le stade et le collège est de 30 cm.

Je m'entraîne

1 ★ **Sur le plan d'une ville à l'échelle $\frac{1}{2\,000}$, une avenue mesure 90 cm.**
Quelle est la longueur réelle de cette avenue ?

Sur le plan, les dimensions sont .... fois plus .... que dans la réalité.

....

2 ★ **Corentin a réalisé une maquette en représentant 5 m par 5 cm.**
Quelle est l'échelle de cette maquette ?

....

3 ★ **Les élèves d'un collège effectuent 1 300 m pour se rendre au cinéma.**
Quelle distance sépare le collège du cinéma sur une carte à l'échelle $\frac{1}{5\,000}$?

....

....

4 ★★ **Sur une carte, la longueur d'un itinéraire de randonnée est de 64 cm. La longueur réelle de cette randonnée est de 16 km.**
Quelle est l'échelle de la carte ?

....

5 ★★★ **L'unité est le mètre. Un champ a la forme d'un triangle ABC rectangle en C tel que AB = 500, AC = 400 et BC = 300.**

1. Calcule les dimensions des 3 côtés sur le plan cadastral à l'échelle $\frac{1}{10\,000}$.
2. Construis, sur une feuille, ce triangle à l'échelle.
3. Calcule la longueur de son périmètre réel puis celle sur le plan. Que constates-tu entre la mesure du périmètre sur le plan et celle de son périmètre réel ?

....

4. Calcule son aire réelle puis son aire sur le plan. Que constates-tu entre la mesure de l'aire sur le plan et celle de l'aire réelle ?

....

Auto évaluation : Très bien ☐ Bien ☐ Pas assez bien ☐

28 Proportionnalité : vitesse

→ Corrigés p. IX

J'observe et je retiens

- Lorsque l'on se déplace à allure constante (c'est-à-dire à la même vitesse), on dit qu'il s'agit d'un mouvement uniforme.
- Lors d'un mouvement uniforme, la distance parcourue est proportionnelle à la durée du parcours. Le coefficient de proportionnalité est **la vitesse**.

Durée du parcours	....
Distance parcourue	....

(× ?)

Ce tableau est un **tableau de proportionnalité**.
On utilise les règles de calcul habituelles.

Exemple

Un train roule à allure constante et parcourt 320 km en 1 heure.
Quelle distance parcourt-il en 1/4 h ? en 1 h 15 min ?
Le train roule à allure constante : le mouvement est donc uniforme.
En 1/4 d'heure, il parcourt une distance 4 fois plus petite qu'en 1 heure : $\frac{320}{4} = 80$.
En 1/4 d'heure, il parcourt 80 km.
1 h 15 min, c'est 1 heure et 1/4 h. Donc le train parcourt 320 + 80 = 400 km.
Combien de temps met-il pour parcourir 64 km ?
$\frac{320}{64} = 5$. Donc 64 km, c'est 5 fois plus petit que 320 km. Donc pour parcourir 64 km, le train met 5 fois moins de temps que pour parcourir 320 km. 1 h = 60 min. $\frac{60}{5} = 12$ min. Le train met 12 min pour parcourir 64 km.

Je m'entraîne

1 ★ La vitesse autorisée sur la route est de 80 kilomètres par heure. Un contrôle de vitesse est effectué par la prise du temps de passage des véhicules sur une portion de route longue de 1 500 m. Estelle a parcouru cette distance en une minute. **Quelle serait la distance parcourue par Estelle en une heure si elle roulait à cette même vitesse constante ? Serait-elle en infraction?**

La distance parcourue en une heure est ....

Elle ....

2 ★ **Un motard a effectué un trajet de 96 km en 1 h 20 min. En supposant son mouvement uniforme, quelle distance a-t-il parcourue en 1 heure ?**

....

3 ★ 1. À vélo, Nino roule d'abord pendant 20 minutes à la vitesse moyenne de 33 km/h puis pendant 2 heures à la vitesse de 12 km/h.
Quelle distance a-t-il parcourue ?

....

2. Quelle est sa vitesse moyenne sur l'ensemble de la promenade en km/min et en km/h ?

....

4 ★ **La distance entre Paris et Chamonix est d'environ 640 km.**

1. Quel temps Idriss mettra-t-il pour parcourir cette distance s'il roule à 80 km/h?

....

2. Quel temps Ariane mettra-t-elle pour parcourir cette distance si elle roule à 120 km/h?

....

2. Quel serait le temps mis par un conducteur inconscient pour parcourir cette distance à 150 km/h?

....

5 ★ **La vitesse du son est de 340 mètres par seconde. Exprime cette vitesse en km/h.**

....

Aide
Cherche la distance parcourue par le son en 1 heure.

Auto évaluation : Très bien ☐ Bien ☐ Pas assez bien ☐

29 Proportionnalité : représentation graphique et fonction

→ Corrigés p.IX

J'observe et je retiens

■ Dans le plan muni d'un repère, une situation de proportionnalité est caractérisée par des points alignés avec l'origine.

- À une colonne du tableau de proportionnalité sera associé un point du plan.
- Le nombre de la première ligne sera repéré sur l'axe [Ox) et celui de la deuxième ligne sera repéré sur l'axe [Oy).
- Le point C est repéré par les nombres x_C et y_C.

► x_C est lu sur la demi-droite horizontale [Ox).
x_C est appelé **abscisse** du point C.
► y_C est lu sur la demi-droite verticale [Oy).
y_C est appelé **ordonnée** du point C.
► On le note C (x_C ; y_C).
On lit : les coordonnées du point C sont x_C et y_C.

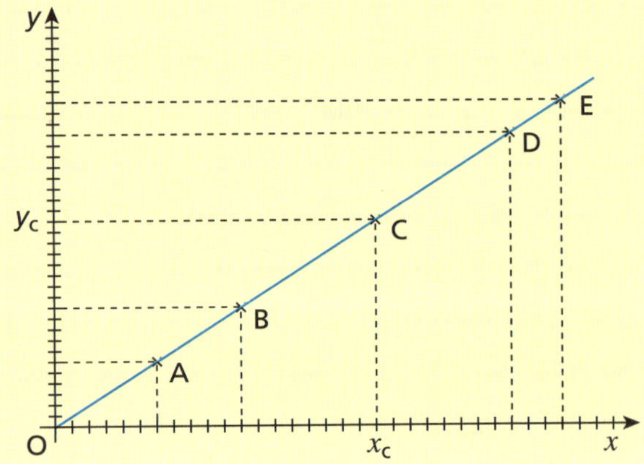

Je m'entraîne

1 ★ **Pour chaque schéma, dis s'il s'agit de la représentation graphique associée à un tableau de proportionnalité en rayant la mention inutile.**

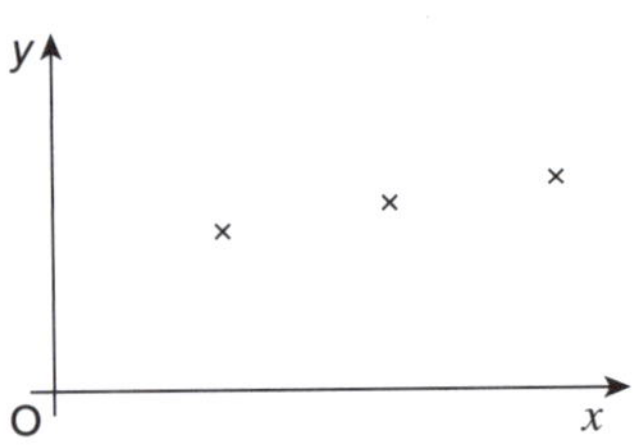

figure 1
☐ oui ☐ non

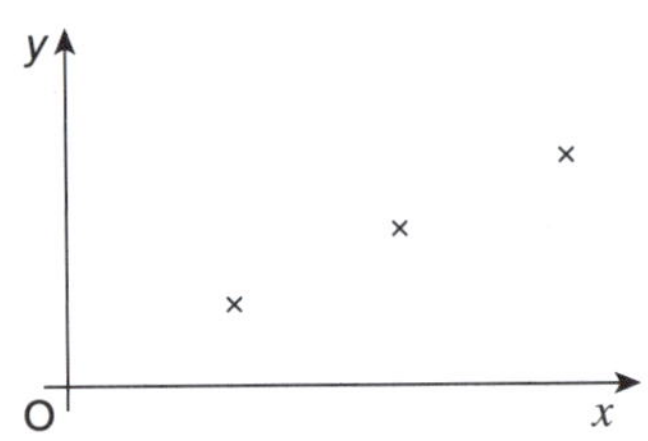

figure 2
☐ oui ☐ non

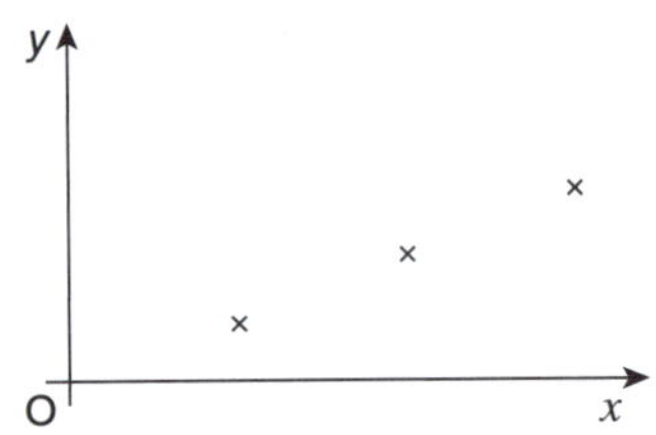

figure 3
☐ oui ☐ non

2 ★★ **L'allongement d'un ressort est proportionnel à la masse de l'objet suspendu.**
Un ressort au repos a une longueur de 15 cm. Pour une masse de 200 g, il mesure 18 cm.

1. Représente graphiquement l'allongement du ressort en fonction de la masse.

2. Détermine graphiquement, puis par le calcul, la longueur du ressort pour une masse de 320 g.
Sur [Ox), 1 cm correspond à 100 g et sur [Oy), 1 cm correspond à 1 cm.

3 ★★ **1.** Un robinet débite 2 litres par minute dans un bassin. Complète le tableau suivant.

Quantité d'eau écoulée en litres	1	2		4		
Temps écoulé en secondes			90		150	360
Temps écoulé en minutes						

2. Construis, sur une feuille, un repère dont les demi-droites [Ox) et [Oy) sont perpendiculaires.
Sur [Ox), 2 cm correspondent à 1 minute et sur [Oy), 1 cm correspond à 1 litre écoulé.

3. Représente la quantité d'eau écoulée en fonction du temps en marquant six points correspondants dans le tableau ci-dessus.

Auto évaluation Très bien ☐ Bien ☐ Pas assez bien ☐

30 Proportionnalité : problèmes de synthèse

→ Corrigés p. IX

Conseil
Avant de commencer ces exercices, relis les parties *J'observe et je retiens* des fiches 25 à 29.

Je m'entraîne

1 ★★ **Paolo veut représenter la salle à manger de son appartement à l'échelle $\frac{1}{25}$.**
La salle à manger est un rectangle de dimensions 5,5 m sur 4,3 m.
Quelles dimensions aura la salle à manger sur le plan ?

Sur le plan, les dimensions de la salle à manger sont

.... fois plus .... que les dimensions réelles.

....

2 ★★ **Dans un collège :**
- **sur 200 élèves en 5ᵉ : 138 viennent à pied, 40 à vélo, 22 en autobus ;**
- **sur 180 élèves en 4ᵉ : 117 viennent à pied, 36 à vélo, 27 en autobus.**

Donne pour la 5ᵉ, puis pour la 4ᵉ, le pourcentage des élèves qui viennent à pied, en vélo et en autobus.

....

3 ★★ **Un pull coûte 100 euros. À la période des soldes, il est vendu avec 10 % de remise. Après le second rabais, il est à nouveau vendu avec 10 % de remise sur le prix précédent.**

1. Quel est le prix du pull après les deux remises ?

....

2. Quel est le pourcentage de la remise à partir du prix initial ?

....

4 ★★ **Une paire de baskets coûte 125 €. Pendant la période des soldes, son prix baisse de 35 %. Camille a 85 €. Dispose-t-il de suffisamment d'argent pour acheter cette paire de baskets ?**

....

....

....

5 ★★★ **Dessine, sur une feuille, le plan à l'échelle $\frac{1}{500}$ d'un jardin rectangulaire mesurant 80 m de long sur 30 m de large.**
Dessine dans un coin la cabane du jardinier qui est un carré de 6 m de côté.
Calcule l'aire de la surface disponible dans le jardin en m², puis en cm².
Calcule l'aire de la surface disponible du jardin sur le plan en cm².
Quel est le rapport entre les deux aires exprimées en cm² ?
Exprime ce rapport comme une puissance de 500.
Complète la phrase : La surface sur le plan est

.... fois plus .... que la surface réelle.

6 ★★★ **Si un objet coûte *p* € HT, calcule le montant de la TVA et son prix TTC avec une TVA à 19,6 %, une TVA à 5,5 % et une TVA à 2,1 %.**

....

....

7 ★★★ **Une personne possède une certaine somme d'argent dont le montant est S.**
Cette personne dépense 10 % de cette somme puis à nouveau 10 % de ce qui lui reste.
Quel pourcentage de la somme initiale a-t-elle dépensé ?

....

....

8 ★★★ **Lors d'un concours de maths, 25 élèves sur les 32 élèves de la 5ᵉ A et 24 élèves sur les 30 élèves de la 5ᵉ B sont qualifiés pour participer à la finale départementale. Quelle classe a le meilleur score de réussite ?**

....

....

Auto évaluation — Très bien ☐ Bien ☐ Pas assez bien ☐

31 Gestion de données : effectif

→ Corrigés p.X

J'observe et je retiens

- Lorsque l'on réalise une enquête statistique, on étudie des caractères concernant chaque individu.
- L'ensemble de tous les individus est appelé **la population**. Le caractère étudié peut être de type **qualitatif** ou **quantitatif**. On peut présenter les réponses recueillies dans un tableau.
- Le nombre total d'individus de la population est l'**effectif total** ; le nombre d'individus ayant un même caractère est l'**effectif du caractère correspondant**.

Exemple On a demandé aux 25 élèves d'une classe de 5e quel était leur principal loisir.

Principal loisir	sport	musique	jeux vidéo	télévision	lecture
Nombre d'élèves	5	4	9	4	3

Les valeurs du caractère sont : **sport**, **musique**, **jeux vidéo**, **télévision** et **lecture**. Les caractères sont de type qualitatif. La population est l'ensemble des **25 élèves** de la classe. L'effectif total est de **25**. 5 élèves ont pour principal loisir le sport. On dit que 5 est l'**effectif de la réponse « sport »**.
Si on demande aux 25 élèves leur taille en cm, le caractère est de type **quantitatif**.

Je m'entraîne

1 ★ Pour chaque question posée, précise quelle est la nature du caractère étudié : qualitatif ou quantitatif.

1. Pendant le mois de mars, combien de fois es-tu allé au cinéma ? ....
2. Quel est ton poids en kg ? ....
3. Quel sport d'équipe préfères-tu ? ....
4. Es-tu externe ou demi-pensionnaire ? ....
5. Combien de temps passes-tu devant la télévision ? ....

2 ★★ Voici la répartition de l'emploi du temps d'un élève de 5e selon les matières.

Matière	Français	Maths	Langues	Histoire	SVT	Physique	Musique	Dessin	Technologie	Sport
Horaire	6	4	4	2	2	2	1	1	2	4

1. Quel est l'effectif de la valeur du caractère « horaire de SVT » ? ....
2. Quel est l'effectif de la valeur du caractère « horaire de français » ? ....

3 ★★★ Voici un tableau récapitulatif donnant le mois de naissance des élèves d'une classe de 5e.

Mois	Janv.	Fév.	Mars	Avril	Mai	Juin	Juillet	Août	Sept.	Oct.	Nov.	Déc.
Nombre	1	3	2	0	3	1	3	1	1	3	4	2

1. Combien d'élèves y a-t-il dans la classe ? ....
2. Quel est l'effectif du mois « juillet » ? Interprète. ....

Auto évaluation Très bien ☐ Bien ☐ Pas assez bien ☐

cahier jour soir

Corrigés

NOMBRES ET CALCULS

1 Expression numérique : addition et soustraction p.4

1 **1.** A = 95 – 48 + 52
A = 47 + 52
A = 99

2. B = (95 – 48) + 52
B = 47 + 52
B = 99

3. C = 95 – (38 + 52)
C = 95 – 90
C = 5

4. D = 115 – 52 – 48
D = 63 – 48
D = 15

2 E = 8,5 + [15 – (6 + 5)]
E = 8,5 + [15 – 11]
E = 8,5 + 4
E = 12,5

F = [17 – (9,5 –3)] – 3,2
F = [17 – 6,5] – 3,2
F = 10,5 – 3,2
F = 7,3

G = 52,5 + 7,5 – (53,5 – 4,5)
G = 52,5 + 7,5 – 49
G = 60 – 49
G = 11

H = (71 – 30,9) – [40 – (35 – 5)]
H = 40,1 – [40 – 30]
H = 40,1 – 10
H = 30,1

3 Le paquet de feuilles perforées coûte :
24,70 – (**5,40 + 15,50**) = **24,70** – **20,90** = **3,80 €**.

4 La somme rendue à Nadia est :
50 – (4,75 + 16 + 7,80) = 50 – 28,55 = 21,45 €.

5 **1.** La somme d'argent que Loïc doit retirer de son compte d'épargne pour pouvoir faire ses deux achats est :
(150 + 23,75) – (50 + 53) = 173,75 – 103 = 70,75 €.

2. Le montant qu'il lui restera alors sur son compte d'épargne est : **250 – 70,75 = 179,25 €.**

2 Expression numérique : addition, soustraction et multiplication p.5

1 **1.** (7 + 8) × 3 = 15 × 3 = 45 ; **2.** 6 × 31 – 20 = 186 – 20 = 166 ;
3. 36 – (6 + 2) × 4 = 36 – 8 × 4 = 36 – 32 = 4 ;
4. [14 – (0,2 × 5 + 8)] × 6 = [14 – (1 + 8)] × 6 = (14 – 9) × 6 = 5 × 6 = 30.

2 A = 41 – (16 + 4 × 0,5) = 41 – (16 + 2) = 41 – 18 = 23.
B = 12 × 8 – 15 + 5 × 9 = 96 – 15 + 45 = 81 + 45 = 126.
C = (61 – 22) × (13,6 – (4,1 + 7,5)) = 39 × (13,6 – 11,6) = 39 × 2 = 78.

3 A = 29 + 3 × 15 = 29 + 45 = 74.
B = 25 × (132 – 92) = 25 × 40 = 1 000.
C = 0,25 × 4 + 2 × 17 = 1 + 34 = 35.
D = 0,72 – 4 × 0,18 = 0,72 – 0,72 = 0.

4 (5 × 2 + 6) – (0,75 × 2 + 1,90 × 3 + 7,50) = 16 – 14,70 = 1,30
Il restera 1,30 €.

5 (6 + 5) × 4 – (3 – (2 + 1)) = 44.
6 + 5 × 4 – (3 – (2 + 1)) = 26.
6 + 5 × (4 – 3) – 2 + 1 = 10.
6 + 5 × (4 – 3) – (2 + 1) = 8.

3 Distributivité de la multiplication par rapport à l'addition et à la soustraction : développement p.6

1 D = 8 × 17 + 8 × 2,5
D = 136 + 20
D = 156

E = 10 × 25 – 10 × 6 + 10 × 4
E = 250 – 60 + 40
E = 190 + 40
E = 230

M = 9 × 23 – 9 × 4,2
M = 207 – 37,8
M = 169,2

N = 20 × 45 – 20 × 16 + 20 × 4
N = 900 – 320 + 80
N = 580 + 80
N = 660

2 **1.** 795 × 24 = (695 + **100**) × 24 = **695** × 24 + 100 × **24**
= 16 680 + 2 400 = 19 080.
695 × 34 = **695** × **(24 + 10)** = 695 × 24 + 695 × 10
= 16 680 + 6 950 = 23 630.

2. 795 × 340 = **(695 + 100) × 340**
= 695 × 340 + 100 × 340
= 695 × 34 × 10 + 100 × 34 × 10
= 23 630 × 10 + 3 400 × 10
= 236 300 + 34 000 = 270 300.

3 238 × 101 = 238 × (100 + 1) = 238 × 100 + 238 × 1
= 23 800 + 238 = 24 038
795 × 99 = 795 × (100 – 1) = 795 × 100 – 795 × 1
= 79 500 – 795 = 78 705.
35 × 104 = 35 × (100 + 4) = 35 × 100 + 35 × 4 = 3 500 + 140
= 3 640.

4 1re méthode : (1,02 + 0,50) × 8 = 1,52 × 8 = 12,16.
2e méthode : 1,02 × 8 + 0,50 × 8 = 8,16 + 4 = 12,16.

5 Aire d'un rectangle = L × L.
1re méthode : La longueur du champ rectangulaire ABCD est : AB = AJ + JB = *a* + *b* = 240 + 150 = 390 m.
L'aire du champ rectangulaire ABCD est :
AB × BC = 390 × 90 = 35 100 m².
2e méthode : L'aire du champ rectangulaire ABCD est égale à la somme des aires des champs rectangulaires AJID et JBCI.
L'aire du champ rectangulaire ABCD est :
AJ × JI + JB × BC = 240 × 90 + 150 × 90 = 21 600 + 13 500
Aire = 35 100 m².

4 Distributivité de la multiplication par rapport à l'addition et à la soustraction : factorisation p.7

1 A = 127 × (12 – 2)
A = 127 × 10
A = 1 270.

B = 14,5 × (47,95 + 2,05)
B = 14,5 × 50
B = 725.

C = 21,564 × (2,47 + 7,53)
C = 21,564 × 10
C = 215,64.

2 D = (6 + 21 – 7) × 204,52
D = 20 × 204,52
D = 4 090,4.

E = (9 + 2) × 71,23 + (7 + 4) × 28,77
E = 11 × 71,23 + 11 × 28,77
E = 11 × (71,23 + 28,77)
E = 11 × 100
E = 1 100.

3 **1.** A = 6 × 12.
2. B = 5 × 12.
3. A + B = 6 × 12 + 5 × 12 = (6 + 5) × 12 = 11 × 12 = 132.
4. Kim a acheté **132** bouteilles de jus de fruits en tout.

4 **1.** La dépense par mois pour l'achat du journal est **1,30 × 4 = 5,20 €.**
2. La dépense par mois pour l'achat du magazine est **3,50 × 4 = 14 €.**
3. **1re méthode :** La dépense totale par mois est :
1,30 × 4 + 3,50 × 4 = 5,20 + 14 = 19,20 €.
2e méthode : La dépense totale par mois est :
(1,30 + 3,50) × 4 = 4,80 × 4 = 19,20 €.

Corrigés détachables

5 Calcul littéral : expression « en fonction de », variable et inconnue p.8

1 **1.** $8 \times t = 8t$; **2.** $15 + x \times x = 15 + x^2$;
3. $13 \times (9 + y) = 13(9 + y)$;
4. $x \times y - 4 \times (x \times x + 6) = xy - 4(x^2 + 6)$.

2 **1.** La différence de 42 et du triple de y : $42 - 3y$.

2. Le quart de la somme de a et de 9 : $\frac{a + 9}{4}$.

3. La somme du carré du nombre a et du cube de : $a^2 + 2^3$.

3 $15(x - 4) = 15 \times x - 15 \times 4 = 15x - 60$;
$2(x + 8) - 4 = 2 \times x + 2 \times 8 - 4 = 2x + 16 - 4 = 2x + 12$;
$4(2x + 1) + 5(7 - x) = 4 \times 2x + 4 \times 1 + 5 \times 7 - 5 \times x$
$= 8x + 4 + 35 - 5x = 8x - 5x + 4 + 35$
$= 3x + 39$.

4 **1.** $12x + 16 = 4 \times 3x + 4 \times 4 = 4(3x + 4)$
2. $27 - 9y = 9 \times 3 - 9 \times y = 9(3 - y)$

5 $5a^2 + 8 + 7a - 3a^2 + 12a - 6 = 5a^2 - 3a^2 + 7a + 12a + 8 - 6 = a^2(5 - 3) + a(7 + 12) + 8 - 6 = 2a^2 + 19a + 2$.

6

Valeurs de x	A = 5x + 7	B = 31 – 2x	C = 8 + 2x²
$x = 0,5$	$A = 5 \times 0,5 + 7 = 2,5 + 7 = 9,5$	$B = 31 - 2 \times 0,5 = 31 - 1 = 30$	$C = 8 + 2 \times 0,5 \times 0,5 = 8 + 0,5 = 8,5$
$x = 9$	$A = 5 \times 9 + 7 = 45 + 7 = 52$	$B = 31 - 2 \times 9 = 31 - 18 = 13$	$C = 8 + 2 \times 9 \times 9 = 8 + 162 = 170$

7 **1.** $P_1 = x \times 4 = 4x$ et $P_2 = 2(y + 6 + y) = 2(2y + 6)$.
2. **1er cas :** $P_1 = 4 \times 3 = 12$ et $P_2 = 2(2 \times 4 + 6) = 2(8 + 6)$
$P_2 = 2 \times 14 = 28$. On a : $P_1 < P_2$.
2e cas : $P_1 = 4 \times 11 = 44$ et $P_2 = 2(2 \times 5 + 6) = 32$. On a : $P_1 > P_2$.
3e cas : $P_1 = 4 \times 5 = 20$ et $P_2 = 2(2 \times 2 + 6) = 20$. On a : $P_1 = P_2$.

8 Le résultat final correspond à l'expression :
$(x \times 4 + 6) \times 5 - 30 = 5(4x + 6) - 30$.
$5 \times 4x + 5 \times 6 - 30 = 20x + 30 - 30 = 20x$.
Le résultat final est donc égal au produit du nombre x par 20.
À partir de la valeur du résultat final, il faut diviser cette valeur par 20 pour retrouver le nombre de départ.

6 Test d'égalité p.9

1 L'aire en rouge est l'aire d'un rectangle de dimensions $15 - a$ et $8 - a$.
L'aire est donc $(15 - a) \times (8 - a)$.
Quand $a = 3$: $\mathbf{(15 - 3) \times (8 - 3) = 12 \times 5 = 60}$. L'aire rouge est 60 unités d'aire.
Quand $a = 7$: $\mathbf{(15 - 7) \times (8 - 7) = 8 \times 1 = 8}$. L'aire rouge est 8 unités d'aire.

2

7u – 5 = 2b + 6	7u – 5	2b + 6	Égalité vérifiée
1er cas : $u = 3$; $b = 2$	$7 \times 3 - 5 = 21 - 5 = 16$	$2 \times 2 + 6 = 4 + 6 = 10$	Non
2e cas : $u = \frac{16}{7}$; $b = \frac{5}{2}$	$7 \times \frac{16}{7} - 5 = 16 - 5 = 11$	$2 \times \frac{5}{2} + 6 = 5 + 6 = 11$	Oui
3e cas : $u = 2$; $b = 1,5$	$7 \times 2 - 5 = 14 - 5 = 9$	$2 \times 1,5 + 6 = 3 + 6 = 9$	Oui
4e cas : $u = 1$; $b = 0$	$7 \times 1 - 5 = 7 - 5 = 2$	$2 \times 0 + 6 = 0 + 6 = 6$	Non

3 **1.** Pour 65 SMS : $65 \times 0,15 = 9,75$. Avec le forfait A, en janvier, Nadia paie **9,75 €**.
$3,50 + 65 \times 0,07 = 3,50 + 4,55 = 8,05$. Avec le forfait B, en janvier, Nadia paie **8,05 €**.
2. Forfait A : $0,15 \times x = 0,15x$. Pour l'envoi de x SMS dans un mois, avec le forfait A, Nadia paie $\mathbf{0,15x}$ €.
Forfait B : $3,50 + 0,07 \times x = 3,50 + 0,07x$.
Pour l'envoi de x SMS dans un mois, avec le forfait B, Nadia paie $\mathbf{3,50 + 0,07x}$ **€**.
3. Forfait A : $35 \times 0,15 = 5,25$ €.
Forfait B : $3,50 + 35 \times 0,07 = 3,50 + 2,45 = 5,95$ €.
Si Nadia a payé 5,95 € pour 35 SMS, elle a choisi le forfait B.

4

Affirmations	V ou F	Explication si nécessaire
$5 \times a - 132 = 0$ quand $a = 25$	F	**$125 - 132 \neq 0$**
$1,420 < \frac{27}{19} < 1,421$	F	**Quotient de la division : 1,421052632…**
$\frac{21}{8} = 2,625$	V	**Le résultat de la division est 2,625**
Si $a < 9$ et $b < 3$ alors $a - b < 6$	F	**Si $a = 8$ et $b = 1$ alors $7 > 6$**

7 Puissances p.11

1 $A = 3^4 = 3 \times 3 \times 3 \times 3 = 81$.
$B = 2^3 = 2 \times 2 \times 2 = 8$.
$C = 32^2 = 32 \times 32 = 1\,024$.
$D = 0,8^4 = 0,8 \times 0,8 \times 0,8 \times 0,8 = 0,409\,6$.
$E = 1^5 = 1 \times 1 \times 1 \times 1 \times 1 = 1$.
$F = 1,2^3 = 1,2 \times 1,2 \times 1,2 = 1,728$.
$G = 5^7 = 5 \times 5 \times 5 \times 5 \times 5 \times 5 \times 5 = 78\,125$.
$H = \left(\frac{7}{3}\right)^2 = \frac{7}{3} \times \frac{7}{3} = \frac{49}{9}$.

2 **1.** Le carré de 8 : $8^2 = 8 \times 8 = 64$.
2. Le cube de 0,2 : $0,2^3 = 0,2 \times 0,2 \times 0,2 = 0,008$.
3. Le carré de 1,3 : $1,3^2 = 1,3 \times 1,3 = 1,69$.
4. Le cube de 3 : $3^3 = 3 \times 3 \times 3 = 27$.
5. Le carré de $\frac{2}{3}$: $\left(\frac{2}{3}\right)^2 = \frac{2}{3} \times \frac{2}{3} = \frac{4}{9}$.
6. Le cube de $\frac{5}{2}$: $\left(\frac{5}{2}\right)^3 = \frac{5}{2} \times \frac{5}{2} \times \frac{5}{2} = \times \frac{125}{8}$.

3 **1.** 4 m² = **400** dm² = **40 000** cm² ; **2.** 13,5 dm² = **1 350** cm² ; **3.** 0,2 m² = **20** dm² = **2 000** cm² ; **4.** 418 cm² = **41 800** mm² = **4,18** dm².

4 **1.** 6 m³ = **6 000** dm³ = **6 000 000** cm³ ; **2.** 0,8 dm³ = 800 cm³ ; **3.** 350 cm³ = **0,35** dm³.

5 1 jour plus tard : aire du nénuphar = $2 \times 1 = 2$ dm².
2 jours plus tard : aire du nénuphar = $2 \times 2 = 4$ dm².
3 jours plus tard : aire du nénuphar = $2 \times 4 = 8$ dm².
4 jours plus tard : aire du nénuphar = $2 \times 8 = 16$ dm².
5 jours plus tard : aire du nénuphar = $2 \times 16 = 32$ dm².
5 jours plus tard, l'aire du nénuphar est de 2^5 dm².

8 Multiples et diviseurs d'un entier naturel p.12

1 Les multiples de 11 inférieurs à 87 sont **0** ; **11** ; **22** ; **33** ; **44** ; **55** ; **66** ; **77**.

2 Les multiples de 17 inférieurs à 200 et supérieurs à 100 sont **102** ; **119** ; **136** ; **153** ; **170** ; **187**.

3 Les 15 premiers multiples de 68 sont 0 ; 68 ; 136 ; 204 ; 272 ; 340 ; 408 ; 476 ; 544 ; 612 ; 680 ; 748 ; 816 ; 884 et 952.

4 Soit *abcd* les nombres de 4 chiffres possibles. Les lettres représentent les chiffres.
Le chiffre *b* des centaines est 7, donc les nombres s'écrivent *a*7*cd*. S'ils sont multiples de 5, ils se terminent par 0 ou 5 ; ils deviennent *a*7*c*0 ou *a*7*c*5.
Ils sont strictement inférieurs à 3 000 ; ils s'écrivent 17*c*0 ou 27*c*0 ou 17*c*5 ou 27*c*5
Ils sont multiples de 3 ; la somme de leurs chiffres est un multiple de 3.
$1 + 7 + c + 0 = 8 + c$ est un multiple de 3 si $c = 1$ ou $c = 4$ ou $c = 7$.

$2 + 7 + c + 0 = 9 + c$ est un multiple de 3 si $c = 0$ ou $c = 3$ ou $c = 6$ ou $c = 9$.
$1 + 7 + c + 5 = 13 + c$ est un multiple de 3 si $c = 2$ ou $c = 5$ ou $c = 8$.
$2 + 7 + c + 5 = 14 + c$ est un multiple de 3 si $c = 1$ ou $c = 4$ ou $c = 7$.
Les nombres sont : 1710 ou 1740 ou 1770 ou 2700 ou 2 730 ou 2760 ou 2790 ou 1725 ou 1755 ou 1785 ou 2715 ou 2745 ou 2775.

5 Soit *abc* l'écriture avec 3 chiffres du nombre de CD. En groupant les CD par 2 ou par 3 ou par 5, « c'est pareil : il en reste 1 ».
(*abc* – 1) CD est à la fois multiple de 2, de 3 et de 5.
S'il est multiple de 2 et de 5, alors il est multiple de 10. Donc son chiffre des unités est zéro.
Le nombre de CD étant compris entre 250 et 300 alors son chiffre des centaines *a* est 2. Comme il est multiple de 3, alors $2 + b + 0$ est un multiple de 3, d'où $b = 7$.
Le nombre de CD sera : **270 + 1 = 271**.

6 $A = 2 \times 5 \times 9 \times 11 = \mathbf{A = 2 \times 5 \times 3 \times 3 \times 11}$
2 est un diviseur de A donc A est divisible par 2.
A est divisible par **1 ; 2 ; 3 ; 5 ; 9 et 11**.
$2 \times 3 = \mathbf{6}$; $2 \times 3 \times 5 = \mathbf{30}$; $2 \times 3 \times 11 = \mathbf{66}$; $3 \times 11 \times 5 = \mathbf{165}$; $2 \times 9 \times 11 = \mathbf{198}$; $2 \times 5 = \mathbf{10}$; $3 \times 5 = \mathbf{15}$; $2 \times 9 = \mathbf{18}$; $2 \times 11 = \mathbf{22}$; $3 \times 11 = \mathbf{33}$; $3 \times 3 \times 5 = \mathbf{45}$; $5 \times 11 = \mathbf{55}$; $2 \times 3 \times 3 \times 5 = \mathbf{90}$; $3 \times 3 \times 11 = \mathbf{99}$; $2 \times 5 \times 11 = \mathbf{110}$; $2 \times 3 \times 5 \times 11 = \mathbf{330}$; $5 \times 3 \times 3 \times 11 = \mathbf{495}$; $2 \times 3 \times 3 \times 5 \times 11 = \mathbf{990}$.
990 a 24 diviseurs.

7 Le nombre d'enfants ainsi que le nombre de bonbons reçus par chacun sont un diviseur de 60.
Les diviseurs de 60 sont 1 ; 2 ; 3 ; 4 ; 5 ; 6 ; 10 ; 12 ; 15 ; 20 ; 30 et 60.
On sait que chaque enfant a reçu entre 11 et 16 bonbons, donc soit 12, soit 15 bonbons.
$5 \times 12 = 60$ et 4×15 60.
Il peut y avoir 5 enfants et chacun a eu 12 bonbons ou 4 enfants et chacun a eu 15 bonbons.
On ne peut pas savoir combien d'enfants étaient présents, il y a deux possibilités.

9 Nombres premiers : décomposition d'un entier naturel en facteurs premiers — p. 13

1

1	**2**	**3**	4	**5**	6	**7**	8	9	10
11	12	**13**	14	15	16	**17**	18	**19**	20
21	22	**23**	24	25	26	27	28	**29**	30
31	32	33	34	35	36	**37**	38	39	40
41	42	**43**	44	45	46	**47**	48	49	50

2 La somme des chiffres du nombre 111 est divisible par 3 donc **111 n'est pas premier**.
La somme des chiffres du nombre 117 est divisible par 9 donc **117 n'est pas premier**.
Le nombre 113 il n'est divisible ni par 2 ni par 3 ni par 5. On doit vérifier qu'il n'est pas divisible par un nombre premier en posant les divisions jusqu'à ce que le quotient soit inférieur au diviseur
On trouve D = 113 $d = 7$ $q = 16$ $r = 5$ et D = 113 $d = 11$ $q = 10$ $r = 7$.
Donc le nombre **113 est premier**.

3

18	2	45	3	25	5	60	2	840	2	700	2
9	3	15	3	5	5	30	2	420	2	350	2
3	3	5	5	1		15	3	210	2	175	5
1		1				5	5	105	3	35	5
						1		35	5	7	7
								7	7	1	
								1			

$18 = 2 \times 3^2$ et $45 = 3^2 \times 5$ donc $\frac{18}{45} = \frac{2 \times 3^2}{3^2 \times 5} = \frac{2}{5}$

$25 = 5^2$ et $60 = 2^2 \times 3 \times 5$ donc $\frac{25}{60} = \frac{5^2}{2^2 \times 3 \times 5} = \frac{5}{12}$

$840 = 2^3 \times 3 \times 5 \times 7$ et $700 = 2^2 \times 5^2 \times 7$

donc $\frac{840}{700} = \frac{2^3 \times 3 \times 5 \times 7}{2^2 \times 5^2 \times 7} = \frac{6}{5}$

4

Dividende	Diviseur	Quotient	Reste
2 311	7	330	01
2 311	11	210	01
2 311	13	177	10
2 311	17	135	16
2 311	23	100	11
2 311	29	79	20
2 311	31	74	17
2 311	37	62	17
2 311	41	56	15
2 311	47	49	08
2 311	53	43	32

À partir du diviseur 53 les quotients sont inférieurs aux diviseurs, on en conclut que 2311 est premier.

10 Écritures fractionnaires : proportion — p. 13

1

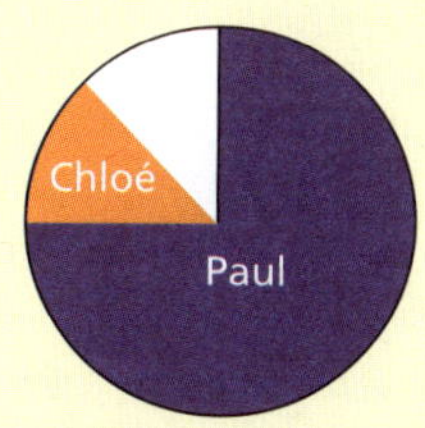

2 La partie coloriée représente $\frac{7}{16}$ de la figure.

3

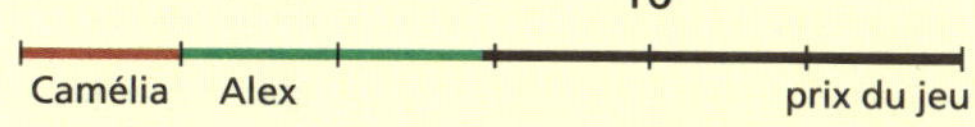

4 Les reptiles représentent $\frac{7}{24}$ des animaux du zoo.

5 Le nombre dont le produit par 4 est égal à 7 est $\frac{7}{4}$.
$4 \times 1{,}75 = 7$, donc le produit de 1,75 par 4 est égal à 7 et par conséquent $\frac{7}{4} = 1{,}75$.

6 $\frac{38}{125}$ des élèves de l'école de ski sont inscrits en première étoile.

11 Écritures fractionnaires : égalité — p. 14

1 $\frac{59}{10} = \frac{5\,900}{1\,000} = \frac{590}{100} = \frac{118}{20} = \frac{2\,360}{400}$.

2 $\frac{18}{8} = \frac{2 \times 9}{2 \times 4} = \frac{9}{4}$; $\frac{45}{20} = \frac{5 \times 9}{5 \times 4} = \frac{9}{4}$; $\frac{90}{40} = \frac{10 \times 9}{10 \times 4} = \frac{9}{4}$;

$\frac{36}{16} = \frac{4 \times 9}{4 \times 4} = \frac{9}{4}$. Il en existe une infinité.

3 $\frac{18}{45} = \frac{9 \times 2}{9 \times 5} = \frac{2}{5} = \frac{4}{10} = 0{,}4$

et $\frac{63}{225} = \frac{9 \times 7}{9 \times 25} = \frac{7}{25} = \frac{7 \times 4}{25 \times 4} = \frac{28}{100} = 0{,}28$.

Corrigés détachables

4 $\dfrac{19}{0{,}32} = \dfrac{19 \times 100}{0{,}32 \times 100} = \dfrac{1\,900}{32} = 59{,}375$ et

$\dfrac{0{,}15}{1{,}6} = \dfrac{0{,}15 \times 10}{1{,}6 \times 10} = \dfrac{1{,}5}{16} = 0{,}093\,75.$

5

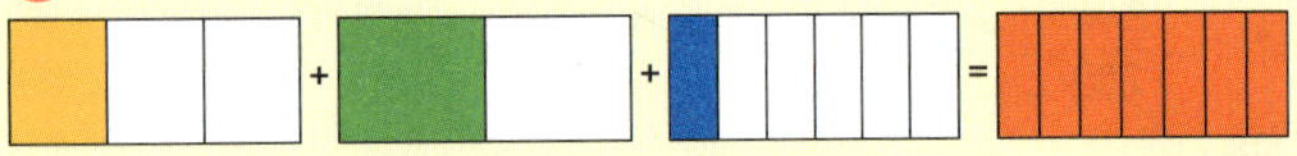

12 Écritures fractionnaires : nombre décimal ou nombre rationnel — p.15

1 **1.** $\dfrac{432{,}7}{28{,}1} = \dfrac{4\,327}{281}$

```
4327 | 281
1517 | 15,398
 1120
  2770
   2410
    162
```

2. La valeur tronquée au centième de 432,7 par 28,1 est 15,39.

3. La valeur arrondie à $\dfrac{1}{10}$ de $\dfrac{432{,}7}{28{,}1}$ est 15,4.

2 **1.** $\dfrac{53{,}75}{8{,}25} = \dfrac{5\,375}{825}$

2.

```
5375 | 825
 4250 | 6,515
  1250
   4250
    125
```

3. La valeur tronquée au dixième de 53,75 par 8,25 est 6,5.

La valeur arrondie à $\dfrac{1}{100}$ de $\dfrac{53{,}75}{8{,}25}$ est 6,52.

3 Les fractions dont le quotient est décimal sont :

$\dfrac{9}{15}$; $\dfrac{8}{5}$; $\dfrac{26}{10}$.

4 Les fractions dont le quotient n'est pas décimal sont :

$\dfrac{10}{26}$ et $\dfrac{15}{9}$.

5

	$\frac{1}{10}$	$\frac{1}{100}$	$\frac{1}{1\,000}$	$\frac{1}{10\,000}$
Valeur approchée par défaut de π à	3,1	3,14	3,141	3,141 5
Valeur approchéepar excès de π à	3,2	3,15	3,142	3,141 6
Valeur tronquée de π à	3,1	3,14	3,141	3,141 5
Valeur arrondie π à	3,1	3,14	3,142	3,141 6

13 Fractions : comparaison — p.16

1 $\dfrac{17}{9} > \dfrac{12}{9}$; $\dfrac{18}{12} = \dfrac{3 \times 6}{3 \times 4} = \dfrac{6}{4}$; $\dfrac{6}{4} > \dfrac{5}{4}$, donc $\dfrac{18}{12} > \dfrac{5}{4}$; $\dfrac{7}{5} > 1$ et $\dfrac{1}{3} < 1$, donc $\dfrac{7}{5} > \dfrac{1}{3}$; $\dfrac{13}{4} = \dfrac{9 \times 13}{9 \times 4} = \dfrac{117}{36}$; $\dfrac{117}{36} > \dfrac{75}{36}$ donc $\dfrac{13}{4} > \dfrac{75}{36}$; $\dfrac{7}{13} < 1$ et $\dfrac{13}{7} > 1$ donc $\dfrac{7}{13} < \dfrac{13}{7}$; $\dfrac{25}{8} = 3{,}125$ et $3{,}125 > 3$ donc $3 < \dfrac{25}{8}$.

2 $\dfrac{2}{5}$; $\dfrac{9}{12}$; $\dfrac{16}{40}$; $\dfrac{12}{30}$; $\dfrac{3}{4}$; $\dfrac{24}{60}$ sont les fractions inférieures à 1.

3 On classe les fractions inférieures à 1 :

$\dfrac{5}{6} = \dfrac{5 \times 5}{5 \times 6} = \dfrac{25}{30}$; $\dfrac{2}{3} = \dfrac{20}{30}$; $\dfrac{11}{15} = \dfrac{22}{30}$; $\dfrac{25}{30} > \dfrac{23}{30} > \dfrac{22}{30} > \dfrac{20}{30}$

donc $\dfrac{5}{6} > \dfrac{23}{30} > \dfrac{11}{15} > \dfrac{2}{3}$.

On classe les fractions supérieures à 1 :

$\dfrac{8}{5} = \dfrac{80}{50}$; $\dfrac{31}{25} = \dfrac{62}{50}$; $\dfrac{80}{50} > \dfrac{62}{50} > \dfrac{61}{50}$ donc $\dfrac{8}{5} > \dfrac{31}{25} > \dfrac{61}{50}$.

Conclusion : $\dfrac{8}{5} > \dfrac{31}{25} > \dfrac{61}{50} > \dfrac{5}{6} > \dfrac{23}{30} > \dfrac{11}{15} > \dfrac{2}{3}$.

4 $\dfrac{4}{3} = \dfrac{16}{12}$; $\dfrac{5}{6} = \dfrac{10}{12}$; $\dfrac{1}{2} = \dfrac{6}{12}$; $\dfrac{3}{2} = \dfrac{18}{12}$;

$\dfrac{3}{12} < \dfrac{6}{12} < \dfrac{7}{12} < \dfrac{10}{12} < \dfrac{16}{12} < \dfrac{18}{12}$. Donc $\dfrac{3}{12} < \dfrac{1}{2} < \dfrac{7}{12} < \dfrac{5}{6} < \dfrac{4}{3} < \dfrac{3}{2}$.

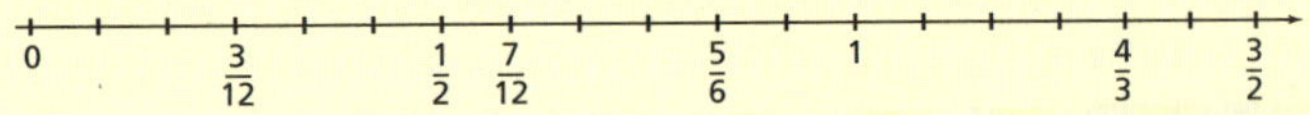

5 $\dfrac{72}{320} = 0{,}225$ et $\dfrac{55}{250} = 0{,}22$. $0{,}22 < 0{,}225$ donc $\dfrac{55}{250} < \dfrac{72}{320}$.

Le lundi, la proportion des élèves de 5e est **la plus importante parmi les demi-pensionnaires.**

6 **1.** $\dfrac{3}{5} = \dfrac{3 \times 2}{5 \times 2} = \dfrac{6}{10}$ et $\dfrac{4}{5} = \dfrac{4 \times 2}{5 \times 2} = \dfrac{8}{10}$

$\dfrac{6}{10} < \dfrac{7}{10} < \dfrac{8}{10}$ donc $\dfrac{3}{5} < \dfrac{7}{10} < \dfrac{4}{5}$.

2. $\dfrac{17}{21} = \dfrac{17 \times 2}{21 \times 2} = \dfrac{34}{42}$ et $\dfrac{18}{21} = \dfrac{18 \times 2}{21 \times 2} = \dfrac{36}{42}$

$\dfrac{34}{42} < \dfrac{35}{42} < \dfrac{36}{42}$ donc $\dfrac{17}{21} < \dfrac{35}{42} < \dfrac{18}{21}$.

3. $\dfrac{61}{15} = \dfrac{61 \times 2}{15 \times 2} = \dfrac{122}{30}$ et $\dfrac{62}{15} = \dfrac{62 \times 2}{15 \times 2} = \dfrac{124}{30}$

$\dfrac{122}{30} < \dfrac{123}{30} < \dfrac{124}{30}$ donc $\dfrac{61}{15} < \dfrac{123}{30} < \dfrac{62}{15}$.

14 Fractions : addition et soustraction — p.17

1 **1.** $\dfrac{12}{15} + \dfrac{20}{15} = \dfrac{32}{15}$; **2.** $\dfrac{52}{18} - \dfrac{28}{18} = \dfrac{24}{18} = \dfrac{6 \times 4}{6 \times 3} = \dfrac{4}{3}$;

3. $\dfrac{25}{30} + \dfrac{25}{30} = \dfrac{50}{30} = \dfrac{5 \times 10}{3 \times 10} = \dfrac{5}{3}$; **4.** $\dfrac{24}{40} + \dfrac{16}{40} = \dfrac{40}{40} = 1.$

2 **1.** $\dfrac{13}{5} + \dfrac{20}{15} = \dfrac{13 \times 3}{5 \times 3} + \dfrac{20}{15} = \dfrac{39 + 20}{15} = \dfrac{59}{15}.$

2. $\dfrac{25}{30} - \dfrac{12}{15} = \dfrac{25}{30} - \dfrac{12 \times 2}{15 \times 2} = \dfrac{25 - 24}{30} = \dfrac{1}{30}.$

3 **1.** $\dfrac{13}{8} + \dfrac{7}{5} = \dfrac{13 \times 5}{8 \times 5} + \dfrac{7 \times 8}{5 \times 8} = \dfrac{65 + 56}{40} = \dfrac{121}{40}.$

2. $\dfrac{38}{15} - \dfrac{3}{4} = \dfrac{38 \times 4}{15 \times 4} - \dfrac{3 \times 15}{4 \times 15} = \dfrac{152 - 45}{60} = \dfrac{107}{60}.$

3. $\dfrac{4}{7} + \dfrac{4}{3} = \dfrac{4 \times 3}{7 \times 3} + \dfrac{4 \times 7}{3 \times 7} = \dfrac{12 + 28}{21} = \dfrac{40}{21}.$

4. $\dfrac{2}{9} + \dfrac{13}{5} = \dfrac{2 \times 5}{9 \times 5} + \dfrac{13 \times 9}{5 \times 9} = \dfrac{10 + 117}{45} = \dfrac{127}{45}.$

4 **1.** $\dfrac{14}{15} + \dfrac{16}{24} = \dfrac{14}{3 \times 5} + \dfrac{8 \times 2}{8 \times 3} = \dfrac{14}{3 \times 5} + \dfrac{2 \times 5}{3 \times 5} = \dfrac{14 + 10}{15}$

$= \dfrac{24}{15} = \dfrac{8 \times 3}{5 \times 3} = \dfrac{8}{5}.$

2. $\dfrac{5}{12} - \dfrac{15}{45} = \dfrac{5}{3 \times 4} - \dfrac{15 \times 1}{15 \times 3} = \dfrac{5}{12} - \dfrac{1 \times 4}{3 \times 4} = \dfrac{5 - 4}{12} = \dfrac{1}{12}.$

3. $\dfrac{16}{40} + \dfrac{28}{24} = \dfrac{8 \times 2}{8 \times 5} + \dfrac{7 \times 4}{6 \times 4} = \dfrac{2}{5} + \dfrac{7}{6} = \dfrac{2 \times 6}{5 \times 6} + \dfrac{7 \times 5}{6 \times 5} = \dfrac{12 + 35}{30}$

$= \dfrac{47}{30}.$

4. $\dfrac{63}{35} - \dfrac{45}{60} = \dfrac{7 \times 9}{7 \times 5} - \dfrac{15 \times 3}{15 \times 4} = \dfrac{9}{5} - \dfrac{3}{4} = \dfrac{9 \times 4}{5 \times 4} - \dfrac{3 \times 5}{4 \times 5}$

$= \dfrac{36 - 15}{20} = \dfrac{21}{20}.$

5 **1.** $\frac{1}{4}=\frac{2}{8}$. Donc la deuxième personne reçoit les $\frac{2}{8}$ de la somme.
La troisième personne reçoit : $\frac{8}{8}-\left(\frac{2}{8}+\frac{3}{8}\right)=\frac{8}{8}-\frac{5}{8}=\frac{3}{8}$ de la somme.

2. La première personne reçoit :
$1\,800\times\frac{3}{8}=\frac{1\,800\times 3}{8}=\frac{5\,400}{8}=675$ €.

6 $\frac{3}{4}+\frac{1}{5}=\frac{15}{20}+\frac{4}{20}=\frac{15+4}{20}=\frac{19}{20}$. La subvention et les familles paieront $\frac{19}{20}$ du prix du voyage.

Il restera donc $\frac{1}{20}$ du prix du voyage à faire payer par le foyer.

15 Fractions : multiplication p.18

1 $\frac{3}{8}\times\frac{17}{23}=\frac{3\times 17}{8\times 23}=\frac{51}{184}$.

$\frac{65}{12}\times\frac{28}{15}=\frac{65\times 28}{12\times 15}=\frac{5\times 13\times 4\times 7}{4\times 3\times 5\times 3}=\frac{13\times 7}{3\times 3}=\frac{91}{9}$.

$\frac{128}{25}\times\frac{75}{16}=\frac{128\times 75}{25\times 16}=\frac{8\times 16\times 25\times 3}{25\times 16}=\frac{8\times 3}{1}=\frac{24}{1}=24$.

$\frac{3}{14}\times\frac{35}{12}=\frac{3\times 35}{14\times 12}=\frac{3\times 7\times 5}{2\times 7\times 3\times 4}=\frac{5}{2\times 4}=\frac{5}{8}$.

$\frac{4}{9}\times\frac{25}{11}=\frac{4\times 25}{9\times 11}=\frac{100}{99}$.

$\frac{70}{3}\times\frac{7}{20}=\frac{70\times 7}{3\times 20}=\frac{10\times 7\times 7}{3\times 2\times 10}=\frac{7\times 7}{3\times 2}=\frac{49}{6}$.

2 $42\times\frac{18}{7}=\frac{42}{7}\times 18=6\times 18=108$.

$35\times\frac{7}{3}=\frac{245}{3}$.

$\frac{4}{5}\times 134=\frac{4\times 134}{5}=\frac{536}{5}=107{,}2$.

$\frac{15}{40}\times 30=\frac{15\times 30}{40}=\frac{15\times 3\times 10}{4\times 10}=\frac{15\times 3}{4}=\frac{45}{4}=11{,}25$.

$2{,}4\times\frac{4}{3}=\frac{2{,}4}{3}\times 4=0{,}8\times 4=3{,}2$.

$\frac{5}{14}\times 0{,}28=\frac{5}{14}\times\frac{28}{100}=\frac{5\times 28}{14\times 100}=\frac{5\times 2\times 14}{14\times 5\times 2\times 10}=\frac{1}{10}$
$=0{,}1$.

3 **1.** $\frac{2}{7}\times 98=\frac{2\times 98}{7}=\frac{2\times 14\times 7}{7}=2\times 14=28$.

2. $1\,232\times\frac{3}{4}=\frac{1\,232}{4}\times 3=308\times 3=924$.

3. $\frac{2}{3}\times\frac{5}{4}=\frac{2\times 5}{3\times 4}=\frac{2\times 5}{3\times 2\times 2}=\frac{5}{3\times 2}=\frac{5}{6}$.

4. $\frac{15}{20}\times 12{,}5=\frac{12{,}5}{20}\times 15=\frac{12{,}5\times 3\times 5}{4\times 5}=\frac{37{,}5}{4}=9{,}375$.

4 La balle touche le sol une première fois, elle remonte à :
$\frac{4}{5}\times 9=\frac{4\times 9}{5}=\frac{36}{5}=7{,}2$ m.
La balle touche le sol une deuxième fois, elle remonte à :
$\frac{4}{5}\times 7{,}2=\frac{4\times 7{,}2}{5}=\frac{28{,}8}{5}=5{,}76$ m.
La balle touche le sol une troisième fois, elle remonte à :
$\frac{4}{5}\times 5{,}76=\frac{4\times 5{,}76}{5}=\frac{23{,}04}{5}=4{,}608$ m.

5 Le premier a $\frac{1}{4}\times 500=\frac{500}{4}=$ **125 timbres**.
Le deuxième a 125 + 25 = **150 timbres**.
Il reste alors 500 – (125 + 150) = 500 – 275 = **225 timbres**.
Le troisième reçoit : $\frac{2}{5}\times 225=2\times\frac{225}{5}=2\times 45=$ **90 timbres**.
Le quatrième a : $\frac{2}{3}\times 90=2\times\frac{90}{3}=2\times 30=$ **60 timbres**.
Le cinquième enfant reçoit :
500 – (125 + 150 + 90 + 60) = 500 – 425 = **75 timbres**.

16 Fractions : expressions numériques avec ou sans parenthèses p.19

1 $\frac{12}{15}=\frac{3\times 4}{3\times 5}=\frac{4}{5}$; $\frac{25}{30}=\frac{5\times 5}{5\times 6}=\frac{5}{6}$; $\frac{16}{24}=\frac{8\times 2}{8\times 3}=\frac{2}{3}$;

$\frac{12}{15}+\frac{25}{30}\times\frac{16}{24}=\frac{4}{5}+\frac{5}{6}\times\frac{2}{3}=\frac{4}{5}+\frac{5\times 2}{2\times 3\times 3}=\frac{4}{5}+\frac{5}{9}$
$=\frac{36}{45}+\frac{25}{45}=\frac{61}{45}$;

$\frac{12}{15}\times\left(\frac{25}{30}+\frac{16}{24}\right)=\frac{4}{5}\times\left(\frac{5}{6}+\frac{2}{3}\right)=\frac{4}{5}\times\left(\frac{5+4}{6}\right)=\frac{4}{5}\times\frac{9}{6}$
$=\frac{2\times 2\times 3\times 3}{5\times 2\times 3}=\frac{6}{5}$.

2 $a=\frac{28}{24}=\frac{4\times 7}{4\times 6}=\frac{7}{6}$; $b=\frac{20}{15}=\frac{5\times 4}{5\times 3}=\frac{4}{3}$;

$c=\frac{16}{40}=\frac{8\times 2}{8\times 5}=\frac{2}{5}$.

$I=\frac{2}{5}+\frac{4}{3}\times\frac{7}{6}=\frac{2}{5}+\frac{2\times 2\times 7}{3\times 2\times 3}=\frac{2}{5}+\frac{14}{9}=\frac{18}{45}+\frac{70}{45}=\frac{88}{45}$.

$J=\left(\frac{4}{3}+\frac{7}{6}\right)\times\frac{2}{5}=\left(\frac{8}{6}+\frac{7}{6}\right)\times\frac{2}{5}=\frac{8+7}{6}\times\frac{2}{5}=\frac{15}{6}\times\frac{2}{5}$

$J=\frac{3\times 5\times 2}{2\times 3\times 5}=1$.

3 $A=\frac{11}{4}+\frac{2\times 7\times 5}{7\times 2\times 2\times 5}$

$A=\frac{11}{4}+\frac{2}{4}$

$A=\frac{13}{4}$.

$B=\left(\frac{7\times 3}{5\times 3}-\frac{4}{15}\right)\times\frac{3}{2}$

$B=\frac{17}{15}\times\frac{3}{2}$

$B=\frac{17}{10}$.

4 $D=\frac{9\times 7\times 7}{7\times 7\times 2}-\frac{13}{6}$

$D=\frac{9\times 3}{2\times 3}-\frac{13}{6}=\frac{27-13}{6}$

$D=\frac{14}{6}=\frac{7}{3}$.

$E=\frac{6}{5}\times\left(\frac{7}{12}+\frac{4\times 4}{3\times 4}\right)$

$E=\frac{6}{5}\times\frac{23}{12}$

$E=\frac{6\times 23}{5\times 6\times 2}$ $E=\frac{23}{10}$.

5 **1.** La fraction des cerises qu'il reste à Barbara est :
$x=1-\left(\frac{5}{14}+\frac{2}{7}\right)=1-\left(\frac{5+2\times 2}{14}\right)=1-\frac{9}{14}$
$=\frac{14}{14}-\frac{9}{14}=\frac{5}{14}$.

2. Le nombre de cerises mangées par Barbara est :
$70\times\frac{5}{14}=\frac{70\times 5}{14}=25$.

3. Le nombre de cerises mangées par Clément est égal à 25 cerises.

4. Le nombre de cerises mangées par Maya est :
70 – (25 + 25) = 70 – 50 = 20 cerises.

6 La fraction d'argent qui reste à Léa est :
$1-\left(\frac{1}{4}+\frac{1}{3}\times\left(1-\frac{1}{4}\right)\right)=1-\left(\frac{1+1}{4}\right)=1-\frac{1}{2}=\frac{1}{2}$. Léa a raison.

7 **1.** $\frac{4}{5}+\left(\frac{2}{3}\times\frac{1}{8}\right)=\frac{4}{5}+\frac{1}{12}=\frac{4\times 12+1\times 5}{60}=\frac{48+5}{60}=\frac{53}{60}$.

2. $\frac{5}{9}-\left(\frac{3}{4}\times\frac{2}{7}\right)=\frac{5}{9}-\frac{3}{14}=\frac{5\times 14-3\times 9}{9\times 14}=\frac{70-27}{126}=\frac{43}{126}$.

17 Fractions : simplification p. 20

1 45 et 60 sont à la fois divisibles par 5 et par 3 donc divisibles par 15.

$a = \frac{45}{60} = \frac{45 \div 15}{60 \div 15} = \frac{3}{4}$.

63 et 35 sont divisibles par 7.

$b = \frac{63}{35} = \frac{63 \div 7}{35 \div 7} = \frac{9}{5}$.

24 et 40 sont divisibles par 8.

$c = \frac{24}{40} = \frac{24 \div 8}{40 \div 8} = \frac{3}{5}$.

2 810 et 765 sont à la fois divisibles par 5 et par 9 donc divisibles par 45.

$a = \frac{810}{765} = \frac{810 \div 45}{765 \div 45} = \frac{18}{17}$.

48 et 528 sont à la fois divisibles par 3 et par 4 donc divisibles par 12.

$b = \frac{48}{528} = \frac{48 \div 12}{528 \div 12} = \frac{4}{44} = \frac{1}{11}$.

64 et 704 sont divisibles par 8.

$c = \frac{64}{704} = \frac{64 \div 8}{704 \div 8} = \frac{8}{88} = \frac{1}{11}$.

3 On multiplie le numérateur et le dénominateur de la fraction $\frac{9}{4}$ par un même nombre non nul k.

Il existe une infinité de fractions.

Si $k = 2$ alors $\frac{9}{4} = \frac{18}{8}$. Si $k = 5$ alors $\frac{9}{4} = \frac{45}{20}$. Si $k = 11$ alors $\frac{9}{4} = \frac{99}{44}$. Si $k = 35$ alors $\frac{9}{4} = \frac{315}{140}$.

4 840 et 700 sont à la fois des multiples de 10 et de 7 donc multiples de 10 × 7 = 70 ou divisibles par 70.
25 et 60 sont divisibles par 5.

$\frac{840}{700} = \frac{12}{10} = \frac{6}{5}$; $\frac{18}{45} = \frac{2}{5}$; $\frac{25}{60} = \frac{5}{12}$.

5 $\frac{2}{5}$; $\frac{3}{4}$ sont irréductibles ;

$\frac{14}{12} = \frac{7}{6}$; $\frac{9}{12} = \frac{3}{4}$; $\frac{16}{40} = \frac{2}{5}$; $\frac{12}{30} = \frac{2}{5}$; $\frac{21}{18} = \frac{7}{6}$; $\frac{70}{60} = \frac{7}{6}$;
$\frac{15}{60} = \frac{1}{4}$; $\frac{24}{60} = \frac{2}{5}$; $\frac{12}{45} = \frac{4}{15}$.

$\frac{2}{5}$; $\frac{16}{40}$ et $\frac{24}{60}$ sont égales. $\frac{7}{6}$; $\frac{14}{12}$; $\frac{21}{18}$ et $\frac{70}{60}$ sont égales.

6 $\frac{840}{700} = \frac{10 \times 84}{10 \times 70} = \frac{84}{70} = \frac{7 \times 12}{7 \times 10} = \frac{12}{10} = 1,2$

$\frac{63}{225} = \frac{9 \times 7}{9 \times 25} = \frac{7}{25} = \frac{7 \times 4}{25 \times 4} = \frac{28}{100} = 0,28$.

18 Fractions : problèmes de synthèse p. 21

1 1. vrai – 2. vrai – 3. faux – 4. vrai – 5. vrai – 6. faux – 7. faux – 8. faux – 9. faux – 10. vrai.

2 14 × 4 = 56 élèves de la 5e A sur 100 ont eu la rougeole.
6 × 10 = 60 élèves de la 5e B sur 100 ont eu la rougeole.
56 < 60, donc c'est dans la classe de 5e B que la proportion d'élèves ayant eu la rougeole est la plus importante.

3 1. $3 \times \frac{2}{7} = \frac{6}{7}$; 2. $2 \times \frac{2}{5} = \frac{4}{5}$; 3. $\frac{1}{3} \times \frac{2}{7} = \frac{2}{21}$; 4. $\frac{1}{2} \times \frac{2}{5} = \frac{1}{5}$.

4 La distance qu'il reste à parcourir en fraction est égale à :

$1 - \frac{1}{4} - \frac{4}{5} \times \left(1 - \frac{1}{4}\right) = 1 - \frac{1}{4} - \frac{4}{5} \times \frac{3}{4} = \frac{20}{20} - \frac{5}{20} - \frac{12}{20} = \frac{3}{20}$.

La distance qu'il reste à parcourir en kilomètres est égale à : $24 \times \frac{3}{20} = 3,6$ **km**.

5 1. La fraction de la distance totale représentant la distance parcourue en vélo est :

$1 - \left(\frac{1}{24} + \frac{1}{3}\right) = \frac{24}{24} - \left(\frac{1}{24} + \frac{1}{3}\right) = \frac{24}{24} - \left(\frac{1}{24} + \frac{1 \times 8}{3 \times 8}\right) = \frac{24}{24} - \frac{9}{24}$
$= \frac{15}{24} = \frac{15 \div 3}{24 \div 3} = \frac{5}{8}$.

2. La distance parcourue en vélo est égale à : $12 \times \frac{5}{8} = 7,5$ km.

La distance parcourue en course à pied est égale à :

$12 \times \frac{1}{3} = \frac{12 \times 1}{3} = 4$ km.

Celle parcourue à la nage est égale à :

$12 \times \frac{1}{24} = \frac{12}{24} = 0,5$ km.

6 1. Si le réservoir était plein au départ et qu'il est maintenant aux $\frac{3}{4}$ vide, cela signifie qu'il reste $\frac{1}{4}$ d'essence.
La fraction de la capacité du réservoir représentant les 20 litres d'essence est égale à : $\frac{7}{8} - \frac{1}{4} = \frac{5}{8}$.

2. 20 litres représentent $\frac{5}{8}$ du réservoir. La capacité du réservoir plein est égale à : $\frac{20 \times 8}{5} = 32$ litres.

3. 8 L sont consommés pour parcourir 100 km. 32 L = 4 × 8 L, donc avec 32 litres, on parcourt 4 × 100 km, soit 400 km.

7 La largeur (ou l) est égale aux deux tiers de la longueur (ou L), soit $l = \frac{2}{3}$ L.

Le périmètre de la table rectangulaire est égal à :

p = 2 (L + l) avec $l = \frac{2}{3}$ L et p = 6.

Donc $2\left(L + \frac{2}{3}L\right) = 6$ signifie $\frac{10}{3}L = 6$ signifie 10 L = 18 signifie L = 1,8 et $l = 1,8 \times \frac{2}{3} = 1,2$.

La longueur mesure **1,80 m** et la largeur **1,20 m**.

8 1. La part du quatrième enfant en euro est **270 €**.
La part totale de la somme est 1.
La part du quatrième enfant en fraction est égale à

$1 - \left(\frac{1}{5} + \frac{1}{4} + \frac{3}{10}\right) = \frac{20}{20} - \left(\frac{4}{20} + \frac{5}{20} + \frac{6}{20}\right) = \frac{20}{20} - \frac{15}{20} = \frac{5}{20} = \frac{1}{4}$

2. Le montant de la somme d'argent à partager est égale à 4 × 270 = **1 080 €**.

3. La part du premier est égale à 1 080 × $\frac{1}{5}$ = **216 €**.

La part du deuxième est égale à 270 €.

La part du troisième est égale à 1 080 × $\frac{3}{10}$ = **324 €**.

Vérification 216 + 270 + 324 + 270 = 1 080.

19 Nombres relatifs : introduction p. 22

1 1. – 3. 2. – 287. 3. + 742 ou 742. 4. – 325.

2 1. Les nombres relatifs négatifs : (– 3,9) ; (– 6,5) ; (– 4) ; (– 6,7).

2.

Nombre relatif	(– 3,9)	(– 6,5)	(+ 4)	(+ 5,6)	(– 4)	(+2,5)	(– 6,7)
Son opposé	(+ 3,9)	(+ 6,5)	(–4)	(– 5,6)	(+ 4)	(– 2,5)	(+ 6,7)

3 La rivière de Padirac coule à 103 m au-dessous du niveau de la mer.
Certaines fosses de la mer Rouge sont situées à 2 835 m au-dessous du niveau de la mer.
Le Fuji-Yama culmine à 3 800 m.

4 Les nombres relatifs positifs de cette liste sont (+ 7,5), (+ 4) et (0). Le nombre qui a la plus grande distance à zéro est –9 : sa distance à zéro est 9.

Corrigés détachables

20 Nombres relatifs : comparaison de nombres relatifs et droite graduée p.23

1 **1.**

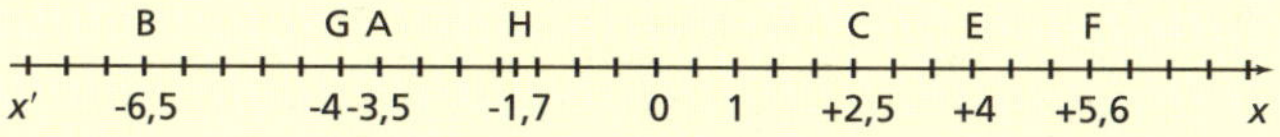

2. Le plus grand nombre est (+ 5,6) Le plus petit est (– 6,5). Le nombre qui a la plus petite distance à zéro est (– 1,7).
3. Les points qui sont symétriques par rapport au point O sont E et G. Leurs abscisses respectives sont des nombres relatifs opposés.

2 (+17) > (+ 12) (– 2,3) > (– 4) (+ 6) > (– 5,5)
(– 5) < (– 1) (+13) < (+ 21) (– 1,99) = (– 1,990)
(+12) > (+ 4,2) (– 0,5) < 0

3 (– 90) < (– 32,24) < (– 9) < (– 8,2) < (– 0,5) < 0 < (+ 5,2) < (+ 14,2) < (+ 22,02) < (+ 22,2) < (+ 30) < (+ 41,5).

4 Le plus grand nombre est (+ 4,77) et le plus petit est (– 4,077).

21 Nombres relatifs : addition p.24

1 A = (– 8,3) + (– 6,27) = – (8,3 + 6,27) = (– 14,57) ;
B = (– 5,4) + (+ 17) = + (17 – 5,4) = (+ 11,6) ;
C = (– 9) + (+ 1,2) = – (9 – 1,2) = (– 7,8) ;
D = (+ 45) + (+ 3,5) = + (45 + 3,5) = (+ 48,5) ;
E = (– 2,04) + (– 48,6) = – (2,04 + 48,6) = (– 50,64) ;
F = (– 13,4) + (+ 2,4) = – (13,4 – 2,4) = (– 11) ;
G = (– 208) + (+ 116) = – (208 – 116) = (– 92) ;
H = (+ 354) + (+ 508) = + (354 + 508) = (+ 862).

2 (– 657) + (+ 357) = – (657 – 357) = (– 300) ;
(+ 12 430) + (+ 470) = + (12 430 + 470) = (+ 12 900) ;
(– 520) + (– 180) = – (520 + 180) = (– 700) ;
(– 13,457) + (+ 13,457) = 0 ;
(– 0,02) + (+ 2,52) = + (2,52 – 0,02) = (+ 2,5) ;
(+ 4,003) + (– 4,003) = 0.

3 J = (– 11) + (+ 5) = (– 6)
K = (– 63) + (+ 23) = (– 40)
L = (– 45) + (– 13) = (– 58)

4 Soit B le bilan.
B = (+ 50) + (– 24) + (– 12) + (+ 8) + (+ 5) + (– 18)
B = (+ 26) + (– 12) + (+ 8) + (+ 5) + (– 18)
B = (+ 14) + (+ 8) + (+ 5) + (– 18)
B = (+ 22) + (+ 5) + (– 18)
B = (+ 27) + (– 18)
B = (+ 9). Au cours des six derniers mois, Jules a gagné 9 €.

22 Nombres relatifs : soustraction p.25

1 A = (– 6) + (+ 21) = (+ 15) ; D = (– 33) + (+ 25) = (– 8) ;
B = (+ 22) + (– 73) = (– 51) ; E = (+ 2,5) + (+ 4,5) = (+ 7) ;
C = (– 48) + (– 27) = (– 75).

2 G = (– 54) + (+ 17) + (– 12) = (– 37) + (– 12) = (– 49) ;
H = (– 14) + (+ 28) + (– 334) = (+ 14) + (– 334) = (– 320) ;
I = (+ 200) + (+ 80) + (+ 45) = (+ 325) ;
J = (– 210) + (– 140) + (– 470) = (– 820) ;
K = (+ 0,005) + (– 2,004) + (+ 3,007) = (– 1,999) + (+ 3,007) = (+ 1,008).

3 M = (– 7) – (– 23) = (– 7) + (+ 23) = (+ 16) ;
N = (+ 43) – [(– 69) + (– 44)] = (+ 43) – (– 113) = (+ 43) + (+ 113)
N = (+ 156) ;
O = (– 142) – [(+ 18) + (– 43) + (– 61)] = (– 142) – (– 86)
O = (– 142) + (+ 86) = (– 56) ;
P = (– 25) + [(+ 77) + (+ 58) + (– 4,5)]
P = (– 25) + [(+ 135) + (– 4,5)]
P = (– 25) + (+ 130,5) = (+ 105,5).

4 S = (– 14) – [(– 6) + (– 22)] + (– 6) = (– 14) – (– 28) + (– 6)
S = (+ 14) + (– 6) = (+ 8) ;
T = (– 14) + (+ 6) – (+ 16) = (– 14) + (+ 6) + (– 16) = (– 8) + (– 16)
T = (– 24) ;
U = (– 14) – [(– 6) + (– 22) + (– 6)] = (– 14) – (– 34)
U = (– 14) + (+ 34) = (+ 20) ;
V = [(– 14) + (+ 6) + (– 22)] + (– 6) = [(– 8) + (– 22)] + (– 6)
V = (– 30) + (– 6) = (– 36) ;
W = (– 14) + (+ 6) + (– 22) + (– 6)
W = (– 14) + (– 22) + (+ 6) + (– 6)
W = (– 36) + 0 = (– 36) ;
X = [(– 14) + (+ 6)] – (+ 16) = (– 8) + (– 16) = (– 24).

23 Nombres relatifs : somme algébrique et enchaînement d'opérations p.26

1 A = 3,2 – 11 + 8,6 – 9,4 ; B = – 2,4 – 2,8 + 6,7 – 12,3 ;
C = 110 + 80 + 55 – 120 ; D = – 1 024 – 32 – 16 + 64.

2 F = (– 21) + (+ 45) + (– 10) + (– 47) ;
G = (+ 187) + (– 452) + (+ 127) + (+ 328) ;
H = (+ 1 032) + (+ 276) + (– 147) + (– 529) ;
I = (– 16) + (– 24) + (– 40) + (+ 72).

3 J = – 13 – 34 – 118 + 29 + 91 K = 28 + 72 + 71 – 45 – 34
J = – 165 + 120 K = 171 – 79
J = – 45. K = 92.

4 M = 7,4 + 1,2 – 9,1 – 3,3 – 3,5
M = 8,6 – 15,9
M = – 7,3.

N = – 2,5 – 4,5 – 3,6 + 2,6 + 4,2
N = – 10,6 + 6,8
N = – 3,8.

P = 1,4 + 9,9 – 2,5 – 4,2 – 1,2
P = 11,3 – 7,9
P = 3,4.
En ordre décroissant : 3,4 > – 3,8 > – 7,3 donc P > N > M.

5 R = (– 42 + 12) + (17 – 29) – (– 8)
R = (– 30) + (– 12) + (+ 8)
R = – 30 – 12 + 8
R = – 42 + 8 R = – 34.

S = (– 18 + 9) – (– 15 + 12) + 6
S = (– 9) – (– 3) + 6
S = (– 9) + (+ 3) + 6
S = – 9 + 3 + 6 S = 0.

ORGANISATION ET GESTION DE DONNÉES

24 Repère dans le plan p.27

1 **1. 2.**

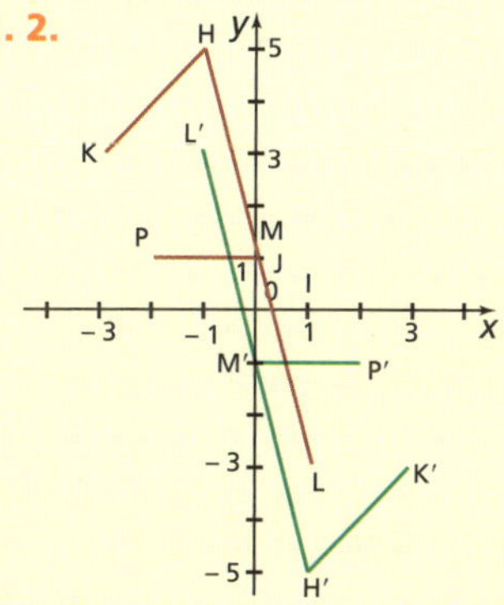

H et H′, P et P′, K et K′, L et L′, M et M′ sont symétriques par rapport à O.

2 **1.** E ; **2.** S ; **3.** O ; **4.** G ; **5.** N ; **6.** A ; **7.** L.
Le mot est **LOSANGE**.

3 **1. 2.**

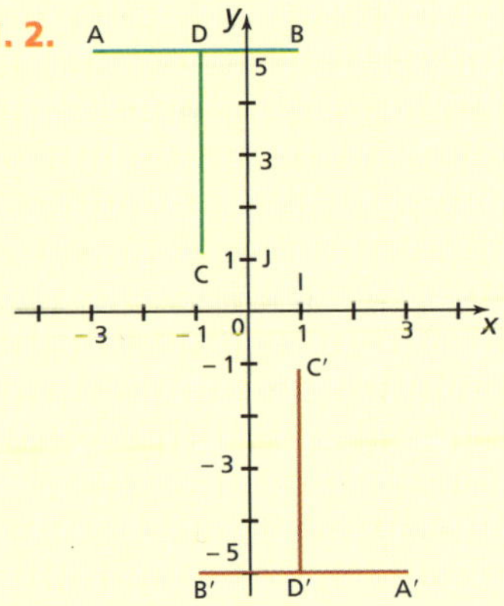

Les coordonnées des points A′, B′, C′ et D′ sont respectivement : (3 ; – 5) ; (– 1 ; – 5) ; (1 ; – 1) et (+ 1 ; – 5).

25 Proportionnalité : 4e proportionnelle et produit en croix ______ p.28

1 1 an, c'est le double de 6 mois. Le double de 15 est 30 et 30 n'est pas égal à 28. Pour une durée double, le prix de l'abonnement n'est pas le double. Donc le prix n'est pas proportionnel à la durée de l'abonnement.

2 **1.** 2 personnes, c'est le tiers de 6 personnes, donc il faut utiliser $\frac{180}{3} = 60$ g de sucre.

2. 10 personnes, c'est 5 fois 2 personnes, donc il faut utiliser $5 \times 60 = 300$ g de sucre.

3. $\frac{450}{180} = 2{,}5$; $450 = 2{,}5 \times 180$, donc avec 450 g de sucre on prépare un dessert pour $2{,}5 \times 6 = 15$ personnes.

3 $\frac{6}{4} = 1{,}5$. Le coefficient de proportionnalité du tableau est 1,5.

$0{,}4 \times 1{,}5 = 0{,}6$; $20 \times 1{,}5 = 30$; $\frac{18}{1{,}5} = 12$.

0,4	4	**12**	20
0,6	6	18	**30**

4 Avec 0,5 L de peinture, on peint 12 m².
Avec 1 L = 0,5 L × 2 de peinture, on peint $12 \times 2 = 24$ m².
Donc le coefficient de proportionnalité est 24. $\frac{54}{24} = 2{,}25$.
Pour peindre 54 m², il faut 2,25 litres de peinture.

5 **1.** Le prix d'un kg de poires est $\frac{10{,}50}{3} = 3{,}50$ €.
Le prix de 2 kg de poires est 3,50 € × 2 = 7 €.
2. Le prix de 5 kg de poires est 3,50 € × 5 = 17,50 €.
3. Le prix d'un kg et demi de poires est
3,50 € × 1,5 = 5,25 € ou $\frac{10{,}50}{2} = 5{,}25$ €.

26 Proportionnalité : taux de pourcentage ______ p.29

1 Le montant de la réduction est de : 45 – 36 = 9 €.

Prix initial en €	45	100
Montant de la réduction en €	9	*a*

Le coefficient pour passer de la 1re ligne à la seconde est $\frac{9}{45} = 0{,}2$.
Cela signifie que $a = 100 \times 0{,}2 = 20$.
La réduction représente 20 % du prix initial du pull-over.

2 Le montant de la TVA d'un article taxé à 19,6 % dont le prix est 80 € est $80 \times \frac{19{,}6}{100} = 80 \times 0{,}196 = 15{,}68$ €.
Le prix TTC de cet article est : 80 + 15,68 = 95,68 €.
Ou bien si un article coûte 100 € HT alors il coûte TTC :
$100 + 100 \times 0{,}196 = 100 \times (1 + 0{,}196) = 100 \times 1{,}196 = 119{,}6$ €.
Si l'article coûte 80 € HT alors il coûte TTC $80 \times 1{,}196 = 95{,}68$ €.
Pour obtenir le prix TTC de l'article, on prend le prix HT de l'article que l'on multiplie par le nombre constant 1,196.
Le montant de la TVA est bien proportionnel au prix de l'article.

3 **1.** 2 + 6 + 3 + 7 + 3 + 4 = 25. Il y a 25 élèves dans cette classe.

2. Il y a 11 filles sur 25 élèves, soit 44 % de filles.

4 Dans un club de judo, 12 sur 40 adhérents ont la ceinture marron.
On peut écrire que $\frac{12}{40} = \frac{a}{100}$ donc $\frac{a}{100} \times 100 = \frac{12 \times 100}{40}$
c'est-à-dire $a = \frac{1\,200}{40} = 30$. La proportion est $\frac{30}{100}$ ou 30 %.
Donc dans la même proportion, dans ce club, 30 adhérents sur 100 ont la ceinture marron.

27 Proportionnalité : échelle ______ p.30

1 Sur le plan, les dimensions sont **2 000** fois plus **petites** que dans la réalité. 90 × 2 000 = 180 000 ; l'avenue mesure en réalité **180 000** cm ou encore **1 800** m.

2 L'échelle est le quotient $\frac{5}{500}$ ou encore $\frac{1}{100}$.

3 $\frac{1\,300}{5\,000} = 0{,}26$. Sur la carte, le trajet entre le collège et le cinéma mesure 0,26 m ou 26 cm.

4 L'échelle de cette carte (E) est le quotient
$\frac{64}{1\,600\,000} = 0{,}000\,04$. $E = \frac{4}{100\,000} = \frac{1}{25\,000}$.

Sur la carte les dimensions sont 25 000 fois plus petites que les dimensions réelles.

5 **1.** La longueur sur le plan du côté [AB] est :
$500 \times \frac{1}{10\,000} = 500 \times 0{,}000\,1 = 0{,}05$ m = 5 cm.
La longueur sur le plan du côté [AC] est :
$400 \times \frac{1}{10\,000} = 400 \times 0{,}000\,1 = 0{,}04$ m = 4 cm.
La longueur sur le plan du côté [BC] est :
$300 \times \frac{1}{10\,000} = 300 \times 0{,}000\,1 = 0{,}03$ m = 3 cm.

2.

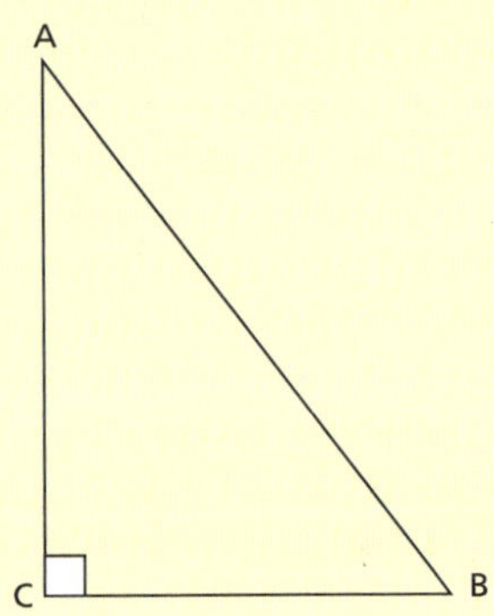

Échelle : 1 cm = 100 m

3. Le périmètre du champ triangulaire est égal à la somme des mesures des trois côtés.
Le périmètre réel du champ est égal à :
500 + 400 + 300 = 1 200 m = 120 000 cm.
Le périmètre sur le plan est égal à : 5 + 4 + 3 = 12 cm.

On remarque que le périmètre réel est 10 000 fois plus grand que le périmètre sur le plan.

4. Le champ est un triangle rectangle en C, donc son aire est égale à la moitié de l'aire d'un rectangle de longueur [CA] et de largeur [CB].

L'aire réelle du triangle est égale à :

$\frac{400 \times 300}{2} = 60\ 000 \text{ m}^2 = 600\ 000\ 000 \text{ cm}^2$.

L'aire sur le plan du champ est égale à : $\frac{4 \times 3}{2} = 6 \text{ cm}^2$.

On remarque que l'aire réelle du champ est 100 millions de fois plus grande que l'aire sur le plan.

28 Proportionnalité : vitesse — p.31

1 1 heure = 60 minutes.
La distance parcourue en une heure est **60 fois plus grande que la distance parcourue en une minute**.
1 500 × 60 = 90 000. En 1 heure, Estelle aurait parcouru 90 000 m ou 90 km. Sa vitesse est de 90 km/h.
90 > 80, donc Estelle serait en infraction.

2 1 h 20min, c'est 4 fois 20 minutes. Donc en roulant à la même vitesse, le motard parcourt $\frac{96}{4}$ = 24 km en 20 minute. 1 heure, c'est 3 fois 20 minutes. En roulant à la même vitesse, le motard parcourt **24 × 3** = 72 km. Il roule donc à la vitesse de 72 km/h.

3 **1.** 20 minutes **est égal au** tiers d'une heure. Donc en 20 min à la vitesse de 33 km/h, Nino parcourt $\frac{33}{3}$ = 11 km.
En 2 heures, il parcourt 2 × 12 = 24 km.
11 + 24 = 35. En tout, il a parcouru 35 km en 2 h 20 min.
2. 2 h 20 min = 140 min.
En km/min, la vitesse est $\frac{35}{140}$ = 0,25 km/min.
En km/h, sa vitesse est 0,25 × 60 = 15 km/h.

4 **1.** Pour Idriss :
640 = **80 × 8**.

Durée du parcours en heure	1	.....
Distance parcourue en km	80	640

Donc Idriss met 8 fois plus de temps pour parcourir 640 km que pour parcourir 80 km. Idriss mettra **8 heures** pour parcourir 640 km.

Pour Ariane:
À la vitesse de 120 km/h, Ariane parcourt 120 km en 1 heure. $\frac{640}{120}$ ou 5 h 20 min. Donc Ariane met 5 h 20 min pour parcourir les 640 km.
À la vitesse de 150 km/h, le conducteur parcourt 150 km en 1 heure. $\frac{640}{150}$ ou 4 h 16 min.
Donc le conducteur met 4 h 16 min pour parcourir les 640 km.

5 En 1 seconde, le son parcourt 340 mètres.
1 heure correspond à 3 600 secondes. En 1 heure, le son parcourt **340 × 3 600 = 1 224 000 m. 1 224 000 m = 1 224 km**.
La vitesse du son est donc de **1 224 km/h**.

29 Proportionnalité : représentation graphique et fonction — p.32

1

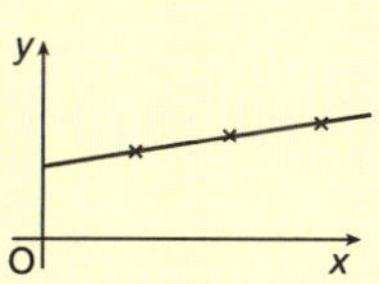

figure 1 : non

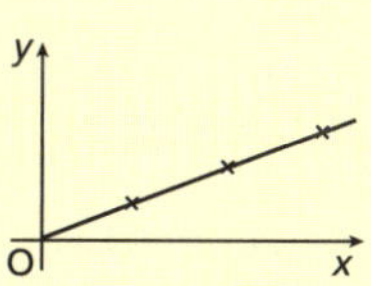

figure 2 : oui

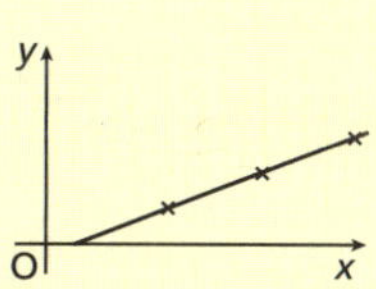

figure 3 : non

2 **1.**

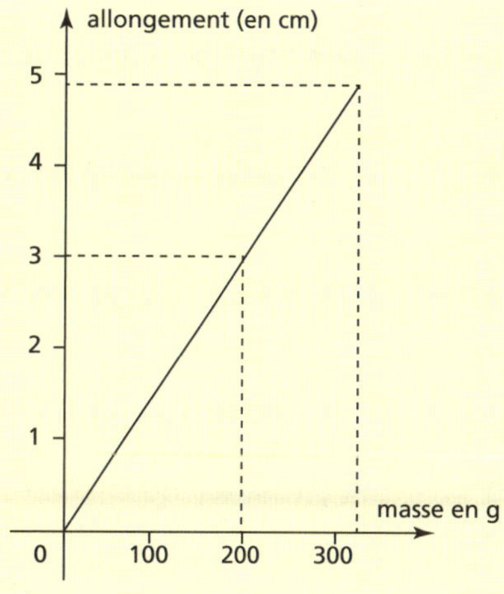

2. Pour une masse de 200 g, l'allongement est de :
18 – 15 = 3 cm.
L'allongement y est proportionnel à la masse m, il est donc représenté par une demi-droite passant par l'origine O du repère.
Comme on sait que si $m = 200$, alors $y = 3$.
Le point M(200, 3) appartient aussi à cette demi-droite. On peut donc la tracer.
On peut déterminer graphiquement l'allongement du ressort pour une masse de 320 g. On lit sur le schéma : 4,8 cm.
Le ressort mesure donc 19,8 cm.
On peut établir le tableau de proportionnalité suivant :

masse	200	320
allongement	3	y

D'où : 200 y = 320 × 3. y = 4,8. Le ressort mesure alors 19,8 cm.

3 **1.**

Quantité d'eau écoulée en litres	1	2	3	4	5	12
Temps écoulé en secondes	30	60	90	120	150	360
Temps écoulé en minutes	0,5	1	1,5	2	2,5	6

2. et **3.**

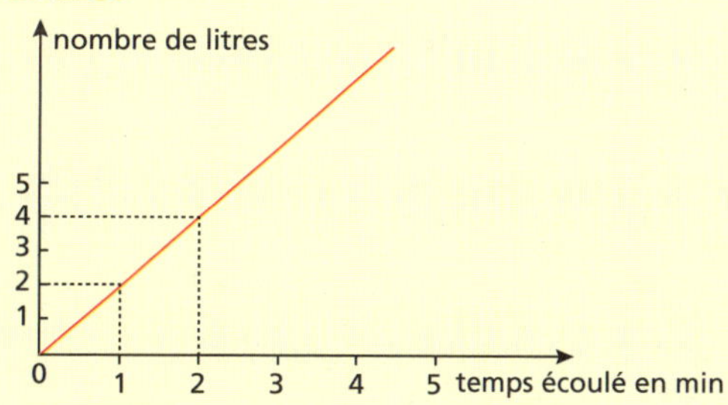

30 Proportionnalité : problèmes de synthèse — p.33

1 Sur le plan, les dimensions de la salle à manger sont **25** fois plus **petites** que les dimensions réelles.
$\frac{5,5}{25}$ = 0,22 m et $\frac{4,3}{25}$ = 0,172 m.
Sur le plan, Idriss représente la salle à manger par un rectangle de 22 cm sur 17,2 cm.

2 Le nombre d'élèves de 5ᵉ sur 100 qui viennent au collège à pied est $\frac{138}{200}$ × **100** = $\frac{13\ 800}{200}$ **= 69 élèves**.
Le pourcentage d'élèves de 5ᵉ qui viennent au collège à pied est **69 %**.
Le nombre d'élèves de 5ᵉ sur 100 qui viennent au collège à vélo est $\frac{40}{200}$ × **100** = $\frac{4\ 000}{200}$ **= 20 élèves**.

Corrigés détachables

Le pourcentage d'élèves de 5ᵉ qui viennent au collège en vélo est **20 %**.

Le nombre d'élèves de 5ᵉ sur 100 qui viennent au collège en autobus est $\frac{\mathbf{22}}{\mathbf{200}} \times \mathbf{100} = \frac{\mathbf{2\,200}}{\mathbf{200}} = \mathbf{11}$ **élèves**.

Le pourcentage d'élèves de 5ᵉ qui viennent au collège en autobus est **11 %**.

Le nombre d'élèves de 4ᵉ sur 100 qui viennent au collège à pied est $\frac{117 \times 100}{180} = \frac{11\,700}{180} = \mathbf{65}$ **élèves**.

Le pourcentage d'élèves de 4ᵉ qui viennent au collège à pied est **65 %**.

Le nombre d'élèves de 4ᵉ qui viennent au collège en vélo est $\frac{36 \times 100}{180} = \frac{3\,600}{180} = \mathbf{20}$ **élèves**.

Le pourcentage d'élèves de 4ᵉ qui viennent au collège en vélo est **20 %**.

Le nombre d'élèves de 4ᵉ qui viennent au collège en autobus est $\frac{27 \times 100}{180} = \frac{2\,700}{180} = \mathbf{15}$ **élèves**.

Le pourcentage d'élèves de 4ᵉ qui viennent au collège en autobus est **15 %**.

3 **1.** Si le pull est vendu avec 10 % de remise, il ne vaut plus que 90 % de son prix initial, soit $\frac{100 \times 90}{100} = \mathbf{90}$ **€**.

Si le pull est vendu à nouveau avec 10 % de remise, il ne vaut plus que 90 % de 90 €, soit $\frac{90 \times 90}{100} = \mathbf{81}$ **€**.

2. Sur un pull de 100 €, après réduction, il vaut **81 €**.
Le montant de la remise est 100 – 81 = 19 €.
Le pourcentage de la remise à partir du prix initial est **19 %**.

4 **1.** 35 % de 125, c'est $\frac{35}{100} \times 125 = 81{,}25$. Après réduction, le prix sera de 81,25 €.

81,25 < 85, donc Camile a suffisamment d'argent pour acheter les baskets.

5 L'échelle est $\frac{1}{500}$, donc sur le plan, les dimensions sont 500 fois plus petites que les dimensions réelles.

$\frac{80}{500} = 0{,}16$ et $\frac{30}{500} = 0{,}06$.

Sur le plan, le jardin est un rectangle de dimensions 0,16 m sur 0,06 m ou encore 16 cm sur 6 cm.

$\frac{6}{500} = 0{,}012$. La cabane est un carré de côté 0,012 m ou 1,2 cm.

L'aire de la surface disponible dans le jardin est :
$80 \times 30 - 6^2 = 2\,400 - 36 = 2\,364$ m².
En cm², cette aire est de 23 640 000 cm².
Sur le plan, la surface disponible est de :
$16 \times 6 - 1{,}2^2 = 96 - 1{,}44 = 94{,}56$ cm².

$\frac{23\,640\,000}{94{,}56} = 250\,000$.

$250\,000 = 500 \times 500 = 500^2$.

La surface sur le plan est **250 000** fois plus **petite** que la surface réelle.

6

	TVA à 19,6 %	TVA à 5,5%	TVA à 2,1%
Prix HT en €	p	p	p
TVA en €	$\frac{p \times 19{,}6}{100} = 0{,}196\,p$	$\frac{p \times 5{,}5}{100} = 0{,}055\,p$	$\frac{p \times 2{,}1}{100} = 0{,}021\,p$
Prix TTC en €	$p + 0{,}196\,p = 1{,}196\,p$	$p + 0{,}055\,p = 1{,}055\,p$	$p + 0{,}021\,p = 1{,}021\,p$

7 Si elle a dépensé 10 % de la somme initiale S, alors il lui reste 90 % de la somme, soit 0,9 × S.

Si elle dépense 10 % de la somme restante qui est égale 0,9 S, alors il lui reste 0,9 × 0,9 de la somme soit 0,81 × S.
0,81 × S, c'est 81 % de la somme S. Il reste 81 % de la somme de départ : 100 – 81 = 19. En tout elle a dépensé 19 % de la somme de départ.

8 On compare le pourcentage de réussite dans chacune des deux classes.

En 5ᵉ A : $\frac{25}{32} \times 100 = 78{,}125$. Environ 78 % des élèves de 5ᵉ A sont qualifiés. En 5ᵉ B, $\frac{25}{30} \times 100 = 80$. 80% des élèves de 5ᵉ B sont qualifiés. 80 > 78, le score de réussite est meilleur pour la 5ᵉ B.

31 Gestion de données : effectif p.34

1 **1.** quantitatif **2.** quantitatif **3.** qualitatif **4.** qualitatif **5.** quantitatif.

2 **1.** L'effectif du caractère « horaire de SVT » est **2**.
2. L'effectif du caractère « horaire de français » est **6**.

3 **1.** 1 + 3 + 2 + 3 + 1 + 3 + 1 + 1 + 3 + 4 + 2 = 24. Il y a **24** élèves dans la classe, c'est l'effectif total.
2. L'effectif du mois « juillet » est **3**. Dans la classe, **3 élèves** sont nés en juillet.

32 Gestion de données : regroupement par classes p.35

1 **1.** 12 + 24 + 10 + 4 = 50. L'effectif total est de 50.
2. L'amplitude de la classe « moins de 2 € » est 2 € et celle de « de 2 € à 5 € » est **5 – 2 = 3 €**.
Celle de « de 5 € à 6 € » est 6 – 5 = 1 € et celle de « de 6 € à 8 € » est **8 – 6 = 2 €**.
3. L'effectif de la classe « de 5 € à 6 € » est de 10.
4. Cela veut dire que 10 enfants parmi les enfants interrogés reçoivent entre 5 € et 6 € d'argent de poche par semaine.

2 **1.**

Note	0	1	2	3	4	5	6	7	8	9	10	11	12	13	14	15	16	17	18	19	20
Effectif	0	0	0	1	1	0	3	3	2	2	3	1	3	2	3	4	2	1	1	0	0

La note la plus attribuée est **15**.

2.

Notes n	$00 \leqslant n < 04$	$04 \leqslant n < 08$	$08 \leqslant n < 12$	$12 \leqslant n < 16$	$16 \leqslant n < 20$
Effectifs	1	7	8	12	4

33 Gestion de données : fréquence p.36

1

Notes n	$00 \leqslant n < 04$	$04 \leqslant n < 08$	$08 \leqslant n < 12$	$12 \leqslant n < 16$	$16 \leqslant n < 20$
Effectifs	1	7	8	12	4
Fréquence	$\frac{1}{32}$	$\frac{7}{32}$	$\frac{8}{32} = \frac{1}{4}$	$\frac{12}{32} = \frac{3}{8}$	$\frac{4}{32} = \frac{1}{8}$

2 $\frac{24}{50} = \frac{48}{100}$. Donc **48 %** des élèves interrogés reçoivent de 2 € à 5 € d'argent de poche.

$\frac{\mathbf{24}}{\mathbf{50}} = \frac{\mathbf{12}}{\mathbf{25}}$ des élèves interrogés reçoivent de 2 € à 5 € d'argent de poche.

$\frac{4}{50} = \frac{8}{100}$. **8 %** des élèves interrogés reçoivent de 6 € à 8 € d'argent de poche par semaine.

③

5ᵉ A	Mer	Montagne	Campagne	Pas parti
Effectif	10	8	5	2
Fréquence	$\frac{10}{25}=\frac{2}{5}$	$\frac{8}{25}$	$\frac{5}{25}=\frac{1}{5}$	$\frac{2}{25}$

5ᵉ B	Mer	Montagne	Campagne	Pas parti
Effectif	15	10	7	3
Fréquence	$\frac{15}{35}=\frac{3}{7}$	$\frac{10}{35}=\frac{2}{7}$	$\frac{7}{35}=\frac{1}{5}$	$\frac{3}{35}$

$\frac{8}{25}=\frac{32}{100}$.

En 5ᵉ A, 32 % des élèves sont partis à la montagne.

En 5ᵉ B, $\frac{10}{35}\approx 0{,}286$.

28,6 % des élèves sont partis à la montagne.

32 > 28,6, donc c'est en **5ᵉ A** que la proportion d'élèves partis à la montagne est plus importante. On peut pourtant remarquer que le nombre d'élèves partis à la montagne en 5ᵉ A est inférieur au nombre d'élèves partis à la montagne en 5ᵉ B.

34 Gestion de données : diagrammes p. 37

① Les 5 pays les plus visités par des touristes étrangers

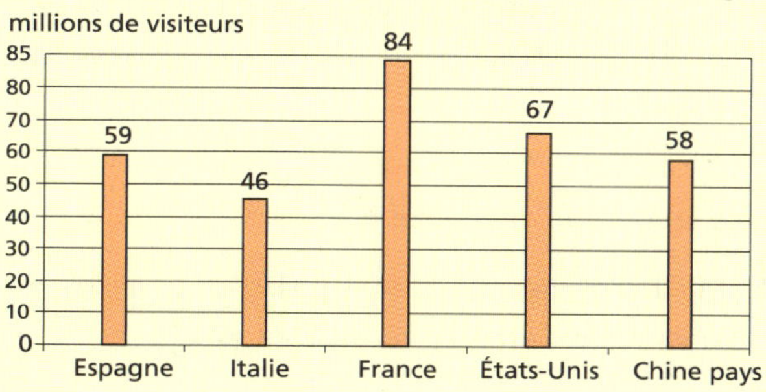

② Pluviométrie annuelle dans plusieurs villes de l'île de la Réunion

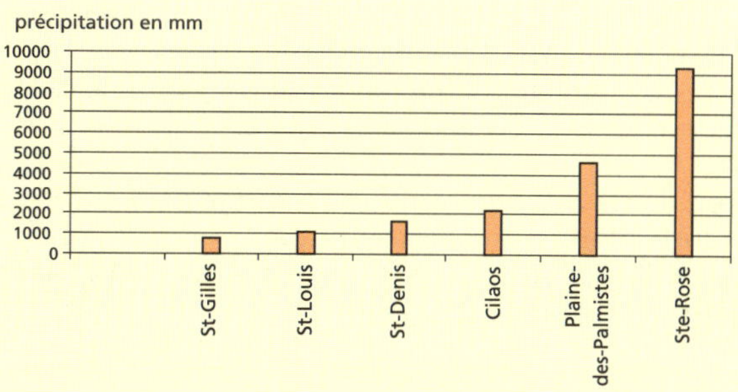

35 Gestion de données : diagrammes circulaires p. 38

①

Sport pratiqué	Football	Tennis	Handball	Athlétisme	Judo	Basket
Nombre de réponses	75	50	20	30	25	25
Fréquence en fraction	$\frac{75}{225}=\frac{1}{3}$	$\frac{50}{225}=\frac{2}{9}$	$\frac{20}{225}=\frac{4}{45}$	$\frac{30}{225}=\frac{2}{15}$	$\frac{25}{225}=\frac{1}{9}$	$\frac{25}{225}=\frac{1}{9}$
Angles en degrés	120	80	32	48	40	40

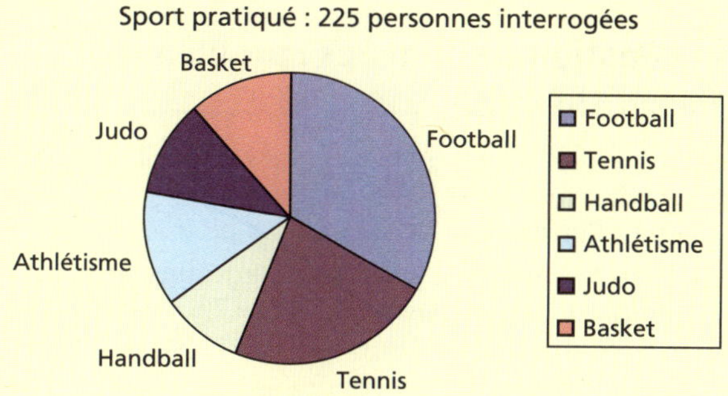

②

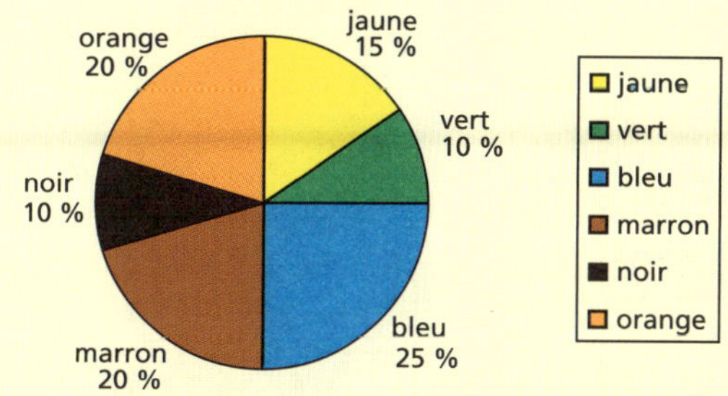

25 % de 160, c'est $\frac{25}{100}\times 160 = 40$. Dans le club, 40 adhérents ont une ceinture bleue.

10 % de 160, c'est $\frac{10}{100}\times 160 = 16$. Dans le club, 16 adhérents ont une ceinture noire. Donc 16 adhérents aussi ont une ceinture verte.

15 % de 160, c'est $\frac{15}{100}\times 160 = 24$. Dans le club, 24 adhérents ont une ceinture jaune.

$160 - (40 + 2 \times 16 + 24) = 64$. Il y a autant de ceintures marron que de ceintures orange et 64 adhérents ont une ceinture marron ou orange.

$\frac{64}{2} = 32$. Dans le club, **32 adhérents ont une ceinture marron et 32 ont une ceinture orange.**

36 Gestion de données : moyenne p. 39

① **1.**

$$\frac{2{,}5\times 24+7{,}5\times 36+12{,}5\times 15+17{,}5\times 15+22{,}5\times 10}{100}=10{,}05$$

Le temps moyen du petit déjeuner est **10,05 min**. La valeur arrondie au dixième de minutes est **10,1 min**.

2. 24 + 36 = 60. 60 des 100 élèves interrogés prennent moins de 10 minutes pour le petit déjeuner du lundi matin. **60 % des élèves** interrogés prennent moins de 10 minutes pour le petit déjeuner du lundi matin.

3. 15 + 10 = 25. **25 élèves des 100 élèves** interrogés prennent plus de 15 minutes pour le petit déjeuner du lundi matin.

② **1.** 21,8 − 4,9 = 16,9. L'écart entre la température moyenne mensuelle la plus basse et la plus haute est de **16,9 °C**.

4,9	5,3	9,1	10	11,5	12,4

13,4	15,1	15,6	19,6	21,7	21,8

La médiane est donc entre 12,4 et 13,4, comme par exemple 12,9.

Pendant l'année 2018, **6 mois ont eu une température moyenne inférieure à 12,9°C et 6 mois ont eu une température moyenne supérieure à 12,9°C.**

2. La température moyenne mensuelle a été inférieure à 18°C 9 mois sur 12.

$\frac{9}{12}=\frac{3}{4}$, donc Lou a raison.

37 Gestion de données : problèmes de synthèse p. 40

1 **1.** L'effectif total de la population étudiée est **180**.
2. Le type du caractère est **qualitatif**.
3. 80 est l'**effectif** de la réponse « à pied ».

2 **1.** Le nombre de classes de ce regroupement est **4**.
2. L'amplitude de la classe « $1{,}5 \leqslant t < 2{,}5$ » est **$2{,}5 - 1{,}5 = 1$ h**.
3. $4 + 12 = 16$. **16 enfants** regardent la télévision moins d'une heure chaque jour.
4.

Durée en heure	$0 \leqslant t < 0{,}5$	$0{,}5 \leqslant t < 1$	$1 \leqslant t < 1{,}5$	$1{,}5 \leqslant t < 2{,}5$
Nombre d'élèves	4	12	8	1
Fréquence en fraction	$\frac{4}{25}$	$\frac{12}{25}$	$\frac{8}{25}$	$\frac{1}{25}$
Fréquence en %	16	48	32	4
Angles en degrés	57,6	172,8	115,2	14,4

La somme des fréquences en fraction :
$\frac{4}{25} + \frac{12}{25} + \frac{8}{25} + \frac{1}{25} = \frac{25}{25} = 1$.
La somme des fréquences en pourcentage :
$16 + 48 + 32 + 4 = 100$.
5.

Temps t en heure	$0 \leqslant t \leqslant 0{,}5$	$0{,}5 \leqslant t \leqslant 1$	$1 \leqslant t \leqslant 1{,}5$	$1{,}5 \leqslant t \leqslant 2{,}5$
Fréquence en %	16	48	32	4
Angles en degrés	57,6	172,8	115,2	14,4

6.

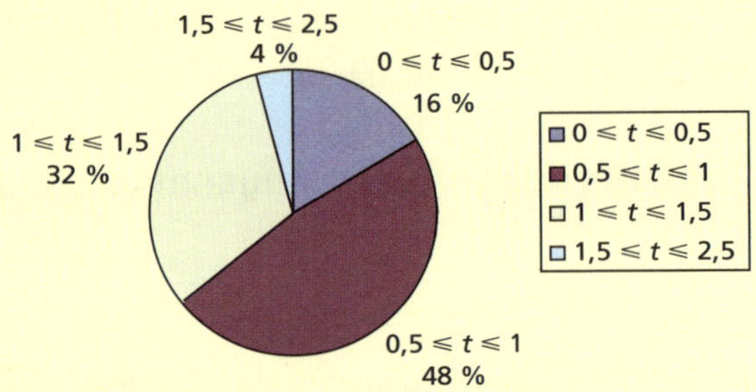

7. $48 + 32 = 80$.
80 % des enfants interrogés regardent la télévision entre 1/2 h et 1 h1/2 par jour.

3 **1.**

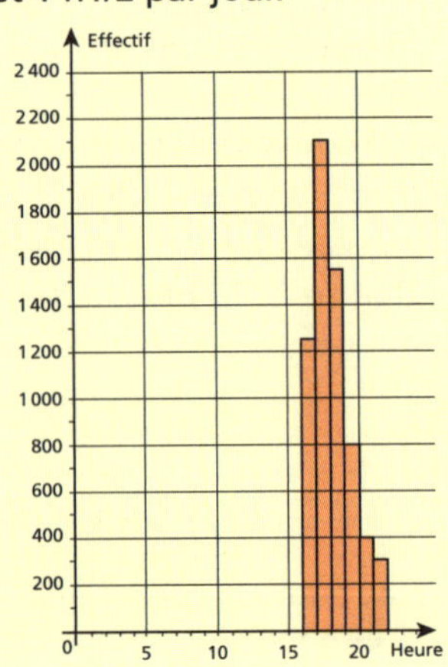

2. $\frac{400}{6\,400}$.

$\frac{1}{16}$ des véhicules qui ont quitté la ville sont sortis entre 20 h et 21 h.

3. $800 + 400 = 1\,200$, donc 1 200 véhicules quittent la ville entre 19 h et 21 h.
$\frac{1\,200}{6\,400} = \frac{3}{16} =$ **18,75 %**. Vendredi soir, entre 16 h et 22 h, 18,75 % des véhicules sortis de la ville ont quitté la ville entre 19 h et 21 h.
4.

Tranche horaire	16 h-17 h	17 h-18 h	18 h-19 h	19 h-20 h	20 h-21 h	21 h-22 h
Nombre de véhicules	1 250	2 100	1 550	800	400	300
Fréquence en % (à 0,01 près)	19,53	32,81	24,22	12,5	6,25	4,69
Angle en degrés (à 0,1 près)	70,3	118,1	87,2	45	22,5	16,9

5. Répartition des véhicules à la sortie de la ville pendant la soirée.

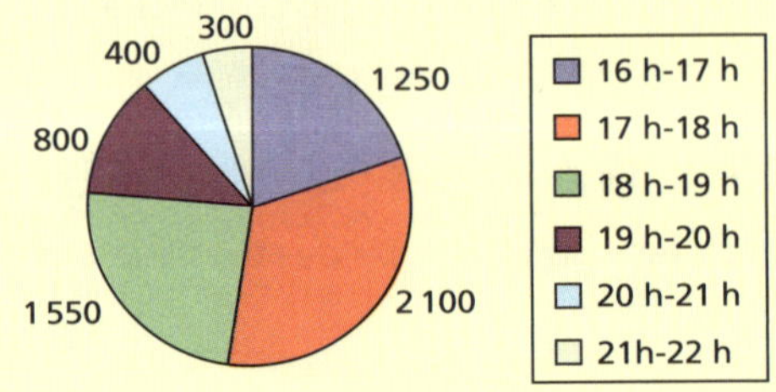

38 Probabilité p. 41

1 **1.** La proportion des boules bleues est $\frac{9}{25}$.
2. Corentin a 9 chances sur 25 d'être satisfait de la couleur.
La probabilité que Corentin soit satisfait est $\frac{9}{25}$.
3. $10 > 9 > 6$. Corentin a plus de chances de tirer une boule de couleur rouge.

2 **1.** Il s'agit d'une expérience **aléatoire** car on ne peut pas prédire quel sera le résultat du tirage.
2. a. La probabilité d'obtenir un cœur est égale **à 0**. On n'a aucune chance d'obtenir une carte cœur puisqu'il n'y en a pas.
b. La probabilité d'obtenir une carte rouge est $\frac{3}{8}$. On a **3 chances sur 8** d'obtenir une carte rouge.
c. La probabilité d'obtenir un pique est $\frac{1}{8}$. On a **1 chance sur 8** d'obtenir un pique.

3 Il y a 6 filles sur 10 élèves. La probabilité que le capitaine de l'équipe sot une fille est $\frac{6}{10}$ ou encore $\frac{3}{5}$.

GRANDEURS ET MESURES

39 Aire du parallélogramme, triangle et disque p. 42

1 **1.**

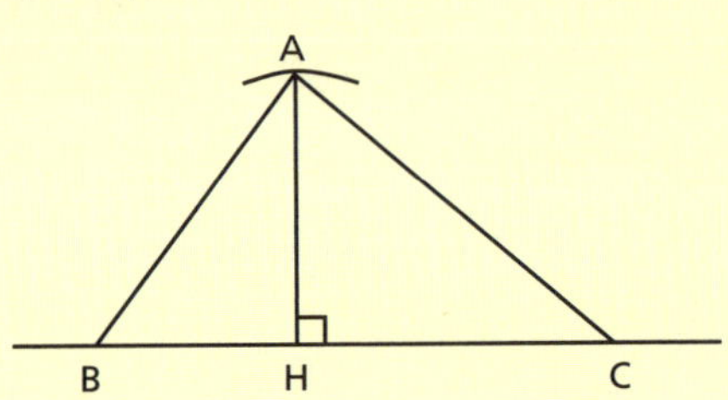

2. $\text{Aire}_{ABC} = \frac{BC \times AH}{2} = \frac{5 \times 2{,}5}{2} = 6{,}25 \text{ cm}^2$

2 $Aire_{ABJE} = AE \times AH = 7 \times 5 = 35\ cm^2$

3

Diamètre	60 m	0,25 × 2 = 0,50 m	**60 m**
Rayon	**30 m**	0,25 m	**30 m**
Aire exacte	**30 × 30 × π = 900π m²**	**(0,25)² × π = 0,0625π m²**	900 π m²
Aire arrondie au 1/100	**2 827,43 m²**	**0,20 m²**	**2 827,43 m²**
	260 m	**50 cm**	55 km
	130 m	**25 cm**	**27,5 km**
	130² × π = 16 900 π m²	625 π cm²	**27,5² × π = 756,25 π km²**
	53092,92 m²	**1 963,50 cm²**	**2 375,83 km²**

4 **1.** L'aire de ABCD est égale à 15 cm² cela signifie que $AB \times h = 15$.

Cela signifie que $h = \frac{15}{AB} = \frac{15}{5} = 3$ cm.

2.

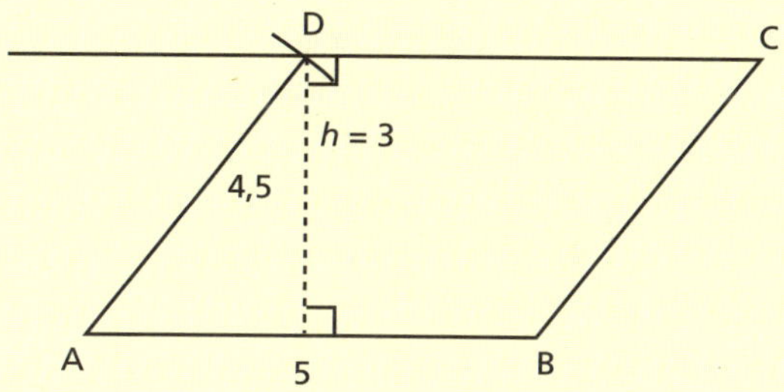

$Périmètre_{ABCD} = 2 \times (AB + AD) = 2 \times (5 + 4,5) = 2 \times 9,5 = 19$ cm

5 Le parallélogramme ACBF a pour hauteur le côté [AH] qui mesure 2 cm et le côté [AC] qui mesure 6 cm. L'aire du parallélogramme ACBF est égale à **6 × 2 = 12 cm²**.

40 Calcul d'aire d'une figure : découpage et recomposition p. 43

1 **1.** La pelouse du stade est constituée d'un rectangle de dimensions 40 m sur 60 m et de deux demi-disques de même rayon 20 m ; ces deux demi-disques reconstituent un disque complet de rayon 20 m.
Son aire est la somme de l'aire du rectangle et de l'aire du disque. Aire = $40 \times 60 + \pi \times 20^2 = 2\,400 + 400\,\pi$.
L'aire de la pelouse du stade est égale à **2 400 + 400 π m²**.

2. La valeur arrondie au millième de m² de l'aire est **3 656,637**.

2 La droite (CB) passe par le sommet C et par le milieu B du côté [PF], donc la droite (CB) est la médiane issue de C dans le triangle CPF.

$Aire_{CPB} = \frac{PB \times 3}{2} = \frac{3,5 \times 3}{2} = \mathbf{5,25\ cm^2}$.

$Aire_{CBF} = \frac{BF \times 3}{2} = \frac{3,5 \times 3}{2} = \mathbf{5,25\ cm^2}$.

3 IAMSO est un pentagone. L'aire d'IAMSO est la somme de l'aire du rectangle de dimensions 4 sur 2,5 et de l'aire du triangle de base 4 et de hauteur 3.

Aire = $4 \times 2,5 + \frac{4 \times 3}{2} = 10 + 6 = 16$. L'aire est égale à **16 cm²**.

4 L'aire de la partie jaune est la différence entre l'aire du rectangle et la somme des aires des trois triangles blancs.

$$Aire = 12,5 \times 4 - \left(\frac{4 \times 6,25}{2} + \frac{4 \times 6,25}{2} + \frac{12,5 \times 2}{2}\right)$$
$$= 50 - (12,5 + 12,5 + 12,5) = 50 - 37,5 = 12,5.$$

L'aire de la partie jaune est égale à 12,5 cm².

$\frac{12,5}{50} = \frac{1}{4}$. La partie jaune a une aire qui représente le quart de l'aire du rectangle.

41 Unités de volume : conversion p. 44

1 5 000m³ = **5 000 000** dm³ = **5 000 000 000** cm³ ;
234 000 mm³ = **0,234** dm³ = **234** cm³ ;
21,4 m³ = **21 400** dm³ = **21 400 000** cm³.

2 3,5 m³ = **3 500** dm³ = **3 500** L = **350 000** cL ;
510 cm³ = **0,510** dm³ = **0,510** L = **51** cL ;
452 000 mm³ = **0,452** dm³ = **0,452** L = **45,2** cL.

3 216 m³ = 216 000 **dm³** ; 43 mL = 0,043 **dm³** ;
45 L = 0,045 **m³** ; 72,531 **cm³** = 72 531 **mm³** ;
36,1 hL = 3 610 000 **mL** ; 14 dm³ = 0,014 **m³**.

4 Volume d'une chambre : 36 **m³** ;
Volume d'un verre : 1,5 **dL** ;
Volume de l'eau contenue dans une piscine : 750 **m³** ;
Volume du contenu d'un flacon de parfum : 75 **cm³** ;
Volume d'air pris en une inspiration par un être humain : 0,5 daL.

5 2 h = 2 × 3 600 s = 7 200 s et 1,8 m³ = 1 800 L ;
$\frac{7\,200}{1\,800} = 4$ donc 1 L s'écoule en 4 s.
4 × 1,5 = 6 L. 1 L s'écoule en 4 s, donc 6 L s'écouleront en 6 × 4 = **24 s**.

42 Représenter un solide p. 45

1 Les longueurs des segments sont AB = **2,8 cm** ; AD = **1,4 cm** ; DB = **1,6 cm** et AE = **1,6 cm**.
Programme de construction de ce pavé droit :
1. Construire avec le compas le triangle ADB puis construire la face ADCB qui est sur le schéma un parallélogramme.
2. Construire la face rectangulaire ABFE en plaçant les points E et F à 1,6 cm respectivement de A et de B.
3. Construire les faces EADH et FBCG ayant pour mesures 1,6 cm et 1,4 cm.
4. Terminer la construction.

2 Les longueurs des segments sont DI = **0,7 cm** ; AB = **1,4 cm** et IB = **1,8 cm**.
À l'échelle 2, toutes les longueurs sont doublées : DI = **1,4 cm** ; AB = **2,8 cm** et IB = **3,6 cm**.
Programme de construction de ce cylindre de révolution :
1. Construire le triangle équilatéral DIA puis le point C. Construire la droite (DA) et placer le point B.
2. Construire le diamètre [AF].
3. Construire le disque supérieur passant par D, A, C et F.
4. Finir la construction.

3

Dans la réalité	
la face ADHE est un carré	F
On a HD = BF	V
La face HDCG est un rectangle	V
L'angle $\widehat{HDA}$ est droit	V

Sur le schéma	
La face ABCD est un parallélogramme	V
On a BC = BF	V
La face HDCG est un rectangle	V
L'angle $\widehat{HDA}$ est droit	F

43 Volume du prisme droit et du cylindre de révolution p. 46

1 **1.** Volume = $\pi \times \left(\frac{20}{2}\right)^2 \times 12 = \pi \times 1\,200 = 1\,200\,\pi$ cm³.
La valeur arrondie au dixième de cm³ est : **3 769,9 cm³**.

2. Volume liquide = $\pi \times \left(\frac{20}{2}\right)^2 \times (12-4) = \pi \times 800 = 800\ \pi\ cm^3$
$= \frac{800\ \pi}{1\ 000}\ L = 0,8\ \pi\ L.$
La valeur arrondie au centième de litre est **2,51 L.**

3. Oui, car 1,5 < 3,769.

2

Tente pour	deux personnes	trois personnes	quatre personnes
Volume de la tente en m³	$V_2 = 0,5 \times 100 \times 120 \times 220$ $V_2 = 1\ 320\ 000\ cm^3$ $V_2 = 1,320\ m^3$	$V_3 = 0,5 \times 140 \times 160 \times 255$ $V_3 = 2\ 856\ 000\ cm^3$ $V_3 = 2,856\ m^3$	$V_4 = 0,5 \times 160 \times 200 \times 275$ $V_4 = 4\ 400\ 000\ cm^3$ $V_4 = 4,400\ m^3$
Volume d'air en m³ par pers.	$V = 0,5 \times 1,320$ $V = 0,66\ m^3$	$V = \frac{1}{3} \times 2,856$ $V = 0,952\ m^3$	$V = 0,25 \times 4,400$ $V = 1,1\ m^3$

3 Volume d'eau reçu par la pelouse :
$\pi \times (10)^2 \times 0,003 = 0,3\ \pi\ m^3 = 300\ \pi\ L.$
Un arrosoir contient 6 L. $\frac{300\pi}{6} = 50\ \pi$. La valeur arrondie de $50\ \pi$ au dixième est 157,1. Il faudra verser **158 arrosoirs** sur la pelouse.

4 Le volume du parallélépipède est : $12 \times 2 \times 1 = 24\ m^3$.
Le volume du demi-cylindre est : $\frac{1}{2}\ \pi \times (1)^2 \times 12 = 6\ \pi\ m^3$.
Le volume de la serre est :
$(24 + 6\ \pi) m^3 = (24\ 000 + 6\ 000\ \pi)\ L.$
La valeur arrondie à l'unité est **42 850 litres.**

ESPACE ET GÉOMÉTRIE

Attention
Dans certains exercices, les figures ne sont pas à l'échelle. Elles permettent seulement d'avoir une vision globale de l'exercice.

44 Médiatrice d'un segment : définition et propriété — p. 47

1

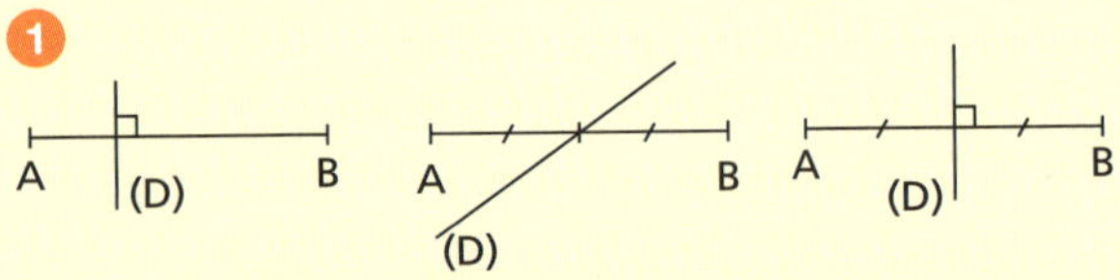

Non car (D) ne coupe pas le segment [AB] en son milieu.

Non car (D) n'est pas perpendiculaire au segment [AB].

Oui car (D) est perpendiculaire au segment [AB] et le coupe en son milieu.

2

Point	C	H	I	M	N	P
Réponses	x	x	x			

3 La droite (D) **n'est pas** la médiatrice du segment [AB] car **(D) n'est pas perpendiculaire au segment [AB].**
La droite (D) **est** la médiatrice du segment [EF] car **(D) est perpendiculaire au segment [EF] et le coupe en son milieu.**
La droite (D) **est** la médiatrice du segment [KL] car **(D) est perpendiculaire au segment [KL] et le coupe en son milieu.**
La droite (D) **n'est pas** la médiatrice du segment [IJ] car **(D) n'est pas perpendiculaire au segment [IJ].**

4 D'après les indications du schéma, H est le milieu du segment [AB] et la droite (CH) est perpendiculaire au segment [AB]. Cela signifie que la droite (CH) est la médiatrice du segment [AB]. E est équidistant des points A et B ; cela signifie que E est un point de la médiatrice du segment [AB]. Donc E est un point de la droite (CH).

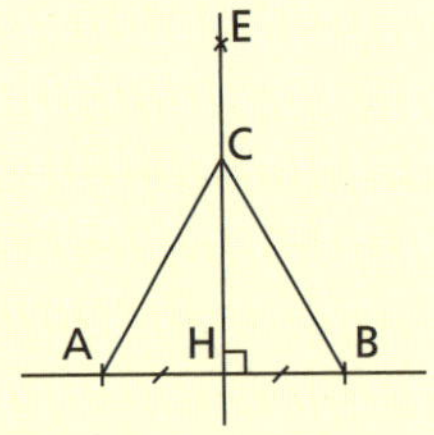

45 Médiatrice d'un segment : constructions — p. 48

1

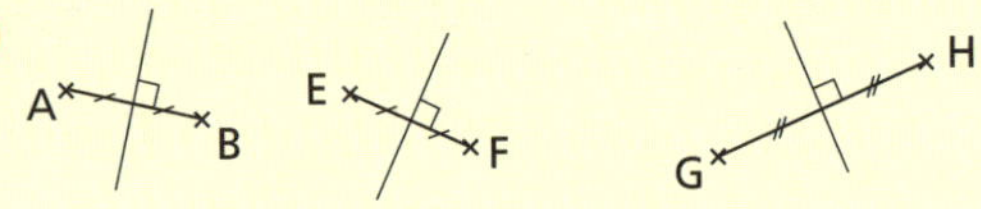

2

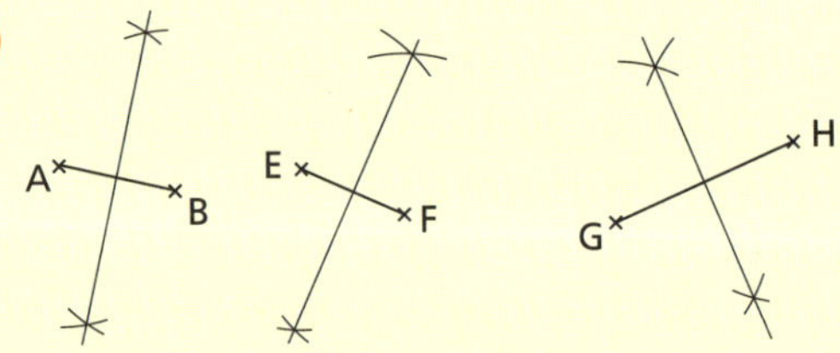

3 Je constate que les médiatrices des segments [AB] et [EF] sont confondues.

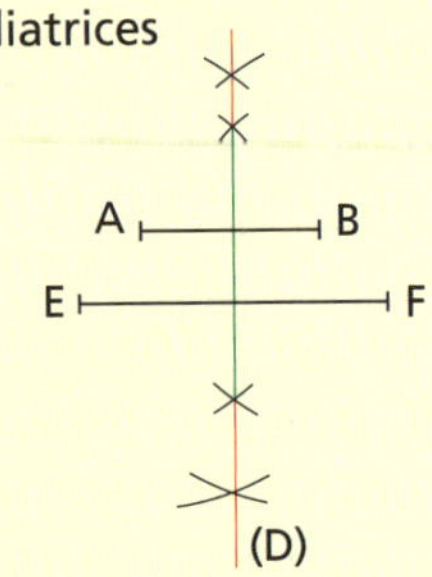

4

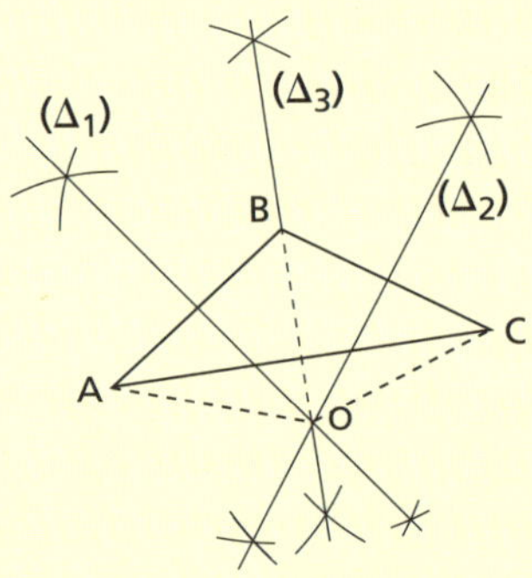

46 Angles : construction — p. 49

1 **2** **3**

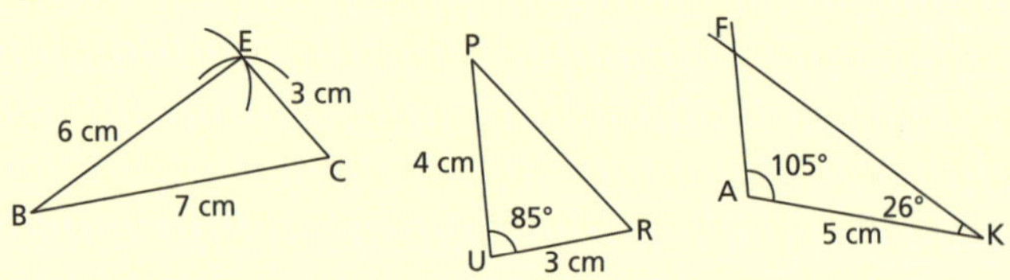

4 **1.** **2.** **3.**

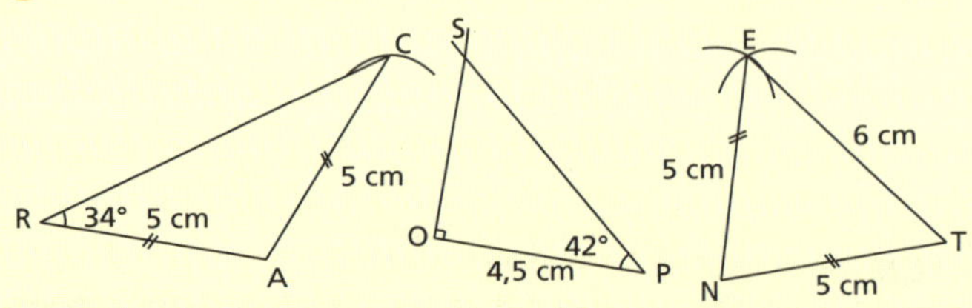

Corrigés détachables

5

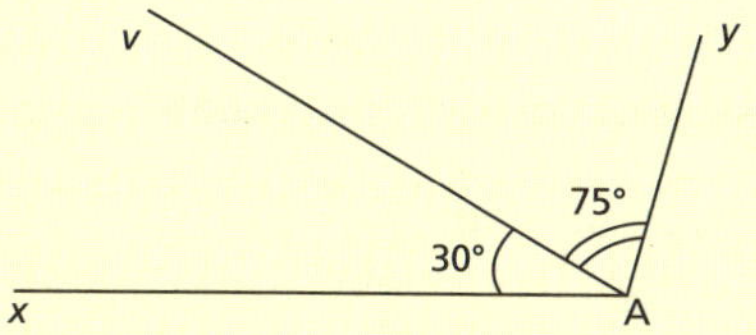

$\widehat{xAy} = \widehat{xAv} + \widehat{vAy} = 30 + 75 = 105°$.
La mesure de l'angle $\widehat{xAy}$ est 105°.

47 Angles : vocabulaire — p.50

1 1. $\widehat{t'Mx}$ et $\widehat{yMt}$, $\widehat{t'My}$ et $\widehat{xMt}$, $\widehat{x'Nt'}$ et $\widehat{tNy'}$, $\widehat{x'Nt}$ et $\widehat{t'Ny'}$ sont des angles opposés par le sommet.

2. $\widehat{x'Nt'}$ et $\widehat{tNy'}$ sont des angles supplémentaires à l'angle $\widehat{x'Nt}$.

3. $\widehat{tNt'}$ et $\widehat{tNy'}$ **ne sont pas des angles adjacents** car ils n'ont pas en commun un côté, car leur partie commune est l'angle $\widehat{tNy'}$.

2 1. 2.

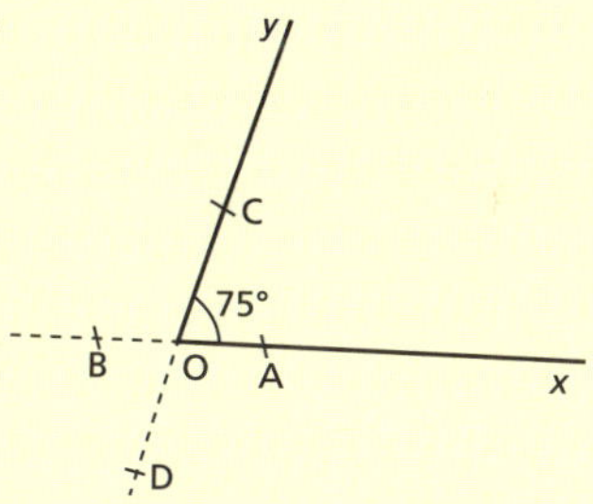

3. O est le milieu de [AB], donc les points **A**, **O** et **B** sont alignés.
O est le milieu de [CD], donc les points **C**, **O** et **D** sont alignés.
Les droites (AB) et (CD) sont sécantes donc elles **déterminent des angles opposés par le sommet.**
Les angles $\widehat{AOC}$ et $\widehat{BOD}$ sont **opposés par le sommet, donc $\widehat{AOC} = \widehat{BOD}$.**

3

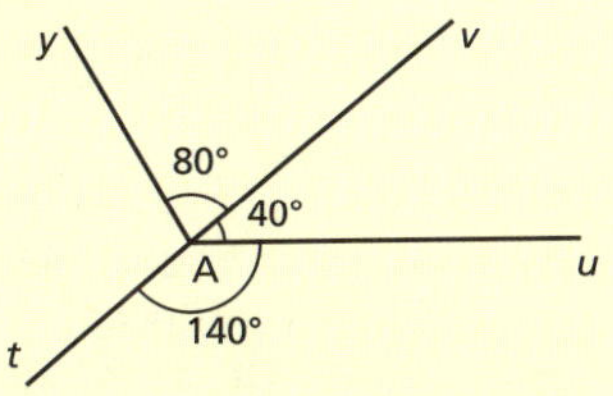

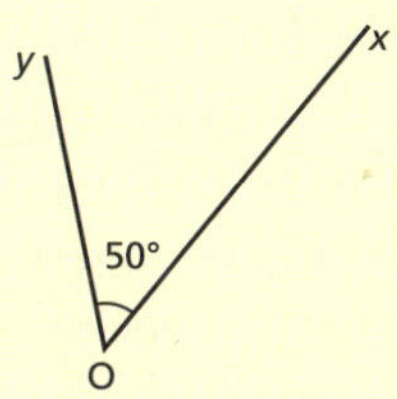

$\widehat{vAy} = 2 \times \widehat{uAv} = 2 \times 40 = 80°$.
$\widehat{uAt}$ et $\widehat{uAv}$ sont supplémentaires, cela signifie que
$\widehat{uAt} + \widehat{uAv} = 180°$.
$\widehat{uAt} = 180 - \widehat{uAv} = 180 - 40 = 140°$.
$\widehat{xOy}$ et $\widehat{uAv}$ sont complémentaires, cela signifie que
$\widehat{xOy} + \widehat{uAv} = 90°$.
$\widehat{xOy} = 90 - \widehat{uAv} = 90 - 40 = 50°$.

48 Angles : nouveaux types d'angles — p.51

1 1. Deux angles alternes-internes sont $\widehat{xFn}$ et $\widehat{mEt}$ ou bien $\widehat{yFn}$ et $\widehat{zEm}$.
2. Deux angles correspondants sont $\widehat{mFy}$ **et** $\widehat{mEt}$ **ou bien** $\widehat{yFn}$ **et** $\widehat{tEn}$ **ou bien** $\widehat{xFm}$ **et** $\widehat{zEm}$ **ou bien** $\widehat{xFn}$ **et** $\widehat{zEn}$.
3. L'angle correspondant à l'angle $\widehat{xFE}$ est $\widehat{zEn}$.
4. Les angles $\widehat{mFx}$ et $\widehat{zEm}$ sont **correspondants**.

2

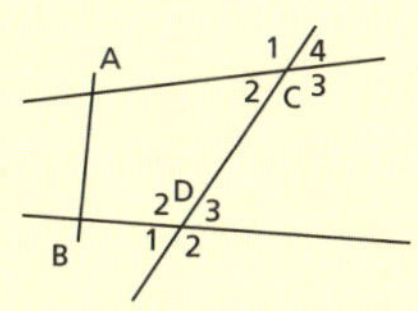

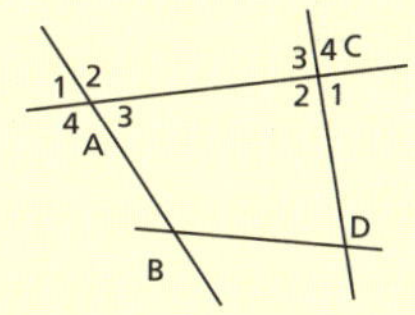

L'angle $\widehat{C}_4$ est correspondant avec l'angle $\widehat{D}_3$.

L'angle $\widehat{A}_2$ est alterne-interne avec l'angle $\widehat{C}_2$.

49 Protocole de construction d'une figure — p.52

1

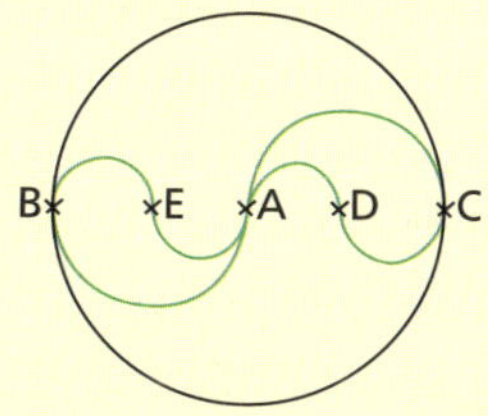

2 D'après le codage, le quadrilatère BCDE a ses quatre côtés de même longueur et un angle droit, donc BCDE est un carré. Le triangle ABC a ses trois côtés de même longueur donc c'est un triangle équilatéral.
Le programme de construction peut être :
Trace un carré BCDE. Puis à l'intérieur du carré le troisième sommet du triangle équilatéral ABC

3

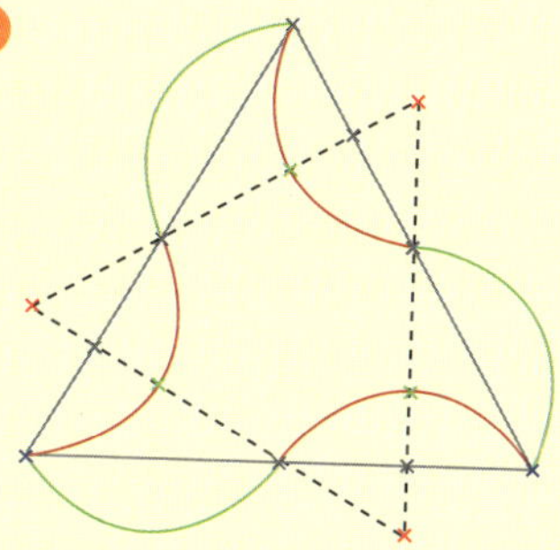

50 Symétrie centrale : centre de symétrie (définition et construction) — p.53

1

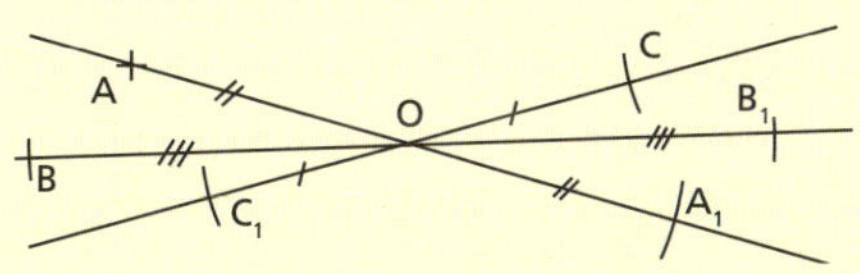

2

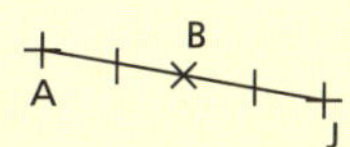

3

Point	A	H	F	O
Symétrique de ce point par rapport à O	**E**	**D**	**B**	**O**
Symétrique de ce point par rapport à (FB)	**C**	**D**	**F**	**O**

Corrigés détachables

51 Symétrie centrale : symétrique d'une figure — p.54

1

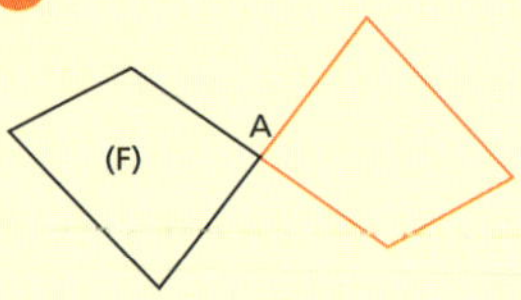

2

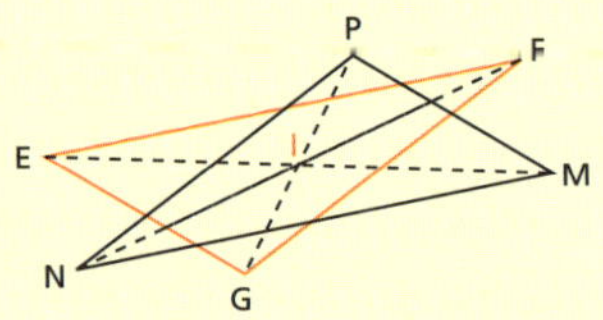

3

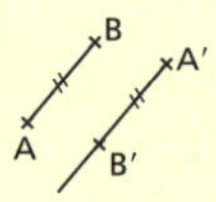

Le symétrique du segment [AB] par rapport à O est le segment [A′B′].
On sait que AB = A′B′ et que (AB)//(A′B′). Donc B′ appartient à la droite parallèle à la droite (AB) passant par A′. B ent à la demi-droite [AB) donc B′ appartient à la demi-droite parallèle à [AB), passant par A′ et de sens contraire à [AB).

4

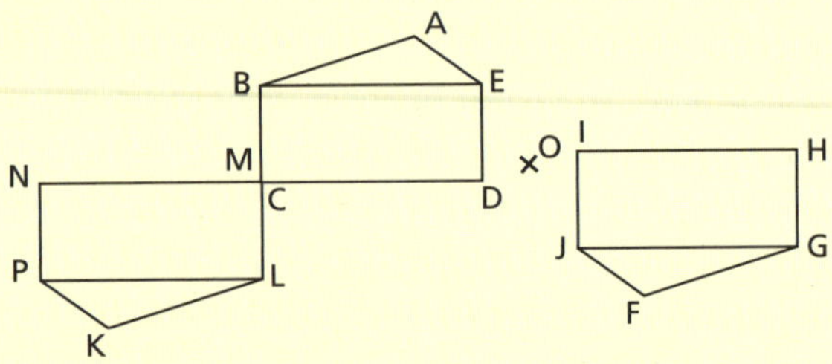

52 Symétrie centrale et angles : propriété directe et réciproque — p.55

1 Dans le schéma ci-dessous les droites (*d*) et (*d*′) sont strictement parallèles et $G_3 = 57°$.

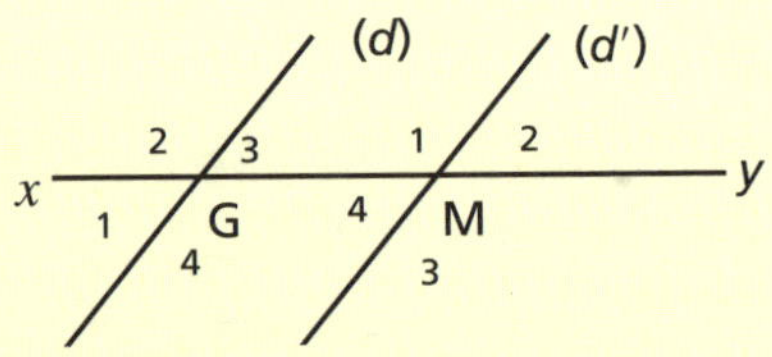

(*d*) et (*d*′) sont des droites strictement parallèles coupées par la sécante (*xy*)
Elles déterminent des angles alternes-internes de même mesure.
G_3 et M_4 sont des angles alternes- internes donc $M_4 = 57°$
Or M_4 et M_2 sont opposés par le sommet. Ils ont la même mesure .
Donc $M_2 = 57°$

2 On calcule la mesure de l'angle $\widehat{mFt}$.
Le point F est l'intersection de (*zt*) et de (*mn*) donc l'angle $\widehat{nFm}$ est un angle plat formé par la somme des angles $\widehat{nFt}$ et $\widehat{tFm}$. Autrement dit :
$\widehat{nFm} = 180°$ et $\widehat{nFt} + \widehat{tFm} = \widehat{nFm}$ avec $\widehat{nFt} = 135°$.
On a donc $\widehat{mFt} = 180 - 135 = 45°$.
On sait que si deux droites coupées par une sécante déterminent deux angles correspondants de même mesure, alors ces deux droites sont parallèles.
Ici les angles $\widehat{mFt}$ et $\widehat{mEy}$ formés par les droites (*xy*) et (*zt*) et la sécante (mn) occupent la place d'angles correspondants de même mesure.
On conclut que les droites (*xy*) et (*zt*) sont parallèles.

53 Symétrie centrale : démonstration — p.56

1 **2.** L'ordre est **i-d-b-g-a-e-f-l-j-c-h-k** :
E est le milieu du segment [AB] donc A est le symétrique de B par rapport à E.
M est le symétrique de C par rapport à E.
Le symétrique du segment [CB] par rapport à E est le segment [AM].
F est le milieu du segment [AC] donc C est le symétrique de A par rapport à F.
N est le symétrique de M par rapport à F.
Le symétrique du segment [AM] par rapport à F est le segment [CN].
Le symétrique d'un segment par rapport à un point est un segment de même longueur.
Donc AM = BC et AM = CN.
AM = CN et AM = BC donc BC = CN.

2 **1.** $\widehat{ABD} = \widehat{ABC} - \widehat{DBC} = 130 - 75 = 55$.
L'angle $\widehat{ABD}$ mesure 55°.
2. ABCD est un trapèze de bases [AB] et [DC], donc les droites (AB) et (DC) sont parallèles. Elles déterminent des angles alternes-internes de même mesure. Pour les droites (AB) et (DC) strictement parallèles, coupées par la droite (BD), les angles $\widehat{ABD}$ et $\widehat{BDC}$ sont des angles alternes-internes, donc $\widehat{ABD} = \widehat{BDC}$. Or $\widehat{ABD} = 55°$, donc $\widehat{BDC} = 55°$.

3 **1. 2.**

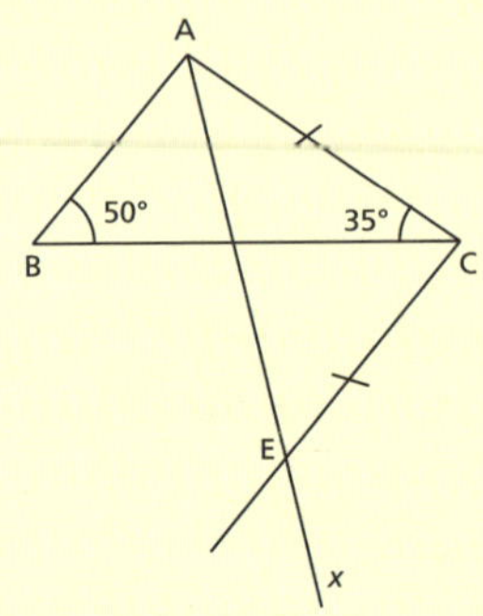

3. Le triangle ACE est isocèle en C, donc les angles $\widehat{CEA}$ et $\widehat{CAE}$ sont de même mesure donc $\widehat{CEA} = \widehat{EAC}$.
[A*x*) est la bissectrice de l'angle $\widehat{BAC}$, donc $\widehat{BAx} = \widehat{xAC}$. E est sur la demi-droite [A*x*), donc $\widehat{xAC} = \widehat{EAC}$ et $\widehat{BAx} = \widehat{BAE}$. On a donc $\widehat{BAE} = \widehat{EAC}$.
Or $\widehat{EAC} = \widehat{CEA}$, donc $\widehat{BAE} = \widehat{CEA}$.
4. Pour les droites (AB) et (CE) coupées par la droite (AE), les angles $\widehat{BAE}$ et $\widehat{CEA}$ sont des angles alternes-internes, on a expliqué qu'ils avaient la même mesure. On en déduit que les droites (AB) et (CE) sont des droites parallèles.

4 **1.**

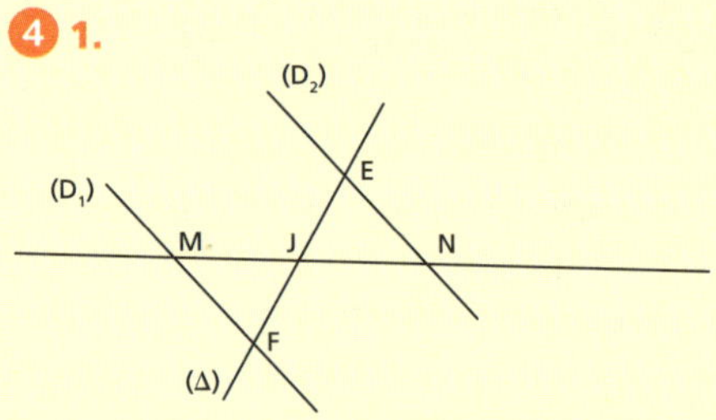

2. a. J est le milieu du segment [MN]. Cela signifie que le symétrique de M par rapport à J est N.
b. Le symétrique de M par rapport à J est N et M appartient à (D_1) donc le symétrique de la droite (D_1) par rapport à J est la droite parallèle à (D_1) passant par N c'est-à-dire (D_2).
c. J appartient à (Δ) donc le symétrique de la droite (Δ) par rapport à J est la droite (Δ).
d. F est le point d'intersection des droites (D_1) et (Δ) donc le symétrique de F par rapport à J est le point d'intersection des droites symétriques de (D_1) et (Δ) par rapport à J qui sont (D_2) et (Δ). Ce point est E.
e. Le symétrique de F par rapport à J est E, cela signifie que J est le milieu du segment [EF].

54 Parallélogramme : définition et propriété des diagonales p.57

1

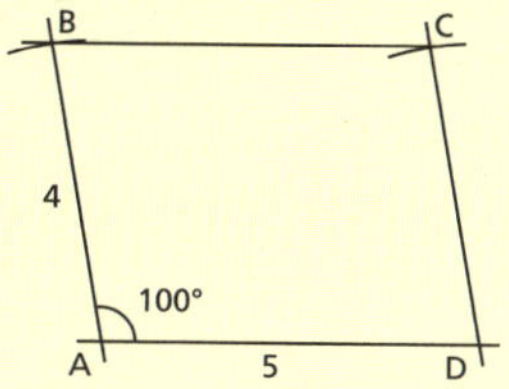

La propriété utilisée est : **« un parallélogramme est un quadrilatère qui a ses côtés opposés parallèles deux à deux. »**

2

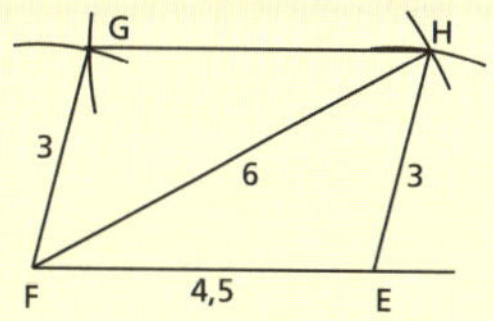

On construit avec le compas le triangle EFH.
Pour terminer la construction du parallélogramme EFGH, on utilise la propriété : **« un parallélogramme est un quadrilatère qui a ses côtés opposés parallèles deux à deux. »**

3

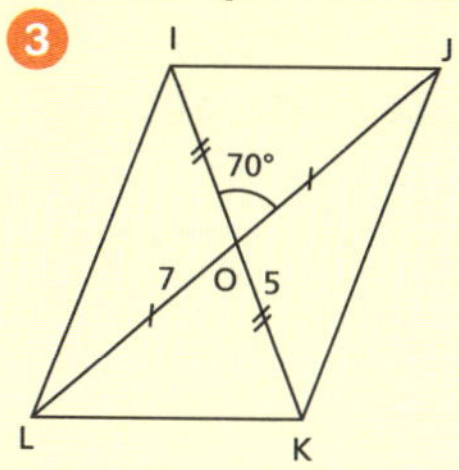

$OI = \frac{IK}{2} = \frac{5}{2} = 2{,}5$ et $OK = \frac{IK}{2} = \frac{5}{2} = \mathbf{2{,}5}$

$OL = \frac{LJ}{2} = \frac{7}{2} = 3{,}5$ et $OJ = \frac{LJ}{2} = \frac{7}{2} = \mathbf{3{,}5}$

La propriété utilisée est : **« les diagonales d'un parallélogramme se coupent en leur milieu. »**

4 **1. 2. 3.**

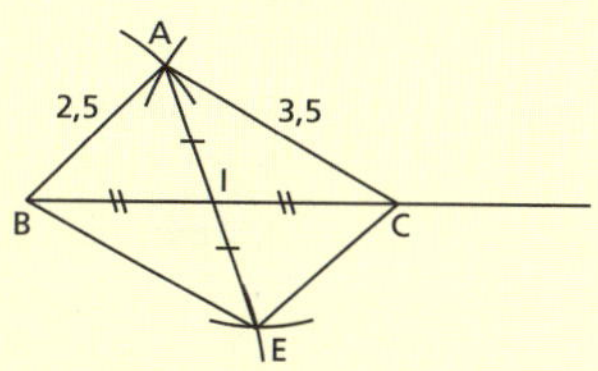

4. Si les diagonales d'unquadrilatère se coupent en leur milieu, alors c'est un parallélogramme. Le quadrilatère ABEC est un parallélogramme.

5 **1.**

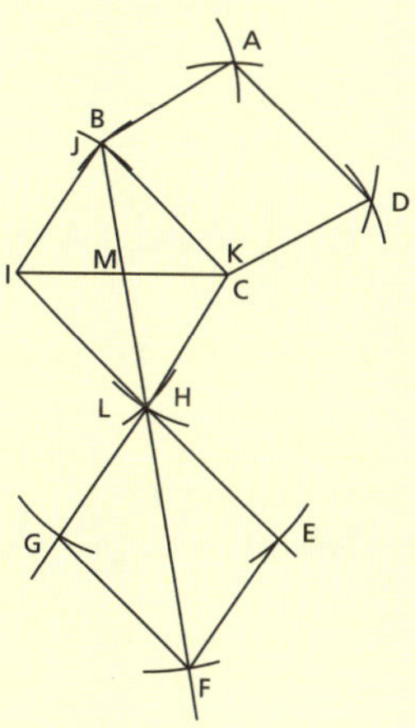

2. La droite (JK) est la médiatrice du segment [IA].
3. Le point L est le milieu du segment [BF].

55 Parallélogramme : propriétés p.58

1 **1.**

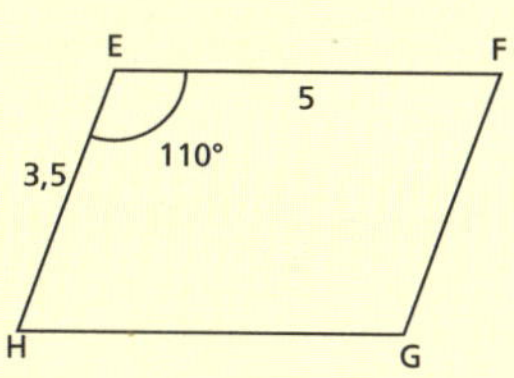

2. On sait que, dans un parallélogramme, deux angles consécutifs sont **supplémentaires.** Dans le parallélogramme EFGH, $\widehat{HEF}$ et $\widehat{EFG}$ sont consécutifs donc ils sont **supplémentaires.** Cela signifie que $\widehat{EFG} + \widehat{HEF} = \mathbf{180°}$, $\mathbf{\widehat{EFG} = 180} - \widehat{HEF}$. Donc $\widehat{EFG} = \mathbf{180} - 110 = 70°$.
On sait que dans un parallélogramme, les angles opposés sont de **même mesure.** Dans le parallélogramme EFGH, les angles $\widehat{HEF}$ et $\widehat{FGH}$ sont opposés donc ils sont de **même mesure** : $\widehat{HEF} = \widehat{FGH}$ et $\widehat{HEF} = \mathbf{110°}$. Donc $\widehat{FGH} = \mathbf{110°}$.

2

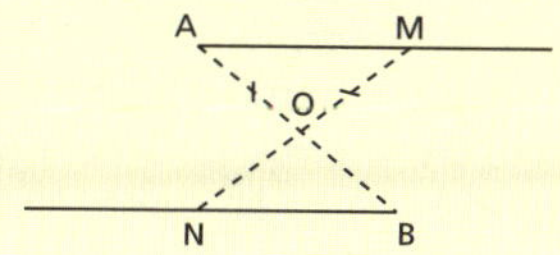

1. Dans le quadrilatère AMNB, le côté opposé à [AM] est **[NB]** ; le côté opposé à [MN] est **[BA].**

2. Dans la symétrie centrale de centre O, les symétriques respectifs des points A et M sont B et N. Le symétrique du segment [AM] est le segment [BN]. On sait que dans une symétrie centrale, le symétrique d'un segment est un segment de même longueur, donc AM = BN.
B et N sont les symétriques de A et M par rapport à O, ce qui signifie que O est le milieu des segments [AB] et [MN]. Donc MN = 2 × MO et AB = 2 × AO, or AO = MO donc MN = AB. On a montré que les côtés opposés du quadrilatère AMNB sont de même longueur.

3. Le quadrilatère AMNB a ses côtés opposés de **même longueur** et pourtant ce n'est pas un parallélogramme. On peut remarquer que AMNB est un quadrilatère croisé.

3 **1.**

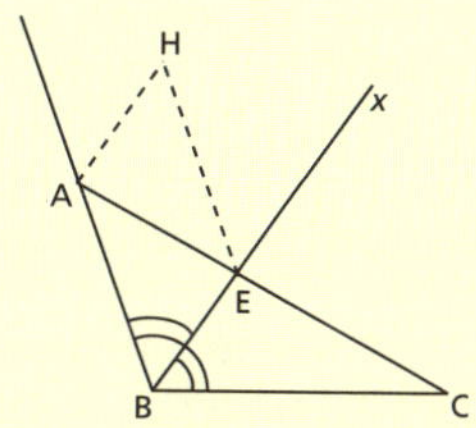

2. [Bx) est la bissectrice de l'angle $\widehat{ABC}$.
Cela signifie que $\widehat{ABx} = \frac{\widehat{ABC}}{2}$, $\widehat{ABx} = \frac{\mathbf{110}}{\mathbf{2}} = \mathbf{55°}$. E appartient à [B$x$) donc $\widehat{ABE} = \mathbf{55°}$.

3. Dans le parallélogramme ABEH, l'angle $\widehat{BEH}$ est consécutif à l'angle $\widehat{ABE}$, donc les angles $\widehat{ABE}$ et $\widehat{BEH}$ sont supplémentaires. Cela signifie que $\widehat{BEH} + \widehat{ABE} = 180°$. On sait que $\widehat{ABE} = 55°$, donc $\widehat{BEH} = 180 - \widehat{ABE} = 180 - 55 = 125°$.
Dans le parallélogramme ABEH, les angles $\widehat{ABE}$ et $\widehat{EHA}$ sont opposés, donc les angles $\widehat{ABE}$ et $\widehat{EHA}$ sont de même mesure. $\widehat{EHA} = \widehat{ABE}$. On sait que $\widehat{ABE} = 55°$, donc $\widehat{EHA} = 55°$.
De même pour les angles $\widehat{HAB}$ et $\widehat{BEH}$.
On trouve $\widehat{HAB} = 125°$.

56 Parallélogramme : démonstration p.59

1 **1.**

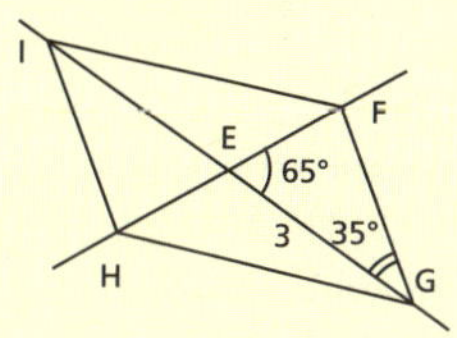

2. H est le symétrique de F par rapport à E, cela signifie que E **est le milieu du segment [HF].**
I **est le symétrique de G par rapport à E,** cela signifie que E est le milieu du segment [IG].
Les diagonales [HF] et [GI] du quadrilatère IHGF se coupent en leur milieu.
Cela signifie que le quadrilatère IHGF est un **parallélogramme.**

Corrigés détachables

2 **1. 2.**

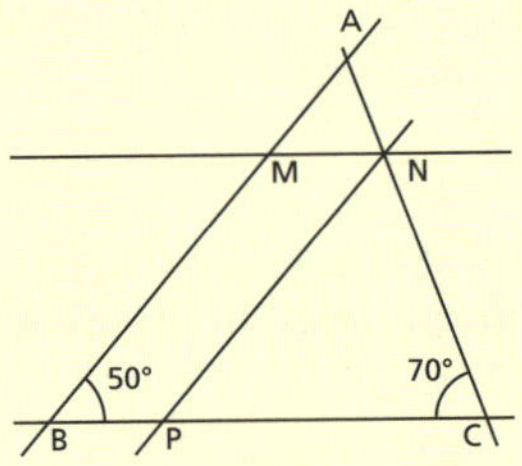

3. La droite parallèle à la droite (AB) passant par le point N qui coupe le segment [BC] en P est la droite **(NP)**.
On a **(AB)//(PN)**. Or le point M appartient à la droite (AB) donc (BM) est parallèle à (PN). De même, la droite **parallèle à (BC) passant par M coupe [AC] en N, donc (MN) est parallèle à (BC). P appartient au segment [BC], donc (MN) est parallèle à (BP)**.
Le quadrilatère BMNP a ses côtés **opposés parallèles deux à deux**. Cela signifie que le quadrilatère BMNP est un parallélogramme.

3

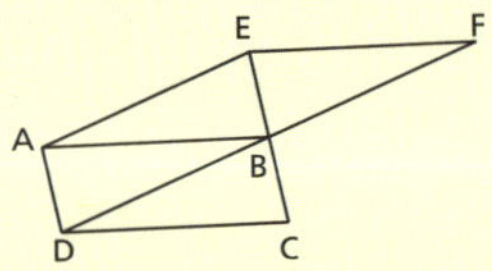

1. Dans la symétrie de centre B, le point C a pour image le point E, le point D **a pour image le point F**.
On sait que dans une symétrie centrale, l'image d'une droite est une **droite parallèle** et **l'image d'un segment** est **un segment parallèle et de même longueur**.
Donc l'image de la droite (CD) est **la droite (EF) parallèle à (CD)** et l'image du segment [CD] est **le segment [EF] parallèle et de même longueur que [CD]**. On a donc **(EF)//(CD)** et **EF = CD**.
ABCD est un **parallélogramme**, cela signifie que **les côtés opposés sont parallèles deux à deux. Donc (AB)//(DC) et (AD)//(BC)**.
De plus, les côtés opposés d'un parallélogramme sont **de même longueur** donc **AB = CD et AD = BC**.

2. On a (CD)//**(AB)** et (CD)//**(EF)** donc **(AB)//(EF)**.
On a CD = **EF** et CD = **AB** donc EF = **AB**.
Le quadrilatère non croisé ABFE a **deux côtés opposés parallèles et de même longueur** donc ABFE est un **parallélogramme**.

4

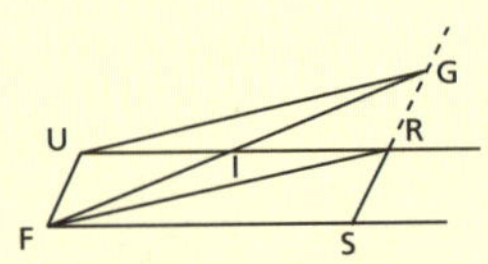

G est le symétrique de F par rapport à I. Cela signifie que I est le milieu du segment [GF]. On sait que I est le milieu du segment [RU].
Les diagonales [GF] et [RU] du quadrilatère FUGR se coupent en leur milieu. Cela signifie que le quadrilatère FUGR est un parallélogramme.

57 Triangle : somme des angles et cas des triangles particuliers p.60

1

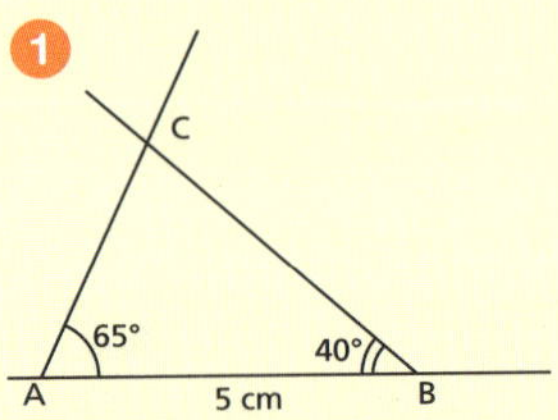

Dans un triangle la somme des angles est égale à 180°.
Donc $\widehat{BAC} + \widehat{ABC} + \widehat{ACB} = 180°$.
Donc $\widehat{ACB} = 180° - (\widehat{BAC} + \widehat{ABC})$.
$180° - (65 + 40) = 180 - 105 = 75°$.
La mesure de l'angle $\widehat{ACB}$ est 75°.

2 $\widehat{EFG} = $ **40°**, donc $\widehat{EGF} = 40°$.
$\widehat{FEG} = 180 - (\widehat{EFG} + \widehat{EGF}) = 180 - (40 + 40) = 180 - 80 = 100°$.

3

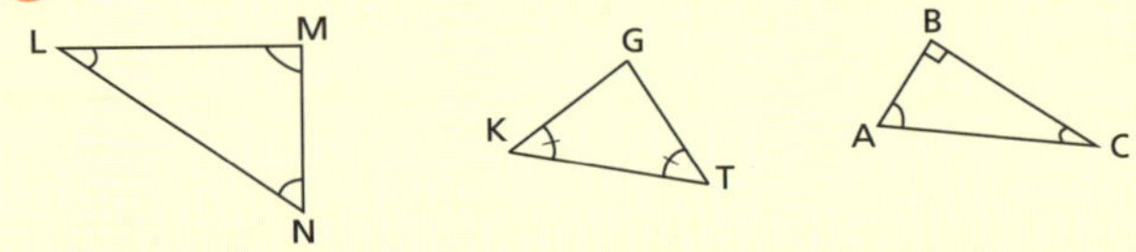

NON NON NON

Triangle LMN :
$\widehat{LMN} + \widehat{MNL} + \widehat{MLN} = 73 + 68 + 43 = 184°$. $184 \neq 180$.
Triangle GKT :
D'après le codage, l'angle $\widehat{GTK}$ et l'angle $\widehat{GKT}$ ont la même mesure. $\widehat{TGK} + \widehat{GTK} + \widehat{GKT} = 70 + 54 + 54 = 178°$. $178 \neq 180$.
Triangle ABC :
D'après le codage, l'angle $\widehat{ABC}$ est un angle droit donc sa mesure est de 90°.
$\widehat{ABC} + \widehat{ACB} + \widehat{BAC} = 90 + 44 + 51 = 185°$. $185 \neq 180$.
Donc aucun des 3 triangles n'existe.

4

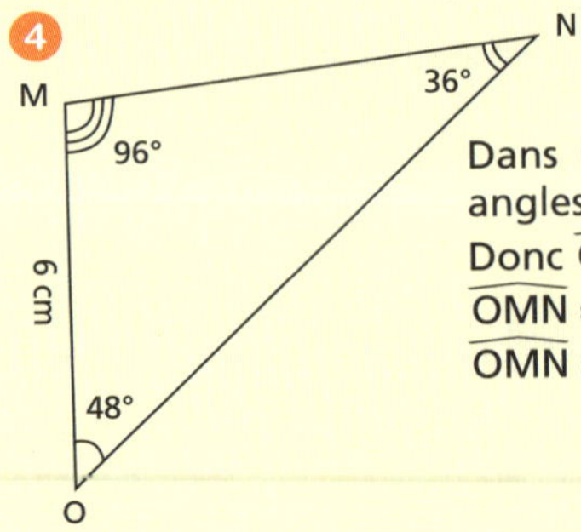

Dans un triangle, la somme des angles est égale à 180°.
Donc $\widehat{OMN} = 180 - (\widehat{MNO} + \widehat{MON})$
$\widehat{OMN} = 180 - (36 + 48) = 180 - 84$.
$\widehat{OMN} = 96°$.

5

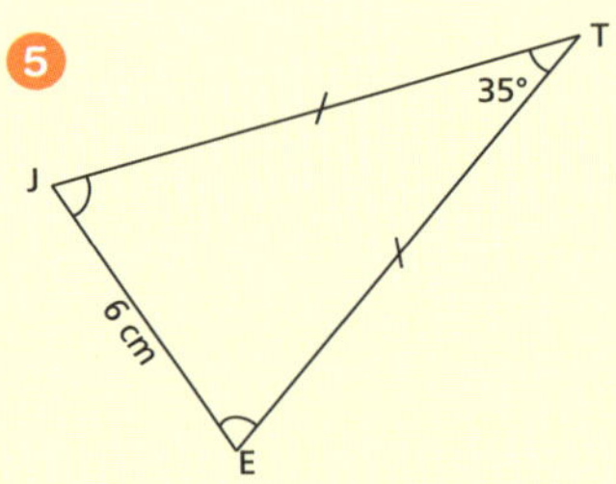

Le triangle JET est isocèle en T, donc les angles $\widehat{JET}$ et $\widehat{EJT}$ ont la même mesure.
La somme des angles d'un triangle est égale à 180°.
Donc $\widehat{JET} = \widehat{EJT} = \dfrac{(180 - \widehat{JTE})}{2}$
$\widehat{JET} = \dfrac{(180 - 35)}{2} = 72{,}5°$.

58 Triangle : inégalité triangulaire p.61

1 Pour ELY : 9,2 > 5,4 + 3,4 Pour TAZ : 8,7 = 5,6 + 3,1
Il faut cocher :
– ELY n'est pas un triangle constructible ;
– les points T, A, Z sont alignés.

2 Oui, car 8,5 < 6 + 3.

3 GE < GL + LE GL < GE + LE LE < GL + GE

4 **1.** Le point T appartient au segment [ZQ].
ZQ = **ZT + TQ = 3,8 + 5,4 = 9,2**.
La longueur ZQ est égale à 9,2 cm.
2. Le point E appartient au segment [JS].
EJ = **JS – ES = 9,8 – 4,6 = 5,2**.
La longueur EJ est égale à 5,2 cm.
3. Le point R appartient au segment [HW].
HW = **HR + RW = 5,7 + 3,9 = 9,6**. La longueur HW est égale à 9,6 cm.

5 PO + TP = 5 + 3 = 8.
D'après l'inégalité triangulaire OT < PO + TP, donc OT < 8.
En tenant compte de cette condition, le côté [OT] a une longueur strictement inférieure à 8 cm. Sa longueur doit être un nombre entier de cm.
Pour OT = 1 cm, 3 + 1 = 4 et 5 > 4, donc le triangle POT ne peut pas être construit.
Pour OT = 2 cm, 3 + 2 = 5, donc les trois points P, O et T sont alignés et le point T appartient au segment [PO].
Pour OT = 3 cm, OT = 4 cm, OT = 5 cm, OT = 6 cm, OT = 7 cm, le triangle POT peut être construit.
La plus grande valeur possible pour OT est 7.
$\text{Périmètre}_{POT} = PO + OT + TP = 5 + 7 + 3 = 15$ cm.

59 Triangle : hauteur p.62

1

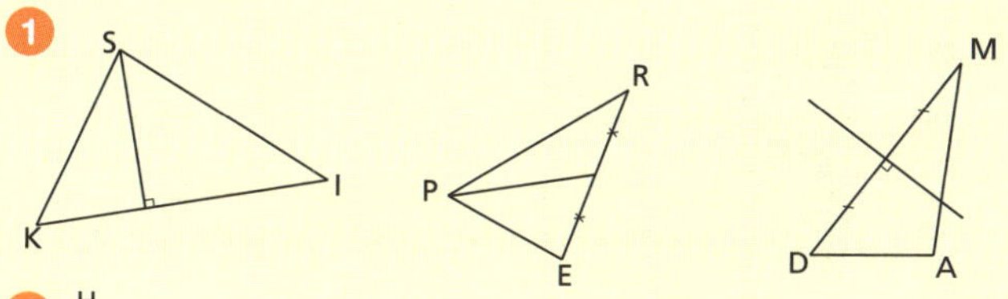

2

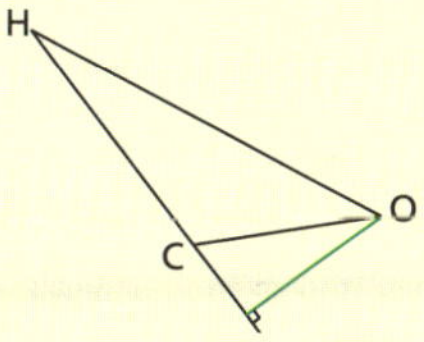

La hauteur issue de O est à l'extérieur du triangle.

3 **1.** Hauteur issue de P.
2. Médiatrice du côté [RP].
3. Médiane et hauteur issues de T, médiatrice du côté [JE].

60 Triangle : démonstration p.63

1 5,2 + 1,1 = 6,3 et 6,8 > 6,3 donc **on ne peut pas** construire le triangle GEF.
D'après le codage, DC = OC. 4,3 + 4,3 = 8,6 et 8,8 > 8,6 donc on ne peut pas construire le triangle COD.

2 **1.** Triangle RAS :
$\widehat{SAR} = 180 - (\widehat{RSA} + \widehat{ARS}) = 180 - (39 + 51) = 180 - 90 = 90°$.
Le triangle RAS est un triangle rectangle en A.
2. Triangle BUT :
$\widehat{BTU} = 180 - (\widehat{TUB} + \widehat{TBU}) = 180 - (86 + 47) = 180 - 133 = 47°$.
Les angles $\widehat{BTU}$ et $\widehat{TBU}$ sont de même mesure, donc le triangle BUT est isocèle en U.

3 **Triangle DEC :**
$\widehat{DEC} = 180 - (\widehat{CDE} + \widehat{ECD}) = 180 - (47 + 34) = 180 - 81 = 99°$.
Triangle CEB : d'après le codage, le triangle CEB est équilatéral, donc les trois angles du triangle mesurent 60°. En particulier, $\widehat{CEB} = 60°$.
Triangle ABE : D'après le codage, le triangle ABE est rectangle en B. $\widehat{ABE} = 90°$.
$\widehat{BEA} = 180 - (\widehat{EBA} + \widehat{BAE}) = 180 - (90 + 68) = 180 - 158 = 22°$.
$\widehat{DEA} = \widehat{DEC} + \widehat{CEB} + \widehat{BEA} = 99 + 60 + 22 = 181°$.
181 ≠ 180, donc l'angle $\widehat{DEA}$ n'est pas un angle plat et par conséquent les trois points D, E et A ne sont pas alignés.

4 **1.** La longueur des deux autres côtés serait 11 – 6 = 5 cm. Or 6 > 5. Ce triangle n'existe pas.
2a. et **2b.** Si un côté mesure 4 cm :
1er cas : les deux côtés de même longueur mesurent 4 cm, le troisième côté mesure 11 – 2 × 4 = 11 – 8 = 3 cm. Les inégalités triangulaires sont vérifiées pour trois côtés de longueur 4 ; 4 et 3 cm.
2e cas : le côté qui n'a pas la même longueur que les deux autres mesure 4 cm.
Les deux autres mesurent (11 – 4) ÷ 2 = 7 ÷ 2 = 3,5 cm.
Les inégalités triangulaires sont vérifiées pour trois côtés de longueur 3,5 ; 3,5 et 4 cm.
Conclusion : on peut construire deux triangles isocèles de périmètre 11 cm ayant un côté de 4 cm.

5 L'aire du triangle ADE rectangle en D est égale à
$aire_{ADE} = 0,5 \times (AD \times DE)$
L'aire du triangle ECB rectangle en C est égale à
$aire_{ECB} = 0,5 \times (BC \times EC)$
$aire_{ADE} + aire_{ECB} = 0,5 \times (AD \times DE) + 0,5 \times (BC \times EC)$
Or AD = BC ; AB = DC et DE + EC = DC
Donc $aire_{ADE} + aire_{ECB} = 0,5 \times AD \times (DE + EC) =$
$0,5 \times AD \times DC = 0,5 \times AD \times AB = aire_{AEB}$.
L'aire du triangle AEB est bien égale à la somme des aires des triangles ADE et ECB.

6 On sait que la somme des angles d'un triangle est égale à 180°.
Dans le triangle BDA :
$\widehat{BDA} = 180 - (\widehat{ABD} + \widehat{BAD}) = 180 - (40 + 110) = 180 - 150 = 30$.
La mesure de l'angle $\widehat{BDA}$ est égale à 30°.
On sait que dans un parallélogramme les deux angles consécutifs sont supplémentaires.
Dans le parallélogramme ABCD, $\widehat{BAD}$ et $\widehat{ABC}$ sont consécutifs, donc leur somme est égale à 180°.
On a $\widehat{DAB} + \widehat{ABC} = 180$ avec $\widehat{DAB} = 110°$
donc $\widehat{ABC} = 180 - 110 = 70$.
La mesure de l'angle $\widehat{ABC}$ est égale à 70°.
Dans un parallélogramme, les angles opposés ont même mesure.
Dans le parallélogramme ABCD, on a $\widehat{BAD} = \widehat{BCD} = 110°$.
La mesure de l'angle $\widehat{BCD}$ est égale à 110°.

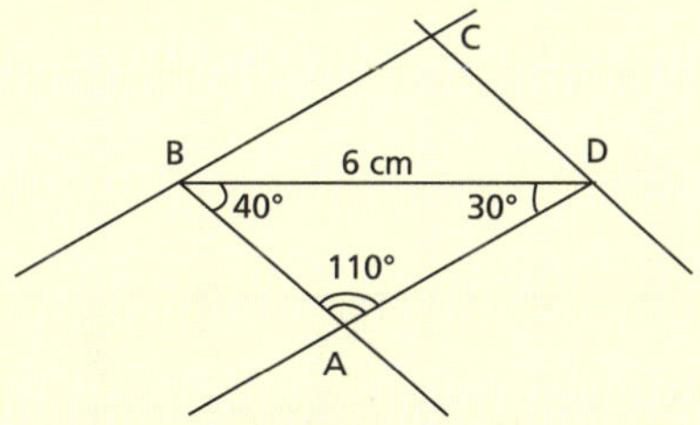

61 Cylindre de révolution : présentation p.64

1

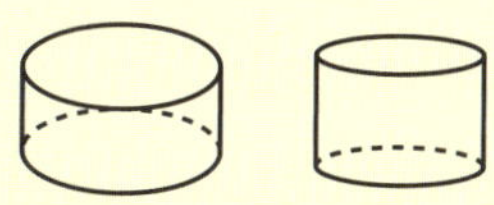

2 **1.** IA = **4 cm** ; AB = **7,5 cm** ; CD = **2 × 4 = 8 cm** ; IC = **4 cm** ; IJ = **7,5 cm**.
2. [IA] est **perpendiculaire** à [AB]. [BJ] est **perpendiculaire** à [JI].
Les droites (IC) et (JB) sont contenues dans des plans parallèles.
Le triangle ABJ est **rectangle** en **B**. Le triangle IAC est **isocèle** en **I**. Le quadrilatère IABJ est un **rectangle**.

3 La base est un disque de rayon 2,5 cm ; le périmètre de la base est 2 × 2,5 × π = 5 × π cm.

62 Cylindre de révolution : patron et aire latérale p.65

1 **1.** Le périmètre : **2 × π × 1,5 = (2 × 1,5) × π = 3 × π cm.**
2. Les dimensions du rectangle qui est la face latérale du cylindre sont **3 × π cm** et **3 cm.**
3. L'aire latérale de ce cylindre : **3 × π × 3 = 9 × π cm².**
4. La valeur arrondie au cm² : **28 cm².**

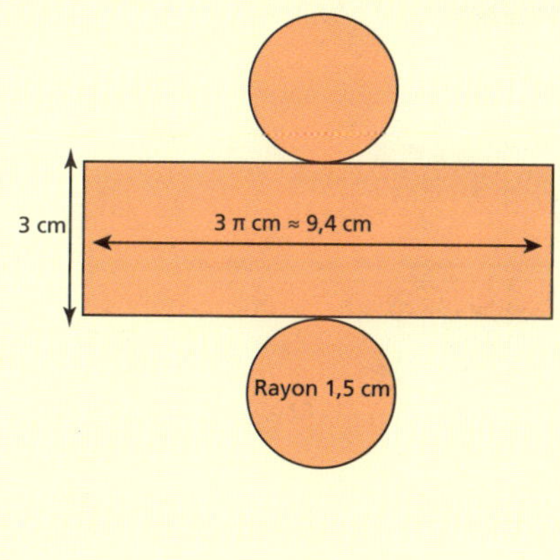

Corrigés détachables

2

	Cylindre n° 1	Cylindre n° 2	Cylindre n° 3
Rayon	1 cm	3 cm	7 cm
Aire latérale	$20 \times \pi$ cm²	$60 \times \pi$ cm²	$140 \times \pi$ cm²

$\frac{20 \times \pi}{1} = 20 \times \pi$; $\frac{60 \times \pi}{3} = 20 \times \pi$; $\frac{140 \times \pi}{7} = 20 \times \pi$.

Les trois quotients sont égaux, donc le tableau est un tableau de proportionnalité. Cela veut dire que si des cylindres de révolution ont la même hauteur, leur aire latérale est proportionnelle au rayon de leur base.

3 1,5 dm = 15 cm.

Aire latérale = $2 \times \pi \times 4 \times 15 = 120 \times \pi$.

L'aire latérale est $120 \times \pi$ cm². La valeur arrondie au cm² est 377.

4 L'aire de l'étiquette est l'aire latérale du cylindre de révolution.

Aire = $2 \times \pi \times 5 \times 12 = 120 \times \pi$.

L'aire de l'étiquette est de $120 \times \pi$ cm².

ALGORITHMIQUE ET PROGRAMMATION

63 Algorithmique p.66

1

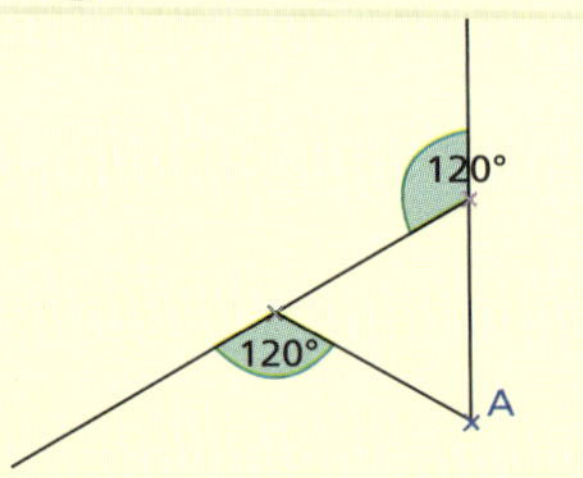

À la fin de l'algorithme, on se retrouve au point A.

2 Avancer d'une case, tourner de 90° à gauche, avancer de deux cases, tourner de 90° à gauche, avancer de trois cases, tourner de 90° à gauche, avancer de quatre cases, tourner de 90° à gauche, avancer de cinq cases.

3 **1.** $7 \times 2 + 3 = 17$. **2.** $17 \times 2 + 3 = 37$.
3. $(7 \times 2 + 3) \times 2 + 3 = 37$.

64 Scratch : prise en main p.67

1 Le programme permet de tracer un carré dont le côté mesure 70.

2

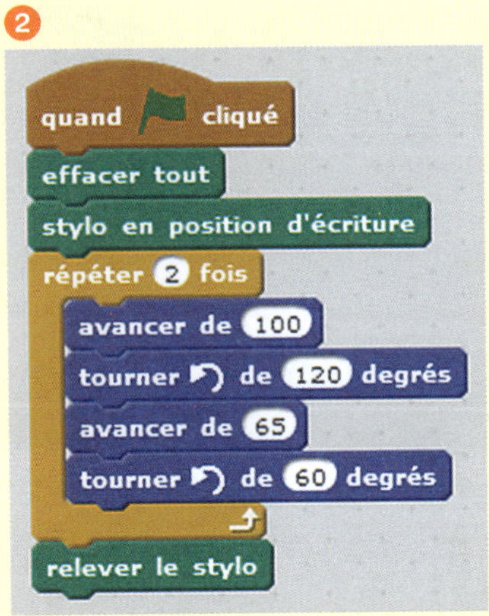

3

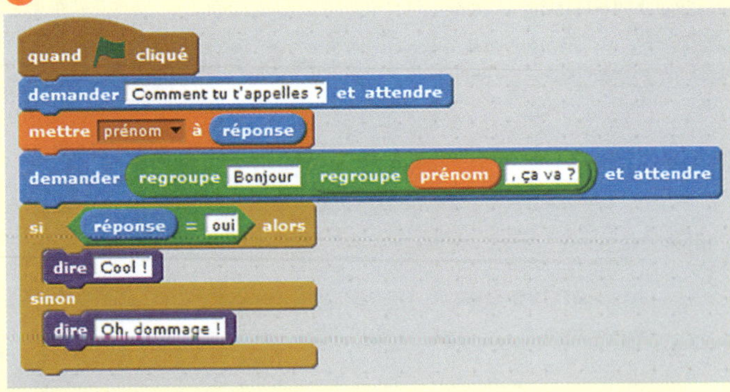

65 Programmation avec Scratch p.68

1 Le chat se rend au point de la fenêtre de coordonnées (x, y). Si le chat se trouve alors sur la couleur verte (couleur de l'herbe), il dira : « Je suis dans l'herbe. » , sinon le chat dira « Me voilà dans les airs !! »

2

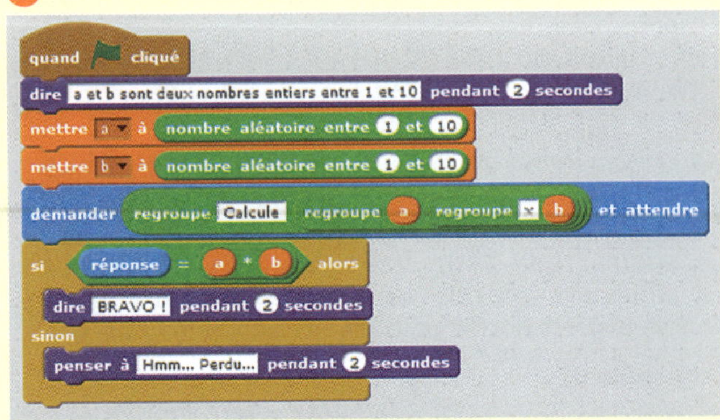

Corrigés détachables

32 Gestion de données : regroupement par classes

→ Corrigés p.X

J'observe et je retiens

■ Il arrive que, lors d'une enquête statistique à caractère quantitatif, les réponses recueillies aient de nombreuses valeurs différentes. Pour faciliter l'étude de cette série, on regroupe les réponses par **classes**.

■ Une classe est un **intervalle de valeurs** que peut prendre le caractère.
Regrouper par classes, c'est déterminer le nombre de valeurs qui sont dans chaque intervalle.

■ L'**amplitude d'une classe** est la longueur de l'intervalle de valeurs. Il peut arriver que les classes aient des amplitudes différentes.

Exemple Voici les réponses recueillies dans une classe de 5e à la question « Quelle est votre taille en centimètres ? » :
154 ; 172 ; 168 ; 163 ; 162 ; 160 ; 143 ; 160 ; 158 ; 161 ; 160 ; 154 ; 157 ; 153 ; 162 ; 176 ; 148 ; 160 ; 168 ; 170 ; 153 ; 153 ; 159 ; 156 ; 166 ; 157 ; 158 ; 187 ; 160 ; 149 ; 153 ; 143.

→ Les valeurs recueillies sont différentes. On les regroupe en intervalles ou classes réparties de 5 cm en 5 cm.

→ L'amplitude des classes est de 5 cm. Quand on considère l'intervalle de 140 cm à 145 cm, cela concerne les tailles supérieures ou égales à 140 cm et strictement inférieures à 145 cm.

Taille en cm	de 140 à 145	de 145 à 150	de 150 à 155	de 155 à 160	de 160 à 165	de 165 à 170	de 170 à 175	de 175 à 180	de 180 à 185	de 185 à 190
Nombre d'élèves ou effectif	2	2	6	6	9	3	2	1	0	1

→ 6 élèves ont une taille supérieure à 150 cm et strictement inférieure à 155 cm.

→ L'effectif de la classe de 150 à 155 est 6.

Je m'entraîne

1 ★ On a demandé à un groupe d'élèves quelle somme d'argent de poche ils recevaient chaque semaine.

Montant reçu	moins de 2 €	de 2 € à 5 €	de 5 € à 6 €	de 6 € à 8 €
Nombre d'élèves	12	24	10	4

1. Quel est l'effectif total ? ....

2. Quelle est l'amplitude de chaque classe ?

....

« moins de 2 € » .... ; « de 2 € à 5 € » : ....

« de 5 € à 6 € » : .... ; « de 6 € à 8 € » : ....

3. Quel est l'effectif de la classe « de 5 € à 6 € » ?

....

4. Traduis cela par une phrase :

....

....

2 ★★ Voici les notes obtenues lors du contrôle de français d'une classe de 5e :
12 ; 15 ; 06 ; 07 ; 14 ; 15 ; 16 ; 09 ; 12 ; 07 ; 17 ; 13 ; 10 ; 18 ; 14 ; 08 ; 15 ; 14 ; 13 ; 16 ; 12 ; 15 ; 06 ; 11 ; 10 ; 03 ; 09 ; 08 ; 10 ; 07 ; 06 ; 04.

1. Sur une feuille, réalise un tableau des effectifs des notes obtenues. Quelle est la note qui a été la plus attribuée ?

....

2. On regroupe maintenant ces notes en intervalles de 4 points en 4 points. Dans l'intervalle de 0 à 4, on comptera les notes supérieures ou égales à 0 et strictement inférieures à 04. On continuera ainsi de suite.

Complète le tableau :

Notes n	$00 \leq n < 04$	$04 \leq n < 08$	$08 \leq n < 12$	$12 \leq n < 16$	$16 \leq n < 20$
Effectifs					

Auto évaluation Très bien ☐ Bien ☐ Pas assez bien ☐

33 Gestion de données : fréquence

→ Corrigés p.X

J'observe et je retiens

■ Dans une étude statistique, la fréquence d'une valeur est le **quotient de l'effectif de la valeur par l'effectif total**.

■ Ce quotient peut s'écrire sous plusieurs formes : **écriture décimale** (valeur exacte ou approchée), **écriture fractionnaire**.

■ Si la fréquence d'une valeur est écrite comme un quotient de dénominateur 100, on dit que la fréquence est exprimée en **pourcentage** (%).

Remarque
Une fréquence traduit la proportion d'un caractère dans une population.
Une fréquence permet donc de comparer la répartition d'un même caractère dans deux populations d'effectifs différents (→ voir exercice 3).

Exemple On reprend l'exemple de la fiche 32 des tailles des 32 élèves d'une classe de 5e.
Pour l'intervalle « de 170 à 175 », la fréquence est $\frac{2}{32}$, ou encore $\frac{1}{16}$. Cela signifie que $\frac{1}{16}$ des élèves interrogés ont une taille supérieure ou égale à 170 cm et strictement inférieure à 175 cm.
$\frac{1}{16} = \frac{6,25}{100}$, donc on peut aussi dire que la fréquence de l'intervalle « de 170 à 175 » est 6,25 %.
Cela signifie que 6,25 % des élèves interrogés ont une taille supérieure ou égale à 170 cm et strictement inférieure à 175 cm.
$\frac{2}{32} = 0,062\,5$. $\frac{2}{32}$ ou $\frac{1}{16}$ est une écriture de la fréquence en fraction. 6,25 % est l'expression de la fréquence en pourcentage. 0,062 5 est l'écriture décimale de la fréquence.

■ La somme des fréquences d'une série statistique est égale à **1** (ou **100** % quand les fréquences sont exprimées en pourcentage).

Je m'entraîne

1 ★ Avec les données de l'exercice 2 de la fiche 32, complète le tableau ci-dessous.

Notes n	$00 \leqslant n < 04$	$04 \leqslant n < 08$	$08 \leqslant n < 12$	$12 \leqslant n < 16$	$16 \leqslant n < 20$
Effectifs					
Fréquence					

2 ★ Avec les données de l'exercice 1 de la fiche 32, complète les phrases suivantes.

...... % des élèves interrogés reçoivent de 2 € à 5 € d'argent de poche par semaine.

$\frac{......}{......}$ des élèves interrogés reçoivent de 2 € à 5 € d'argent de poche par semaine.

...... % des élèves interrogés reçoivent de 6 € à 8 € d'argent de poche par semaine.

3 ★★★ Où es-tu parti(e) en vacances ? Complète la ligne « fréquence » du tableau.

5e A	Mer	Montagne	Campagne	Pas parti	5e B	Mer	Montagne	Campagne	Pas parti
Effectif	10	8	5	2	Effectif	15	10	7	3
Fréquence					Fréquence				

Dans quelle classe de 5e la proportion des élèves qui sont partis à la montagne est-elle la plus importante ?

....

Auto évaluation Très bien ☐ Bien ☐ Pas assez bien ☐

34 Gestion de données : diagrammes

→ Corrigés p.XI

J'observe et je retiens

■ On peut représenter une série statistique sous plusieurs formes : **diagrammes circulaires** (→ voir fiche 35), **diagrammes en bâtons** (ou **à barres**), **à histogrammes**. On choisira la représentation la mieux adaptée à l'étude réalisée.

Exemple 1 Représentation sous forme de diagramme et de tableau donnant la répartition de l'alimentation du renard en été.

Répartition de l'alimentation du renard en été

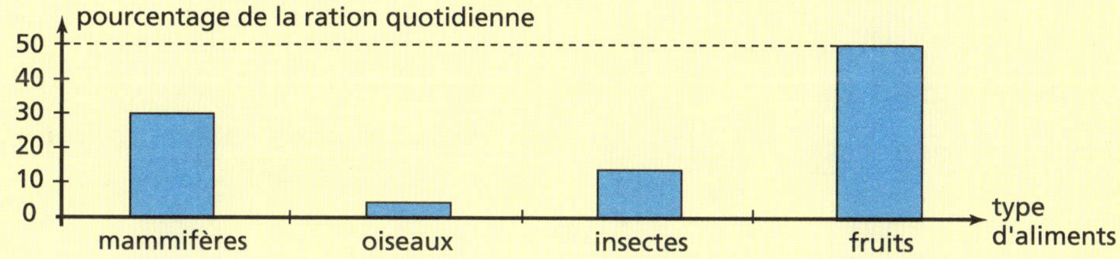

Aliment	Mammifères	Oiseaux	Insectes	Fruits
Pourcentage	30	7	13	50

→ Ce diagramme en bâtons est constitué de quatre bâtons. Leur hauteur sera proportionnelle à l'effectif du caractère étudié.

→ Les mammifères représentent 30 % de l'alimentation du renard en été.

Exemple 2 Représentation sous forme d'un histogramme de la répartition de la taille des élèves d'une classe de 5e.

Répartition des élèves en fonction de leur taille

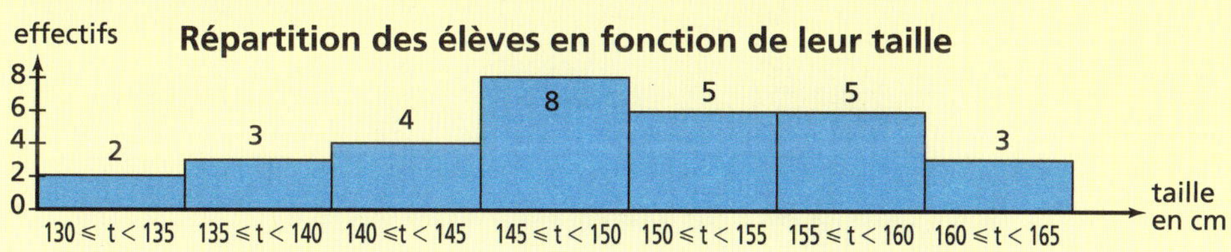

→ 8 élèves ont une taille comprise entre 145 cm et 150 cm.
On utilise un histogramme quand les données ont des valeurs continues.

Je m'entraîne

1 ★ **En 2015, les cinq pays qui ont accueilli le plus grand nombre de touristes étrangers sont l'Espagne, l'Italie, la Chine, les États-Unis et la France.**

Pays	Espagne	Italie	France	États-Unis	Chine
Nombre de touristes étrangers en millions	59	46	84	67	58

Sur une feuille, représente graphiquement les données de ce tableau par un diagramme à bâtons.

2 ★★ **Voici un tableau qui donne les moyennes des précipitations annuelles (P) dans plusieurs lieux de l'île de la Réunion. Exemple : à Cilaos, il tombe en moyenne 2 170 mm d'eau par an.**

Villes	St-Gilles	St-Louis	St-Denis	Cilaos	Plaine-des-Palmistes	Ste-Rose
P en mm	540	1 120	1 630	2 170	4 620	9 300

Réalise sur une feuille un diagramme en bâtons.

Auto évaluation Très bien ☐ Bien ☐ Pas assez bien ☐

35 Gestion de données : diagrammes circulaires

→ Corrigés p. XI

J'observe et je retiens

■ Dans une étude statistique, la représentation sous forme d'un diagramme **circulaire** (ou **semi-circulaire**) est la représentation de la répartition des données dans un **disque** (ou demi-disque) pour lequel l'angle de chaque secteur angulaire est proportionnel à l'effectif du caractère.

■ L'**effectif total** correspond à un angle de **360°** (ou **180°** pour les semi-circulaires).

Remarque
Si l'on connaît la fréquence du caractère, on obtient la valeur de l'angle correspondant en multipliant la fréquence du caractère par 360 (ou 180).

Exemple Voici un tableau donnant la répartition de l'alimentation du renard en été. (Les mammifères représentent 30 % de l'alimentation du renard en été.)

Aliment	Mammifères	Oiseaux	Insectes	Fruits
Pourcentage	30	7	13	50

Le diagramme circulaire sera constitué de 4 secteurs angulaires.

Répartition de l'alimentation du renard en été

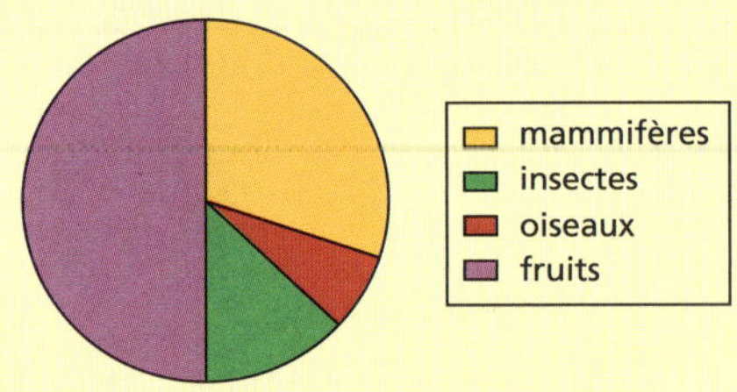

■ **Calcul de l'angle de chaque secteur**

L'angle correspondant aux mammifères mesure 30 % de 360°.

30 % de 360, c'est $\frac{30}{100} \times 360 = 108°$.

Aliment	Mammifères	Oiseaux	Insectes	Fruits
Pourcentage	30	7	13	50
Angle en °	108	25,2	46,8	180

Je m'entraîne

1 ★ On a interrogé 225 personnes ne pratiquant qu'un seul sport pour connaître le sport pratiqué.

Complète la ligne des fréquences exprimées en fraction, puis celle de la mesure des angles dans un diagramme circulaire.

Réalise un diagramme circulaire.

Sport pratiqué	Football	Tennis	Handball	Athlétisme	Judo	Basket
Nombre de réponses	75	50	20	30	25	25
Fréquence en fraction						
Angles en degrés						

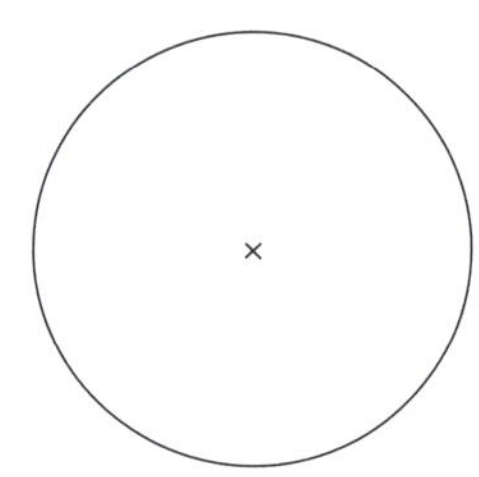

2 ★★ Dans un club de judo, les seules couleurs de ceinture sont : jaune, vert, bleu, orange, marron et noir. 25 % des adhérents ont une ceinture bleue, il y a autant de marron que d'orange, 10 % des adhérents ont une ceinture noire, 15 % des adhérents ont une ceinture jaune, il y a autant de vertes que de noires.

Si le club compte 160 adhérents, calcule le nombre de ceintures de chaque couleur.

Répartition des ceintures du club selon les couleurs

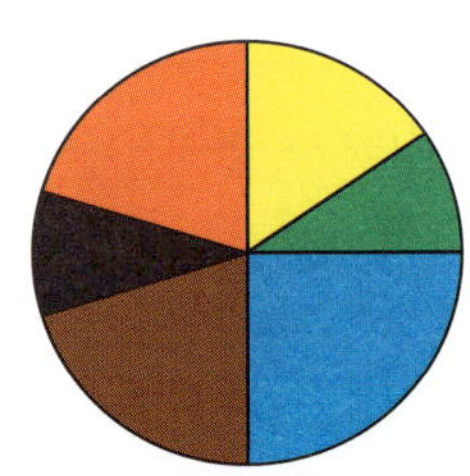

Auto évaluation Très bien ☐ Bien ☐ Pas assez bien ☐

36 Gestion de données : moyenne

→ Corrigés p.XI

J'observe et je retiens

Exemple On a demandé à des élèves de 5e à quelle distance du collège ils habitaient.
Réponses recueillies : 0,3 ; 1,7 ; 2 ; 4,1 ; 3,6 ; 2,2 ; 0,8 ; 1,3 ; 3,4 ; 0,8 ; 1,5 ; 1,4 ; 4,3 ; 0,9 ; 2,4 ; 1 ; 2,5 ; 1,8 ; 3,7 ; 1,7 ; 0,6 ; 1,1 ; 3,5 ; 2 ; 1,8.

La diversité des réponses recueillies incite à les mettre en groupes de 1 km en 1 km. Les groupes sont appelées des **classes**. Le graphique associé à une série regroupée en classes est un **histogramme**.

Distance d en km	$0 \leqslant d < 1$	$1 \leqslant d < 2$	$2 \leqslant d < 3$	$3 \leqslant d < 4$	$4 \leqslant d < 5$
Effectif	5	9	5	4	2

■ La moyenne d'une série regroupée en classes est la moyenne des centres des classes pondérée par l'effectif de la classe correspondante.

Exemple Le centre de la classe $1 \leqslant d < 2$ est 1,5. On affecte à 1,5 le coefficient qui est l'effectif de la classe $1 \leqslant d < 2$: 9.
La moyenne de la série regroupée en classes est :

$$\frac{0,5 \times 5 + 1,5 \times 9 + 2,5 \times 5 + 3,5 \times 4 + 4,5 \times 2}{25} = 2,06 \text{ km.}$$

Remarque
Le regroupement en classes d'une série statistique permet un calcul plus rapide, mais on n'obtient pas une valeur exacte de la moyenne. Dans l'exemple, la valeur exacte de la moyenne est : 2,016 km.

Je m'entraîne

1 ★ Les élèves du club santé ont demandé aux 100 élèves de 5e quelle était la durée de leur petit déjeuner du lundi matin.

Temps t en minutes	$0 \leqslant t < 5$	$5 \leqslant t < 10$	$10 \leqslant t < 15$	$15 \leqslant t < 20$	$20 \leqslant t < 25$
Effectif	24	36	15	15	10

1. Quel est le temps moyen du petit déjeuner du lundi matin ?

→ ....

2. Quel pourcentage des élèves interrogés prennent moins de 10 minutes pour leur petit déjeuner du lundi matin ?

→ ....

3. Combien d'élèves prennent plus de 15 minutes pour le petit déjeuner du lundi matin ?

→ ....

2 ★★ Voici les données des températures moyennes mensuelles enregistrées dans une ville française.

Mois	J	F	M	A	M	J	J	A	S	O	N	D
Température moyenne en °C	5,3	4,9	9,1	13,4	15,1	19,6	21,7	21,8	15,6	12,4	11,5	10

1. Quel est l'écart entre les températures moyennes extrêmes ?

→ ....

2. Lou dit « Pour les trois quarts des mois de l'année, la température moyenne mensuelle a été inférieure à 18° C ». Es-tu d'accord ?.

→ ....

Auto évaluation Très bien ☐ Bien ☐ Pas assez bien ☐

37 Gestion de données : problèmes de synthèse

→ Corrigés p. XII

Conseil
Avant de commencer ces exercices, relis les parties *J'observe et je retiens* des fiches 30 à 36.

Je m'entraîne

1 ★★ Comment vous rendez-vous au collège ?
Cette question a été posée aux 180 élèves de 5e d'un collège. Voici les réponses recueillies, regroupées dans un tableau.

Mode de transport	à pied	en voiture	en bus	à vélo
Nombre d'élèves	80	30	30	40

1. Quel est l'effectif total de la population étudiée ?
....
2. Quel est le type du caractère étudié ?
....
3. Complète la phrase ; 80 est .... de la réponse ....

2 ★★★ Une enquête a été réalisée auprès de 25 enfants. On leur a posé la question suivante : « Combien de temps passes-tu devant un écran chaque jour ? »

Durée en heures	$0 \leqslant t < 0,5$	$0,5 \leqslant t < 1$	$1 \leqslant t < 1,5$	$1,5 \leqslant t < 2,5$
Nombre d'élèves	4	12	8	1
Fréquence en fraction				
Fréquence en %				
Angles en degrés				

1. Précise le nombre de classes de ce regroupement.......................
2. Quelle est l'amplitude de la classe « $1,5 \leqslant t < 2,5$ » ?.......................
....
3. Combien d'enfants passent moins d'une heure devant un écran chaque jour ?...
4. Calcule la somme des fréquences en fraction puis en pourcentage, puis complète les 3e et 4e lignes du tableau.
5. Calcule la mesure de chaque angle correspondant d'un diagramme circulaire, puis complète la dernière ligne du tableau.
6. Sur une feuille à part, représente le résultat de cette enquête dans un diagramme circulaire.
7. Parmi les enfants interrogés, ... % passent entre 1/2 heure et 1 h 1/2 par jour devant un écran.

3 ★★★ À la sortie d'une grande ville, on a relevé, un vendredi soir, la répartition par tranches horaires des 6 400 véhicules quittant la ville entre 16 heures et 22 heures. Les résultats sont donnés dans le tableau ci-dessous :

Tranche horaire	16 h-17 h	17 h-18 h	18 h-19 h	19 h-20 h	20 h-21 h	21 h-22 h
Nombre de véhicules	1 250	2 100	1 550	800	400	300

1. Sur une feuille à part, représente l'histogramme des effectifs de cette série statistique.
2. Calcule la fréquence de la tranche horaire 20 h-21 h. Interprète...
3. Calcule le pourcentage de véhicules quittant la ville entre 19 h et 21 h. ....
4. Pour réaliser un diagramme circulaire, complète le tableau suivant :

Tranche horaire	16 h-17 h	17 h-18 h	18 h-19 h	19 h-20 h	20 h-21 h	21 h-22 h
Nombre de véhicules	1 250	2 100	1 550	800	400	300
Fréquence en % (à 0,01 près)						
Angle en degrés (à 0,1 près)						

5. Sur une feuille à part, réalise un diagramme circulaire.

Auto évaluation Très bien ☐ Bien ☐ Pas assez bien ☐

38 Probabilité

→ Corrigés p.XII

J'observe et je retiens

■ Une expérience est dite **aléatoire** ou est **liée au hasard** lorsqu'elle a plusieurs résultats possibles et que l'on ne peut pas prévoir avec certitude le résultat obtenu. Un événement peut être ou ne pas être réalisé lors d'une expérience.

Exemple On considère un dé non truqué à 6 faces numérotées de 1 à 6.
Lors du jet du dé on a 1 chance sur 6 d'obtenir la face « 4 », on dit que la probabilité d'obtenir la face « 4 » est 1/6. On ne pourra jamais obtenir la face « 8 », sa probabilité est égale à 0.
Lors d'un jet, on obtient obligatoirement une face comprise entre 1 et 6, la probabilité d'obtenir une face entre 1 et 6 est égale à 1. On a 100% de chances que l'événement se réalise.

Remarque
Un événement est dit impossible s'il ne peut pas se réaliser, sa probabilité est égale à 0.

■ Chercher à évaluer les chances qu'un événement se réalise, c'est **déterminer la probabilité** de l'événement. Cette probabilité est un nombre compris entre 0 et 1 (ou entre 0 % et 100 % si on l'exprime en pourcentage). La probabilité d'un événement est égale au quotient :

$$\frac{\text{nombre de cas favorables de l'évènement}}{\text{nombre de cas possibles}}.$$

■ **Lien entre fréquence et probabilité**

Exemple Jeu de « pile ou face » avec une pièce de monnaie.
On a une chance sur deux d'obtenir « Pile ». La probabilité d'« obtenir Pile » est $\frac{1}{2}$ ou encore 0,5.
Si on réalise 10 000 lancers d'une pièce de monnaie bien équilibrée, on n'obtiendra pas forcément 5 000 fois Pile, mais la fréquence d'apparition de Pile sera proche de 5 000.
Pour noter une probabilité on utilise une écriture semblable à la notation des fonctions.
« La probabilité d'obtenir « Pile » est égale à 0,5 s'écrit : P(obtenir Pile) = 0,5.

■ Un événement est dit **certain** s'il se produit obligatoirement. Sa probabilité est égale à 1.

Je m'entraîne

1 ★ Raphaël propose à ses amis de jouer avec des boules. Un sac contient 25 boules : 10 rouges, 6 vertes et 9 bleues. Son frère Corentin veut uniquement tirer des boules bleues.

1. Quelle est la proportion des boules bleues dans le sac ?

....

2. Si Corentin prend une boule sans regarder, quelle est la probabilité pour qu'il soit satisfait de la boule tirée ?

....

....

3. Quelle est la couleur que Corentin a le plus de chances de tirer ?

....

....

2 ★ On dispose des cartes ci-contre, on les mélange. On en tire une au hasard.

1. Cette expérience est-elle une expérience aléatoire ? ....

2. Quelle est la probabilité que ce soit :

a. un cœur ? ....

b. une carte rouge ? ....

c. un pique ? ....

3 ★ Une équipe de 10 élèves est constituée de 6 filles et 4 garçons. Le professeur d'EPS désigne, au hasard, un élève pour être le capitaine de l'équipe.

Quelle est la probabilité que le capitaine soit une fille ?

....

Auto évaluation Très bien ☐ Bien ☐ Pas assez bien ☐

39 Aire du parallélogramme, triangle et disque

→ Corrigés p. XII

J'observe et je retiens

■ L'aire d'un parallélogramme est égale **au produit de la longueur d'un côté et de la hauteur relative à ce côté**.

Exemple

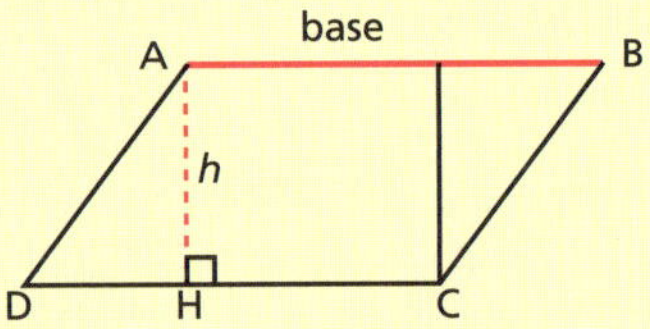

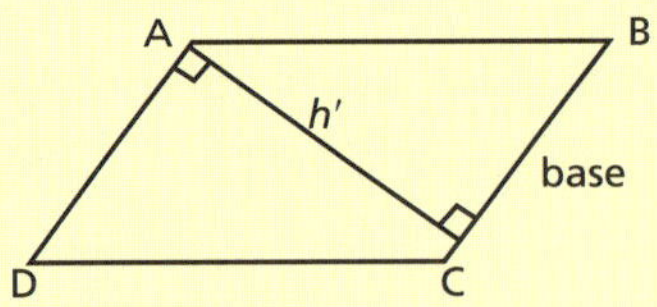

Pour le parallélogramme ABCD, il existe 2 hauteurs possible : $\text{Aire}_{ABCD} = AB \times h$ ou $\text{Aire}_{ABCD} = BC \times h'$.

■ L'aire d'un triangle est égale au demi-produit de la longueur d'un de ses côtés par la longueur de la hauteur relative à ce côté.

Exemple

Pour le triangle ABC. **Aire = $\frac{1}{2}$ × (base × hauteur)**

$\text{Aire}_{ABC} = \frac{BC \times AH}{2} = \frac{AC \times BK}{2} = \frac{AB \times CL}{2}$.

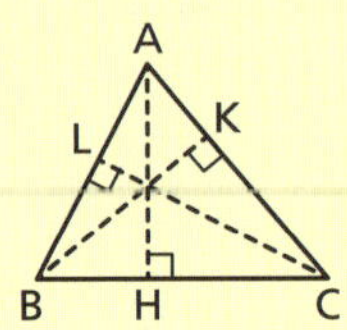

■ L'aire d'un **disque** de centre O et de rayon r est égale au produit du nombre pi et du carré du rayon r. Autrement dit : **Aire = $\pi \times r^2$**

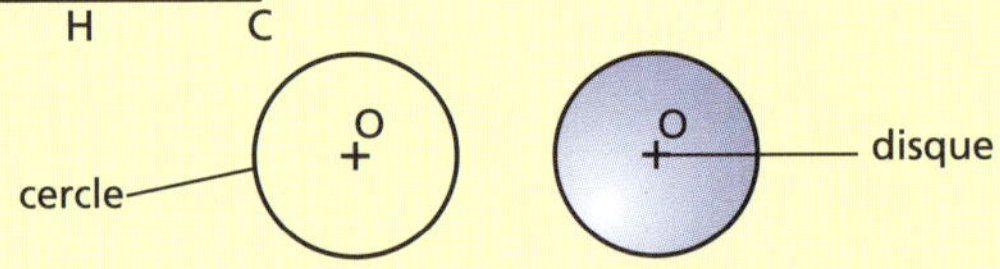

Pi noté π n'est pas un nombre décimal. Sa valeur exacte est π. La valeur arrondie $\frac{1}{100}$ de π est 3,14.

Je m'entraîne

1 ★ **1.** Construis le triangle ABC de hauteur [AH] tel que BC = 5 cm, BH = 2 cm et AH = 2,5 cm.

2. Calcule l'aire de ce triangle.

2 ★ **Calcule l'aire du parallélogramme ABJE.**

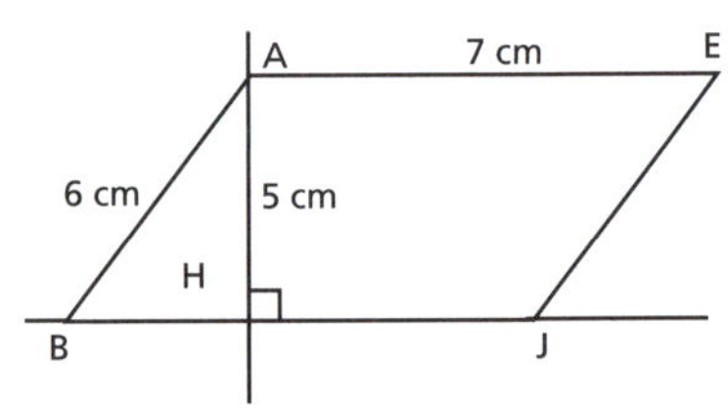

3 ★★ **Aire d'un disque : complète le tableau.**

Diamètre	60 m					55 km
Rayon		0,25 m		130 m		
Aire exacte			900 π m²		625 π cm²	
Aire arrondie au 1/100						

4 ★★ **ABCD est un parallélogramme tel que AB = 5 cm et AD = 4,5 cm. L'aire de ABCD est égale à 15 cm².**

1. Calcule la hauteur relative h au côté [AB].

2. Construis ce parallélogramme.

3. Calcule le périmètre de ce parrallélogramme.

5 ★★★ AHB est un triangle rectangle en H tel que AH = 2 cm et HB = 3 cm. [Ax) est une demi-droite parallèle à (HB). C est un point de [Ax) tel que AC = 6 cm. Sachant que B et C sont situés du même côté par rapport à la droite (AH). La droite (BH) et la parallèle à (BC) passant par A se coupent en F. On obtient un parallélogramme nommé ACBF. **Calcule son aire.** ....

Auto évaluation Très bien ☐ Bien ☐ Pas assez bien ☐

40 Calcul d'aire d'une figure : découpage et recomposition

→ Corrigés p. XIII

J'observe et je retiens

Pour calculer l'aire d'une figure complexe, on peut utiliser plusieurs méthodes.

Méthode du découpage et recomposition d'une figure

Pour calculer l'aire de la partie colorée, on découpe les deux parties supérieures et on les dispose comme dans la figure 2. On a alors reconstitué un rectangle.

Exemple Si le cercle a pour rayon 4 cm, l'aire est donc égale à $4 \times 8 = 32$ cm².

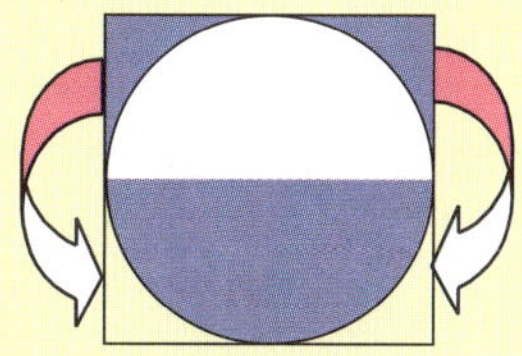

Figure 1

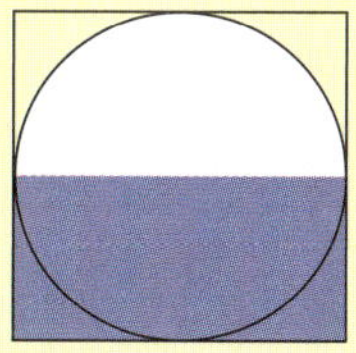

Figure 2

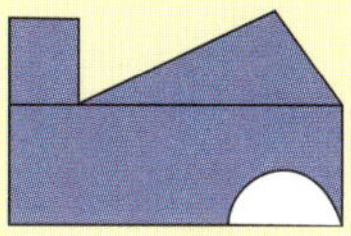

Méthode par décomposition en éléments connus

Pour calculer l'aire de la surface colorée, on additionne l'aire du triangle, l'aire du petit rectangle et l'aire du grand rectangle puis on soustrait l'aire du demi-disque.

Je m'entraîne

1 ★ Voici la pelouse d'un stade.

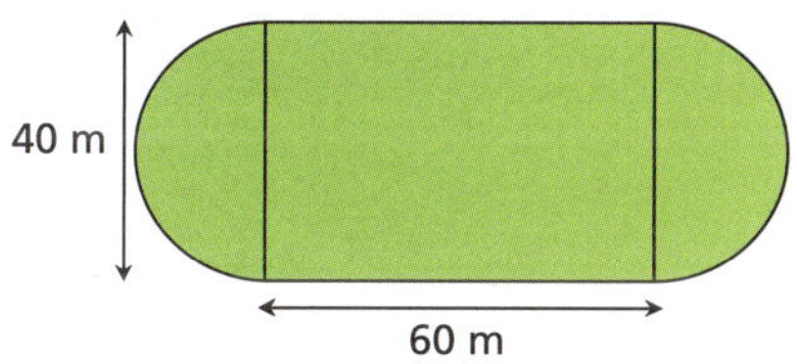

1. Calcule la valeur exacte de l'aire de la pelouse.

2. Calcule la valeur arrondie au millième de m² de l'aire de la pelouse.

2 ★ Dans le triangle CPF, B est le milieu de [PF]. La hauteur issue de C mesure 3 cm et le côté [PF] mesure 7 cm.
Que représente la droite (CB) dans le triangle CPF ?
Calcule l'aire du triangle CPB et celle du triangle CBF.

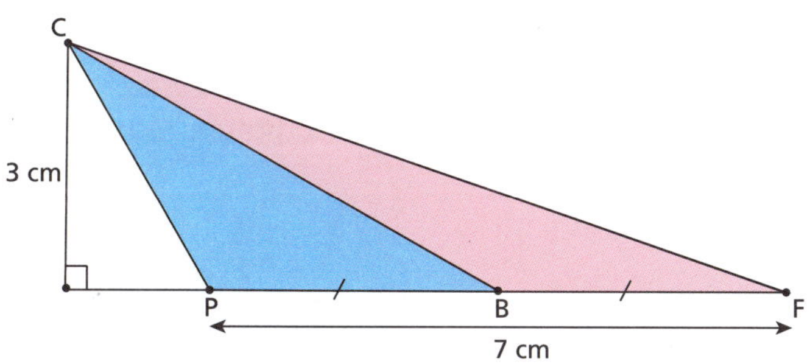

3 ★ Quelle est la nature du polygone IAMSO ? Calcule son aire.

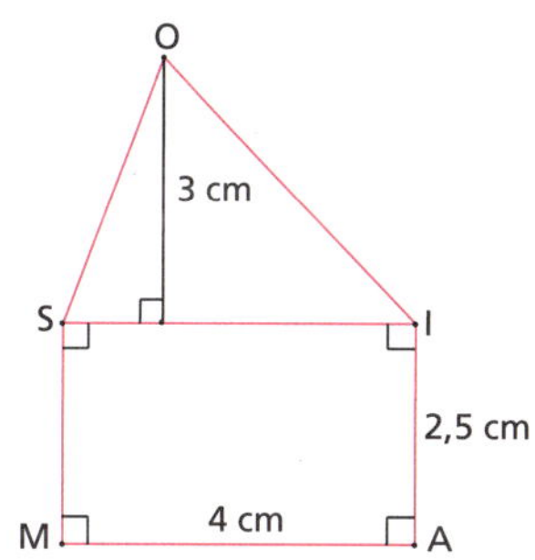

4 ★★ Calcule l'aire de la partie jaune.

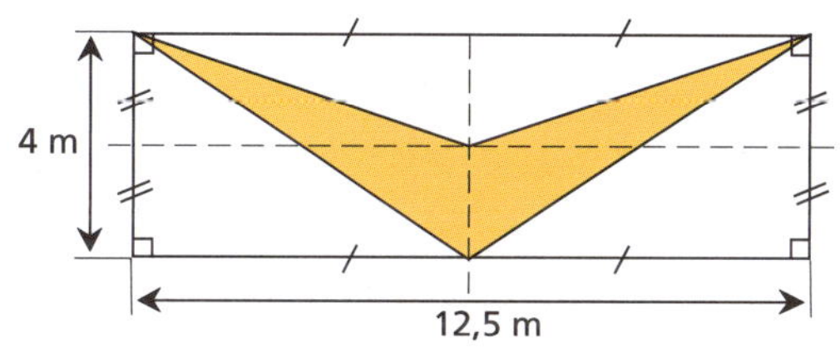

Quelle fraction de l'aire du rectangle représente la partie jaune ?

Auto évaluation Très bien ☐ Bien ☐ Pas assez bien ☐

41 Unités de volume : conversion

→ Corrigés p.XIII

J'observe et je retiens

■ Il existe deux sortes d'unités pour mesurer les volumes : les **unités de volume** et les **unités de capacité**.

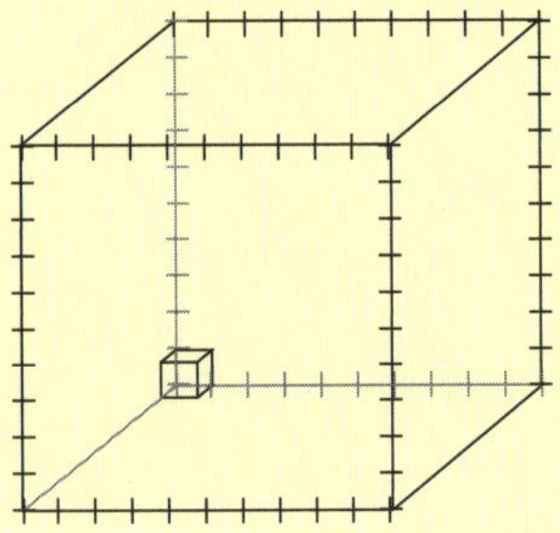

Il faut 1 000 petits cubes de 1 cm^3 pour remplir le cube de 1 dm^3.

Unités de volume	Unités de capacité
mètre cube ou m^3	
	hectolitre ou hL
	décalitre ou daL
décimètre cube ou dm^3	litre ou L
	décilitre ou dL
	centilitre ou cL
centimètre cube ou cm^3	millilitre ou mL

→ Conversions
1 dm^3 = 1 L
1 cm^3 = 1 mL

■ Selon le sens de la conversion dans le tableau ci-dessus :
– deux unités de volume **qui se suivent** sont 1 000 fois plus grandes ou plus petites (voir exemples) ;
– deux unités de capacité **qui se suivent** sont 10 fois plus grandes ou plus petites (voir exemples).

Exemples

1 m^3 = 1 000 dm^3 ; 1 dm^3 = 1 000 cm^3 ; 1 cm^3 = 1 000 mm^3.
On en déduit que 1 m^3 = 1 000 000 cm^3 ; 1 dm^3 = 0,001 m^3 ; 1 cm^3 = 0,001 dm^3 ; 1 mm^3 = 0,001 cm^3.
1 hL = 10 daL = 100 L ; 1 L = 10 dL = 100 cL = 1000 mL ; 1 cL = 0,1 dL = 0,01 L.

■ Il existe un lien entre ces deux systèmes d'unité : **1 L = 1 dm^3** ou encore **1 mL = 1 cm^3**.

Je m'entraîne

1 ★ Convertis en dm^3, puis en cm^3.

5 000 m^3 = ... dm^3 = ... cm^3
234 000 mm^3 = ... dm^3 = ... cm^3
21,4 m^3 = ... dm^3 = ... cm^3

2 ★ Convertis en dm^3, en L, puis en cL.

3,5 m^3 = ... dm^3 = ... L = ... cL
510 cm^3 = ... dm^3 = ... L = ... cL
452 000 mm^3 = ... dm^3 = ... L = ... cL

3 ★ Écris l'unité qui convient.

216 m^3 = 216 000......
45 L = 0,045......
36,1 hL = 3 610 000.....
43 mL = 0,043......
72,531 cm^3 = 72 531......
14 dm^3 = 0,014......

4 ★★ Indique l'unité de volume qui convient.

Volume d'une chambre : 36 ......
Volume d'un verre : 1,5 ......
Volume d'eau dans une piscine : 750 ......
Volume d'un flacon de parfum : 75 ......
Volume d'air pris en une inspiration par un humain :
0,5 ......

5 ★★ En 2 heures, il s'écoule 1,8 m^3 d'eau d'un robinet. Combien de temps sera-t-il nécessaire pour remplir 4 bouteilles de 1,5 L ? Exprime ce temps en secondes.

....
....
....

Auto évaluation Très bien ☐ Bien ☐ Pas assez bien ☐

42 Représenter un solide

→ Corrigés p. XIII

J'observe et je retiens

■ La perspective cavalière est une technique de dessin qui permet de représenter des solides en donnant l'impression de volume sur une feuille de papier.

■ Elle ne respecte pas certaines mesures d'angles ou de longueur mais elle respecte le parallélisme.

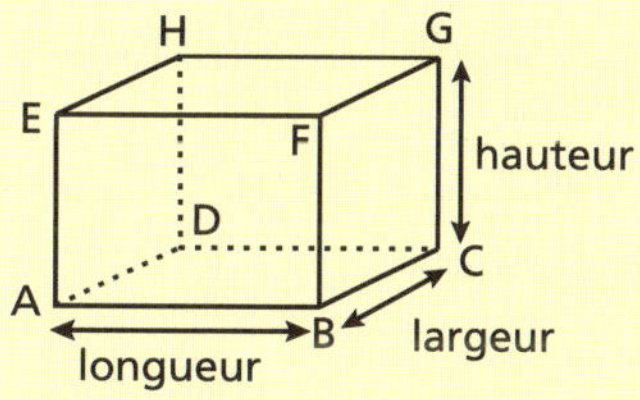

- Cette figure représente un solide appelé **pavé droit.** Il a 6 faces rectangulaires, 8 sommets et 12 arêtes. Ce pavé droit qui a trois dimensions : sa longueur, sa largeur et sa hauteur est dessiné sur une feuille de papier qui a deux dimensions : sa longueur et sa largeur.
On note que seules les faces ABFE et DCGH sont représentées par des rectangles. Les 4 autres faces sont déformées et devenues des parallélogrammes avec des côtés en pointillé quand les arrêtes ne sont pas visibles. Certains angles ne sont plus représentés comme droits.

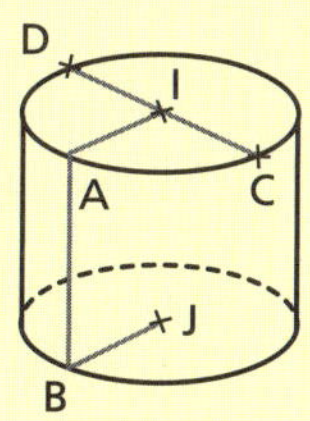

- Cette figure représente un solide appelé **cylindre de révolution**. Il est composé de 2 disques et d'une surface latérale : un rectangle obtenu en découpant suivant [AB]. Ce cylindre de révolution a trois dimensions : son rayon, son rayon et sa hauteur.
Les 2 disques sont représentées par des ovales, mathématiquement ce sont des ellipses.

Je m'entraîne

1 ★ Mesure la longueur des segments [AB] ; [AD] ; [DB] et [AE].
Écris le programme de construction du pavé droit, puis reproduis ce pavé droit.

....

....

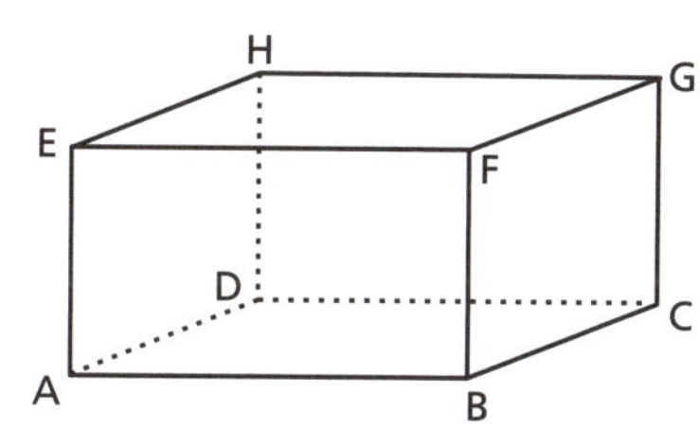

2 ★★ Mesure les longueurs des segments [DI] ; [AB] et [IB]. Sachant que le triangle DIA est équilatéral et que les points D, I et C sont alignés et que [AB] = 1,4 cm et [DI] = 4 cm, écris un programme de construction de ce cylindre de révolution. Dessine-le à l'échelle 2 sur une feuille à part.

....

....

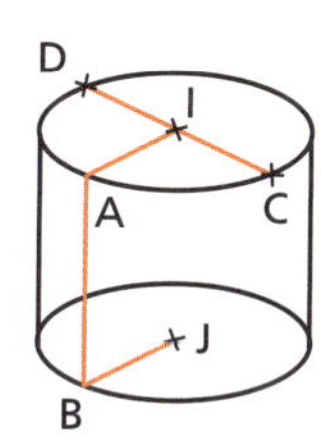

3 ★★★ Observe le schéma de l'exercice 1 et dis si les phrases suivantes sont vraies (V) ou fausses (F).

Dans la réalité	
la face ADHE est un carré.	V ou F
On a HD = BF.	V ou F
La face HDCG est un rectangle.	V ou F
L'angle $\widehat{HDA}$ est droit.	V ou F

Sur le schéma	
La face ABCD est un parallélogramme.	V ou F
On a BC = BF.	V ou F
La face HDCG est un rectangle.	V ou F
L'angle $\widehat{HDA}$ est droit.	V ou F

Auto évaluation Très bien ☐ Bien ☐ Pas assez bien ☐

43 Volume du prisme droit et du cylindre de révolution

→ Corrigés p.XIII

J'observe et je retiens

■ Le volume d'un cylindre est égal au produit de l'aire du disque de base par la hauteur du cylindre.

■ Pour un cylindre de rayon r et de hauteur h : **volume$_{cylindre}$ = $\pi \times r^2 \times h$.**

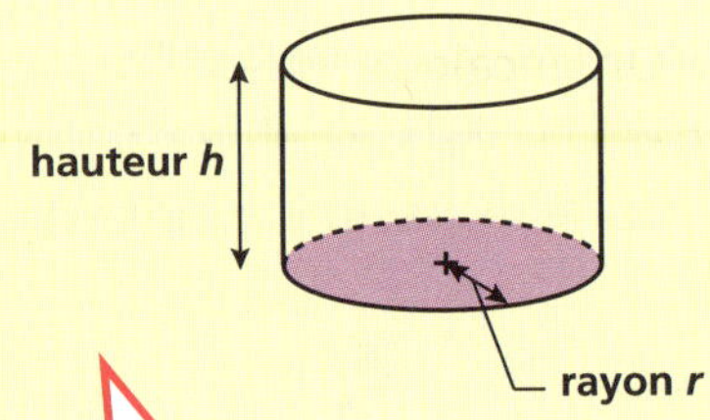

■ Le volume d'un prisme est égal au produit de l'aire de base par la hauteur du prisme.

■ Autrement dit :

volume du prisme = aire de base × hauteur.

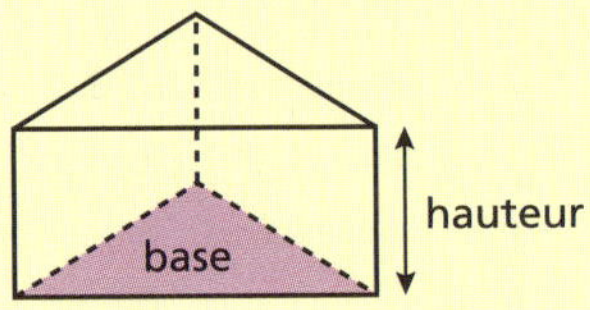

Attention
3,14 n'est qu'une valeur approchée de π. La valeur exacte est π.

Je m'entraîne

1 ★ Une casserole cylindrique a un diamètre de 20 cm et une hauteur de 12 cm.

1. Quel est le volume de cette casserole en cm³ ? Donne la valeur arrondie au dixième de cm³.

....

2. Calcule la capacité en litres du liquide contenu dans la casserole quand celle-ci est remplie à 4 cm du bord.

Donne la valeur arrondie au centième de L. ....

3. Pourras-tu faire chauffer 1,5 L de lait dans cette casserole ? ....

2 ★ Lou et Tom veulent acheter une tente appelée « canadienne » qui a la forme d'un prisme droit. À l'aide des renseignements ci-dessous, calcule le volume de chaque tente et le volume d'air par personne.

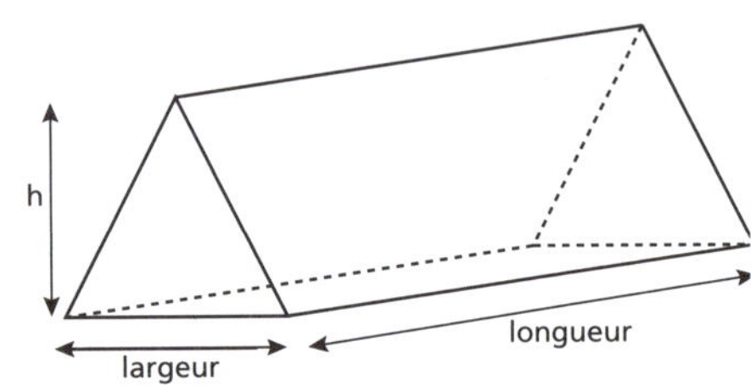

Nombre de personnes	deux	trois	quatre
Longueur de la tente	220 cm	255 cm	275 cm
Largeur de la tente	120 cm	160 cm	200 cm
Hauteur de la tente	100 cm	140 cm	160 cm

Tente pour	deux personnes	trois personnes	quatre personnes
Volume de la tente en m³			
Volume d'air en m³ par pers.			

Attention
Ici, la longueur de la tente est la hauteur du prisme droit.

3 ★★ Il est tombé une hauteur de 3 mm d'eau sur une pelouse circulaire de 20 m de diamètre. Combien d'arrosoirs de 6 L chacun aurait-il fallu verser sur cette pelouse pour fournir au sol la même quantité d'eau ?

....

....

....

....

4 ★★ Une serre est constituée d'un parallélépipède rectangle de longueur 12 m, de largeur 2 m et de hauteur 1 m, surmonté d'un demi-cylindre de rayon 1 m. Calcule le volume d'air, en litres, contenu dans cette serre. Donne une valeur arrondie à l'unité.

....

....

....

....

Auto évaluation Très bien ☐ Bien ☐ Pas assez bien ☐

44 Médiatrice d'un segment : définition et propriété

→ Corrigés p.XIV

J'observe et je retiens

1. On décalque la figure et on fait un pliage de manière à ce que les deux parties du dessin se superposent.
2. La droite du pliage est (D). On trace les segments [AB], [EF] et [MN].
3. On remarque que la droite (D) est perpendiculaire à chaque segment et passe par leur milieu. La droite (D) est appelée la médiatrice des segments [AB], [EF] et [MN].
4. On vérifie avec le compas que les longueurs LA et LB sont égales.
5. On peut dire que le point L est équidistant de A et de B.
6. On construit un point J équidistant de A et de B. On constate que le point J appartient à la droite (D).

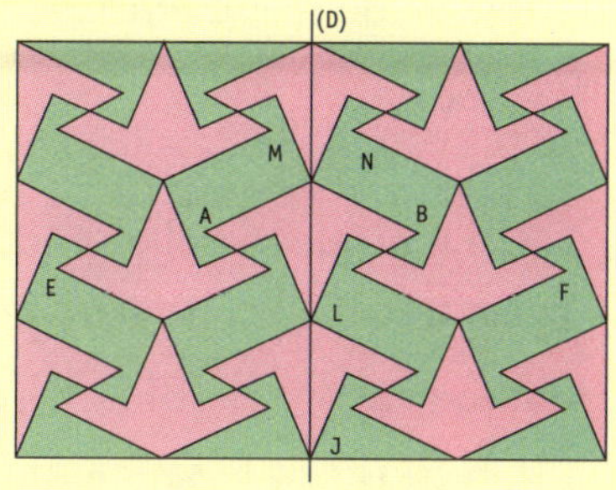

Définition La médiatrice du segment [AB] est la droite perpendiculaire à ce segment qui le coupe en son milieu.

Propriété La médiatrice du segment [AB] est la droite formée par l'ensemble des points équidistants des extrémités du segment [AB].

Je m'entraîne

1 ★ Dis si la droite (D) est la médiatrice du segment [AB].

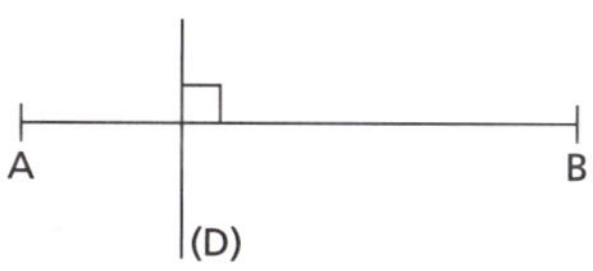

Réponse : ....

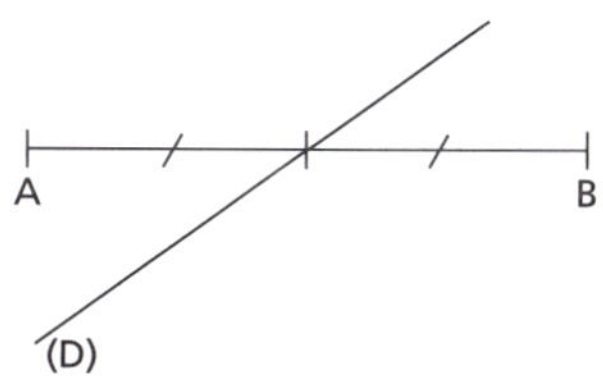

Réponse : ....

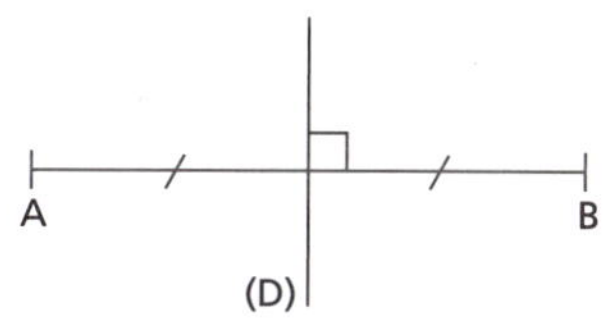

Réponse : ....

2 ★ Mets une croix dans les cases de la 2e ligne quand le point est sur la médiatrice du segment [AB].

Points	C	H	I	M	N	P
Réponses						

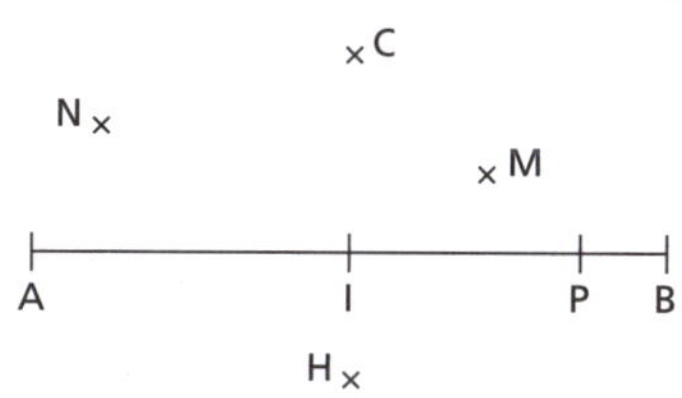

3 ★ Complète par *est* ou *n'est pas*.

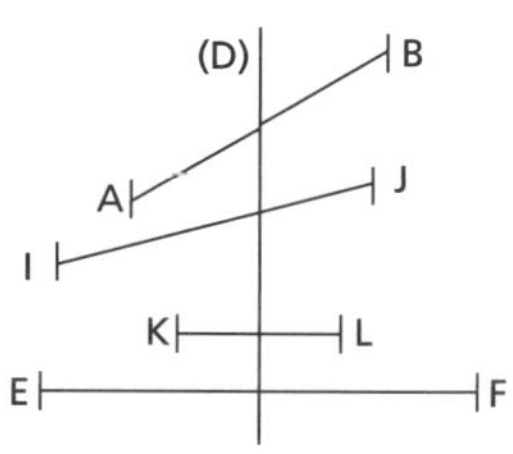

La droite (D) .... la médiatrice du segment [AB] car ....

La droite (D) .... la médiatrice du segment [EF] car ....

La droite (D) .... la médiatrice du segment [KL] car ....

La droite (D) .... la médiatrice du segment [IJ] car ....

4 ★ Donne le nom de la médiatrice du segment [AB]. Construis un point E situé à 3 cm des points A et B. Vérifie que le point E est sur la droite (CH) et explique-le.

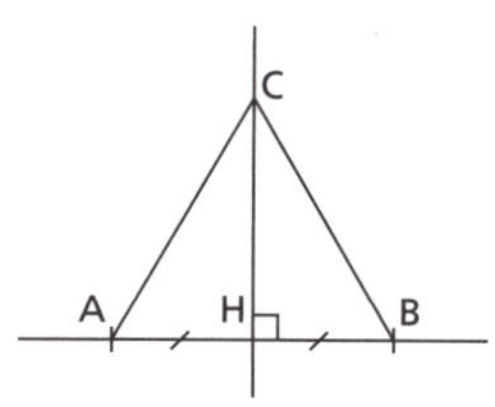

....

....

Auto évaluation Très bien ☐ Bien ☐ Pas assez bien ☐

45 Médiatrice d'un segment : constructions

→ Corrigés p.XIV

J'observe et je retiens

■ Pour construire la médiatrice du segment [AB], il existe deux méthodes de construction qui utilisent la **définition** de la médiatrice d'un segment ou sa **propriété** (→ voir fiche 44).

Méthode 1

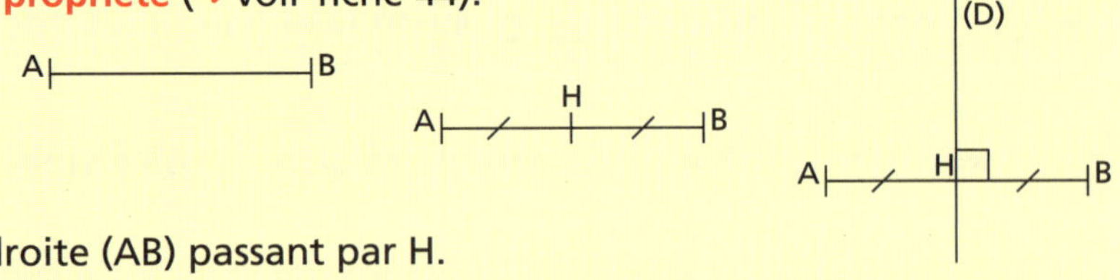

1 On construit le segment [AB].
2 On marque le milieu H du segment [AB].
3 On trace la droite perpendiculaire (D) à la droite (AB) passant par H.

Méthode 2

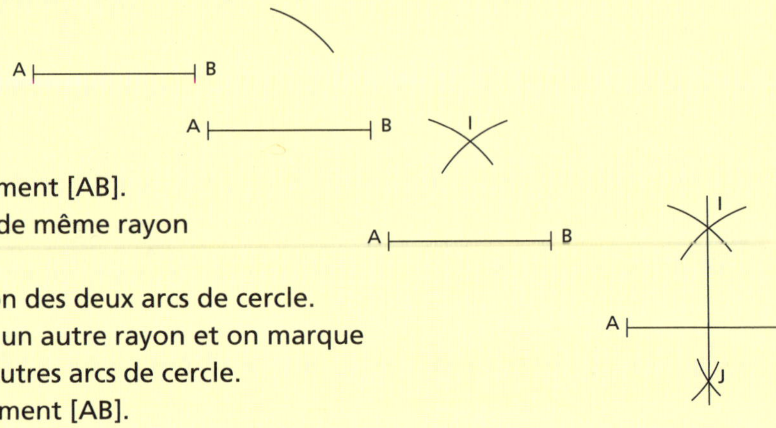

1 On construit le segment [AB].
2 On trace un arc de cercle de centre A et d'un rayon supérieur à la moitié de la longueur du segment [AB] d'un côté du segment [AB].
3 On trace un arc de cercle de centre B et de même rayon du même côté du segment [AB].
4 On marque le point I qui est l'intersection des deux arcs de cercle. On recommence la même construction avec un autre rayon et on marque le point J qui est l'intersection de ces deux autres arcs de cercle.
5 On trace la droite (IJ), médiatrice du segment [AB].

Je m'entraîne

1 ★ **Construis, avec la règle et l'équerre, la médiatrice des segments ci-dessous.**

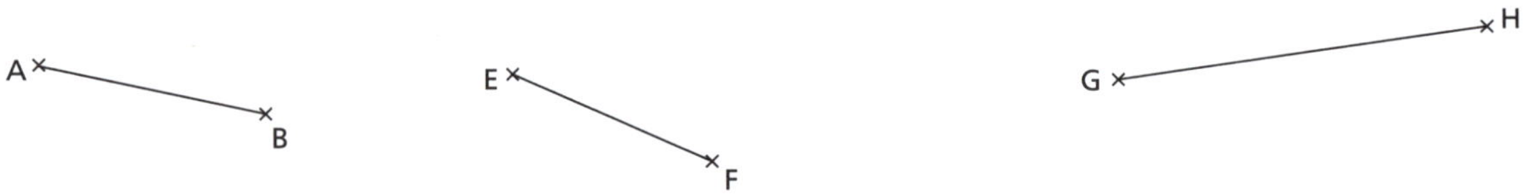

2 ★★ **Construis chaque segment de l'exercice 1 ainsi que sa médiatrice avec la règle et le compas.**

3 ★★ **1.** Construis en vert la médiatrice (C) du segment [AB].
2. Construis en rouge la médiatrice (D) du segment [EF].
3. Que constates-tu ?

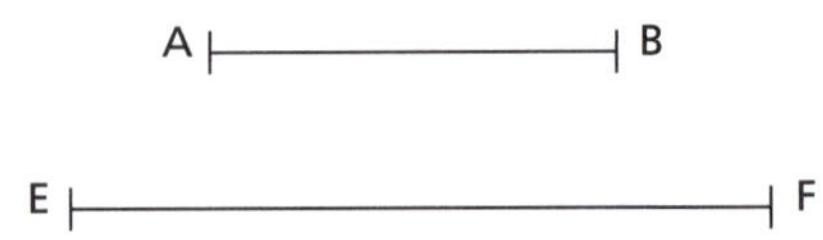

....

4 ★★ **1.** Construis (Δ_1), (Δ_2) et (Δ_3), les médiatrices des segments [AB], [BC] et [AC].
2. Vérifie que ces trois droites se coupent en un point O.
3. Avec le compas, vérifie que les longueurs OA, OB et OC sont égales.

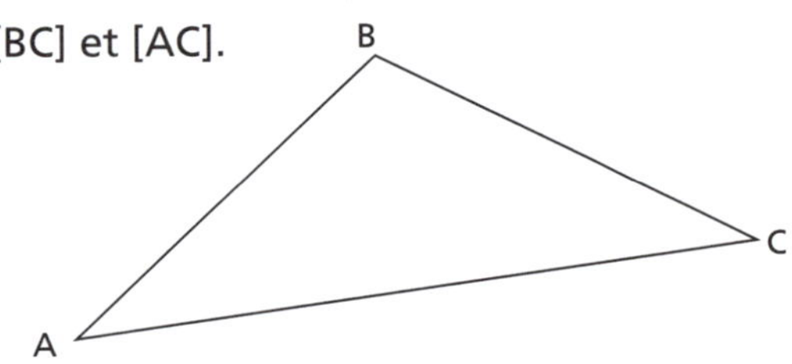

Auto évaluation Très bien ☐ Bien ☐ Pas assez bien ☐

46 Angles : construction

→ Corrigés p. XV

J'observe et je retiens

- Un angle est défini par deux demi-droites de même origine.
- Chaque angle a un sommet (l'origine des deux demi-droites) et deux côtés (les deux demi-droites).

À chaque angle, on associe une mesure exprimée en degrés. Le rapporteur permet de mesurer un angle.

- Pour construire un angle, on utilise le rapporteur, mais on peut aussi utiliser un compas.

Comment construit-on un angle de 62° avec le rapporteur ?

1. On construit une demi-droite [Ox).
2. On place le centre du rapporteur sur le point O et le 0° ou le 180° de la graduation sur la demi-droite [Ox).
3. On repère la graduation 62 et on construit la demi-droite [Oy) qui correspond à cette graduation.

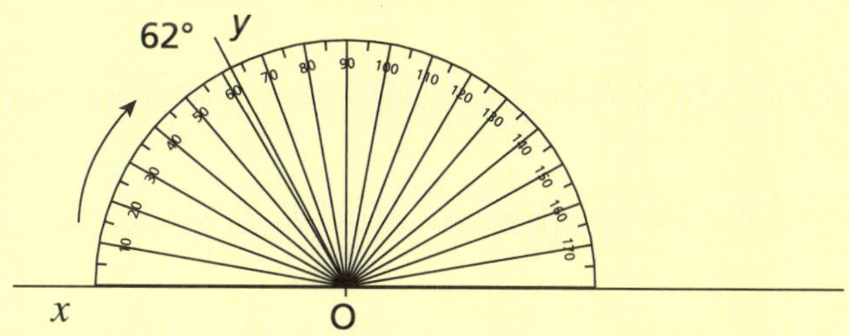

Comment construit-on un angle $\widehat{zAt}$ de même mesure que l'angle $\widehat{xOy}$ avec le compas ?

1. On construit un arc de cercle de centre O qui coupe la demi-droite [Ox) en C et [Oy) en D.
2. On construit la demi-droite [Az).
3. On trace un arc de cercle de centre A et de rayon OC qui coupe [Az) en E.
4. On prend l'écartement de l'arc $\overset{\frown}{CD}$ sur la première figure.
5. On trace un arc de cercle de centre E et de rayon CD qui coupe le premier arc en F.
6. On trace la demi-droite [AF) qui est aussi [At).

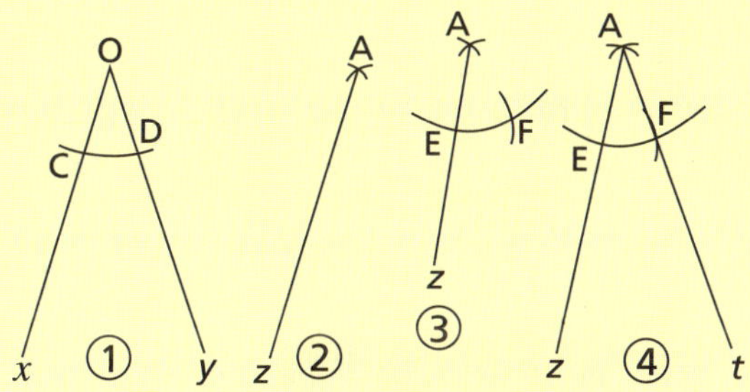

Je m'entraîne

Ces exercices sont à faire sur une feuille à part.

1 ★ Construis le triangle BEC tel que :
BE = 6 cm
BC = 7 cm
EC = 3 cm.

2 ★ Construis le triangle PUR tel que :
$\widehat{PUR}$ = 85°
PU = 4 cm
UR = 3 cm.

3 ★ Construis le triangle AKF tel que :
AK = 5 cm
$\widehat{AKF}$ = 26°
$\widehat{FAK}$ = 105°.

4 ★★ Construis les triangles.

1. ARC : triangle isocèle en A tel que AR = 5 cm et $\widehat{ARC}$ = 34°.
2. SOP : triangle rectangle en O tel que $\widehat{SPO}$ = 42° et OP = 4,5 cm.
3. NET : triangle isocèle en N tel que NE = 5 cm et ET = 6 cm.

5 ★★ Construis un angle $\widehat{xAv}$ de mesure 30°. Construis un angle $\widehat{vAy}$ adjacent à $\widehat{xAv}$, de mesure 75°.

Calcule la mesure de l'angle $\widehat{xAy}$. ....

Auto évaluation Très bien ☐ Bien ☐ Pas assez bien ☐

47 Angles : vocabulaire

→ Corrigés p. XV

J'observe et je retiens

Vocabulaire

- Deux **droites sécantes** déterminent des angles opposés par le sommet.
- Deux **angles opposés** par le sommet ont la **même mesure**.
- Deux **angles adjacents** sont deux angles qui ont le **même sommet** et qui sont situés d'un côté différent de leur côté commun.
- Deux **angles supplémentaires** sont deux angles dont la **somme des mesures est égale à 180°**.
- Deux **angles complémentaires** sont deux angles dont la **somme des mesures est égale à 90°**.

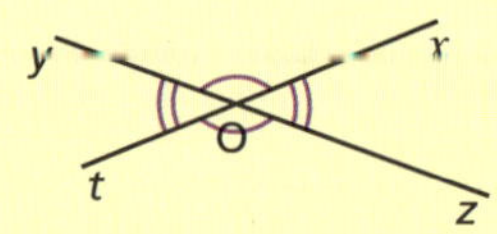

$\widehat{xOz}$ et $\widehat{yOt}$ sont opposés par le sommet $\widehat{xOz} = \widehat{yOt}$.

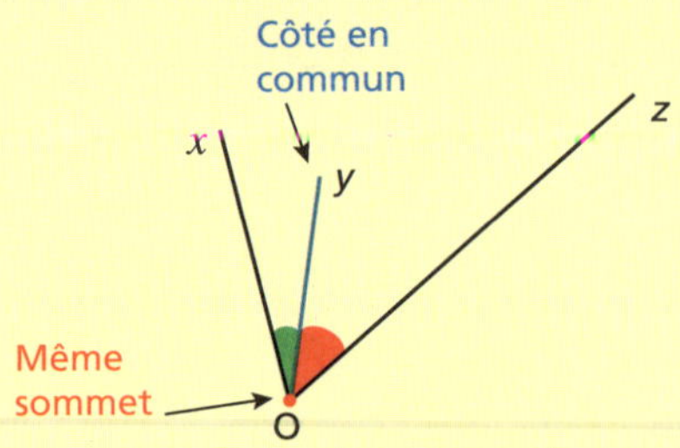

Les angles $\widehat{xOy}$ et $\widehat{yOz}$ sont adjacents, leur partie commune est le côté [Oy).

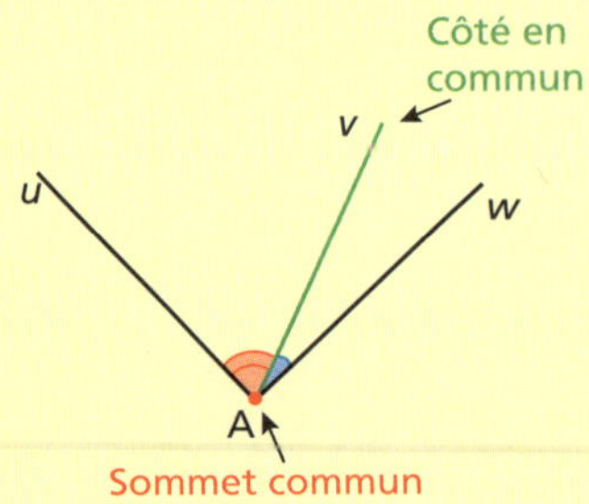

Les angles $\widehat{uAv}$ et $\widehat{vAw}$ sont complémentaires et adjacents : $\widehat{uAv} + \widehat{vAw} = 90°$.

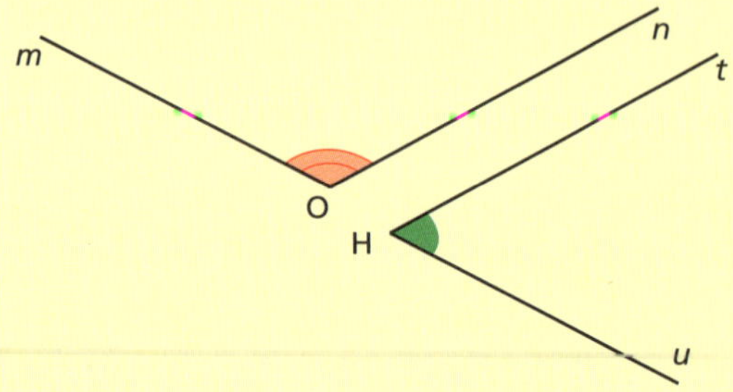

Les angles $\widehat{mOn}$ et $\widehat{tHu}$ sont non adjacents mais supplémentaires : $\widehat{mOn} + \widehat{tHu} = 180°$.

Je m'entraîne

1 ★ Dans la figure ci-contre :

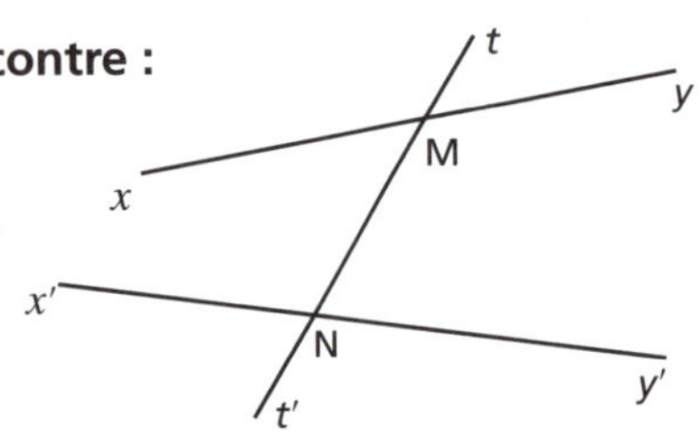

1. Cite tous les angles opposés par le sommet.

....

....

2. Cite un angle supplémentaire à l'angle $\widehat{x'Nt}$.

....

3. Les angles $\widehat{tNt'}$ et $\widehat{tNy'}$ sont-ils adjacents ? Justifie ta réponse.

....

2 ★ Sur une feuille à part.

1. Construis un angle $\widehat{xOy}$ de mesure 75°.
Place le point A sur [Ox) tel que OA = 1,5 cm.
Place le point C sur [Oy) tel que OC = 2,5 cm.

2. Construis les points B et D tel que le point O soit le milieu de [AB] et [CD].

3. Complète les phrases suivantes :

O est le milieu de [AB] donc les points ..... sont alignés.

O est le milieu de [CD], donc .... ,

O et .... sont alignés.
Les droites (AB) et (CD) sont sécantes donc elles

....

Les angles $\widehat{AOC}$ et $\widehat{BOD}$ sont ....

3 ★★ Sur une feuille à part.

Construis un angle $\widehat{uAv}$ de mesure 40°.
Construis un angle $\widehat{vAy}$ adjacent à $\widehat{uAv}$, dont la mesure est le double de celle de $\widehat{uAv}$.
Construis un angle $\widehat{uAt}$ adjacent à $\widehat{uAv}$ et supplémentaire à l'angle $\widehat{uAv}$.
Construis un angle $\widehat{xOy}$ complémentaire à l'angle $\widehat{uAv}$ et non adjacent à $\widehat{uAv}$.

Auto évaluation : Très bien ☐ Bien ☐ Pas assez bien ☐

48 Angles : nouveaux types d'angles

→ Corrigés p.XV

J'observe et je retiens

■ Soit deux droites (xy) et (zt). Soit (km) la droite sécante avec (xy) en A et avec (zt) en B.
On va simplifier l'écriture des angles de la figure ci-dessous en adoptant la notation suivante :
$\widehat{xAk} = \widehat{A}_1$ $\widehat{kAy} = \widehat{A}_2$ $\widehat{yAm} = \widehat{A}_3$ $\widehat{mAx} = \widehat{A}_4$ $\widehat{zBk} = \widehat{B}_1$ $\widehat{kBt} = \widehat{B}_2$ $\widehat{tBm} = \widehat{B}_3$ $\widehat{mBz} = \widehat{B}_4$

■ **Noms de nouveaux angles**

● Les angles $\widehat{A}_3$ et $\widehat{B}_1$ sont situés à l'intérieur de la bande colorée et sont de part et d'autre de la droite (km).
Ces deux angles sont appelés des **angles alternes-internes**.
$\widehat{A}_4$ et $\widehat{B}_2$ sont aussi alternes-internes.

● Les angles $\widehat{A}_2$ et $\widehat{B}_2$ sont situés du même côté de la droite (km).
$\widehat{B}_2$ est à l'intérieur de la bande colorée et $\widehat{A}_2$ est à l'extérieur.
Ces deux angles sont appelés des **angles correspondants**.
$\widehat{A}_1$ et $\widehat{B}_1$, $\widehat{A}_3$ et $\widehat{B}_3$, $\widehat{A}_4$ et $\widehat{B}_4$ sont aussi correspondants.

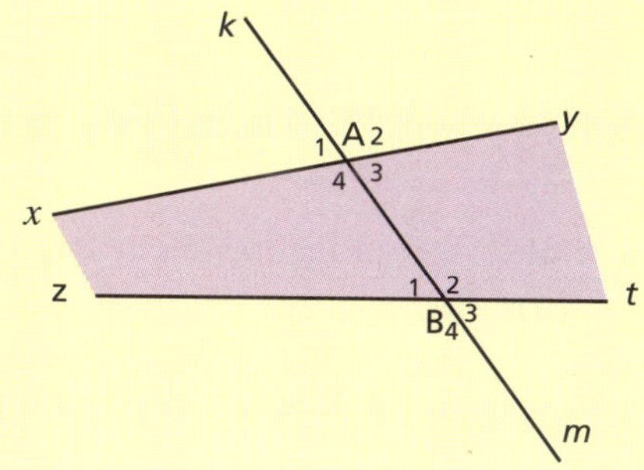

Je m'entraîne

1 ★ Complète les phrases à l'aide de la figure ci-contre.

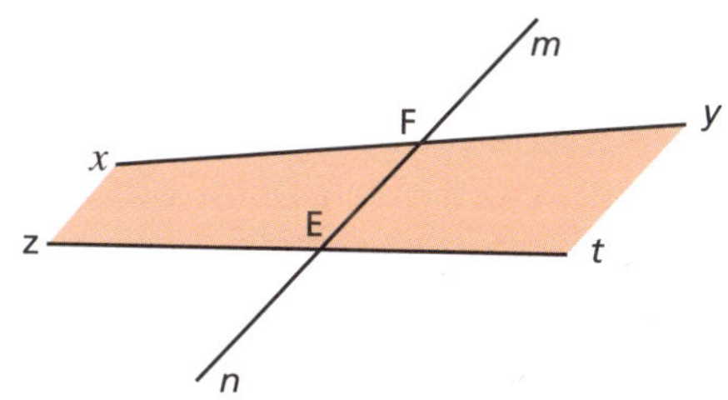

1. Deux angles alternes-internes sont ....
2. Deux angles correspondants sont ....
3. L'angle correspondant à l'angle $\widehat{xFE}$ est ....
4. Les angles $\widehat{mFx}$ et $\widehat{zEm}$ sont ....

2 ★★ Complète les phrases.

Bande (AC) et (BD) avec pour sécante (CD)

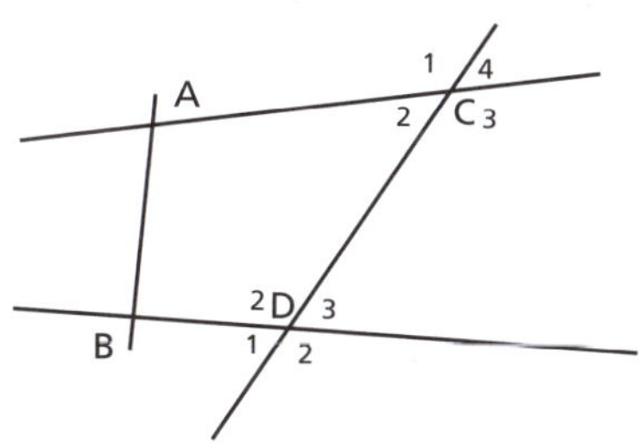

L'angle $\widehat{C}_4$ est correspondant avec l'angle ....

Bande (AB) et (CD) avec pour sécante (AC)

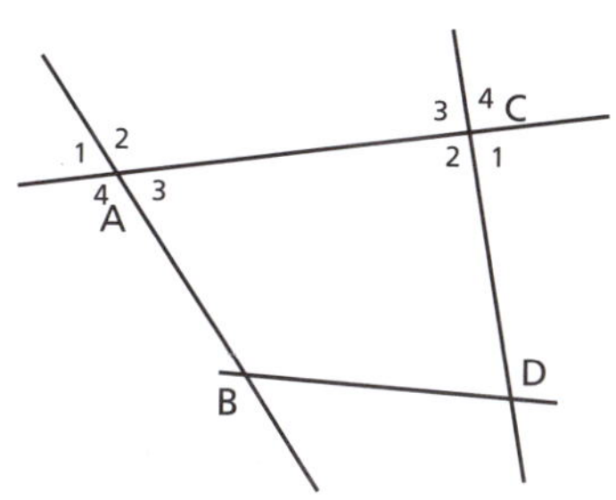

L'angle $\widehat{A}_2$ est alterne-interne avec l'angle ....

Auto évaluation Très bien ☐ Bien ☐ Pas assez bien ☐

49 Protocole de construction d'une figure

→ Corrigés p. XV

J'observe et je retiens

■ Le protocole de construction d'une figure géométrique correspond à la suite des étapes à suivre pour réaliser la figure géométrique à l'aide des instruments de géométrie ou en utilisant un logiciel de géométrie (tel que GeoGebra).

■ Pour y parvenir, il faut tenir compte de toutes les **informations** concernant la figure, les **codages** lisibles sur la figure, les **étapes de construction** données comme s'il s'agissait des instructions d'un programme de construction, les connaissances des **propriétés** particulières à certaines figures géométriques usuelles.

■ Ces informations peuvent être communiquées de façon explicite (on les lit alors dans les consignes), ou par la présence de codages. Mais elles peuvent aussi être présentes de façon implicite (parce qu'elles reposent sur les propriétés particulières de certaines figures), c'est alors à toi de les trouver.

Exemple Sur la figure ci-contre, on peut lire toutes les informations permettant de reproduire cette figure qui représente la constellation de la Grande Ourse à l'aide d'une règle graduée et du rapporteur.

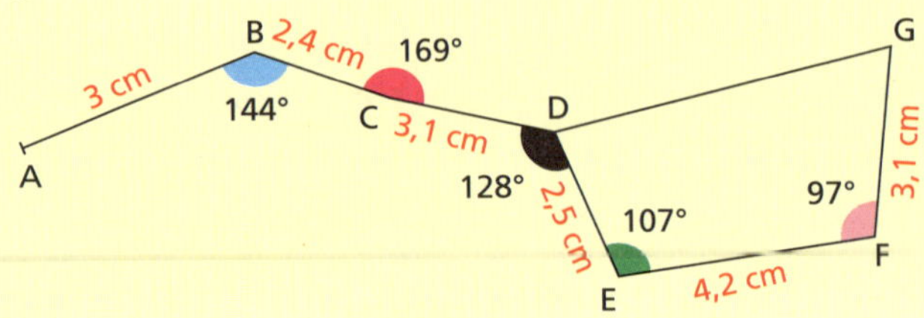

Je m'entraîne

Exercices à faire sur une feuille à part.

1 ★ **Sachant que tous les arcs de cercle en vert sont des demi-cercles, reproduis cette figure avec le compas en prenant BC = 8 cm, puis reproduis cette figure en utilisant le logiciel GeoGebra.**

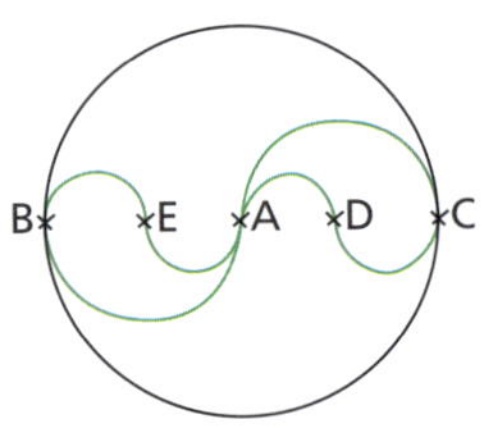

Aide
Utilise, dans le menu cercle, la commande « Demi-cercle » en cliquant sur les extrémités du diamètre du demi-cercle que tu veux tracer.

2 ★ **Rédige un programme de construction qui permettra à Jory de construire cette figure sans qu'il ne la voie.**

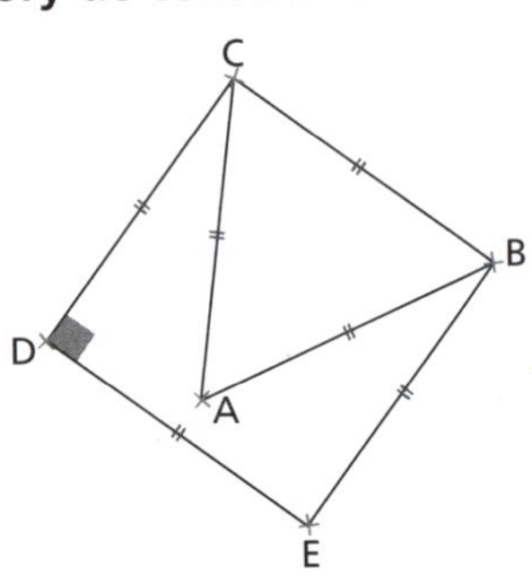

3 ★★ **ABC est un triangle équilatéral de côté 16 cm.**
Les points M, L et K sont les milieux respectifs des segments [AC], [CB] et [BA].
Les points R, S et T sont les milieux respectifs des segments [KB], [LC] et [MA].

Aide
Utilise, dans le menu cercle, la commande « Arc de cercle » en cliquant sur le centre et les extrémités de l'arc de cercle que tu veux tracer.

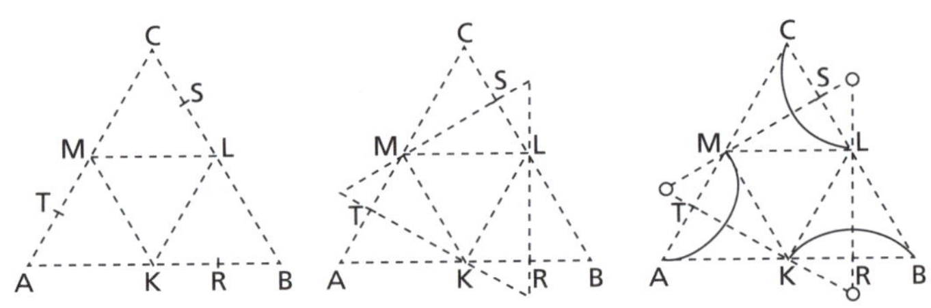

Reproduis cette figure en utilisant le logiciel GeoGebra.

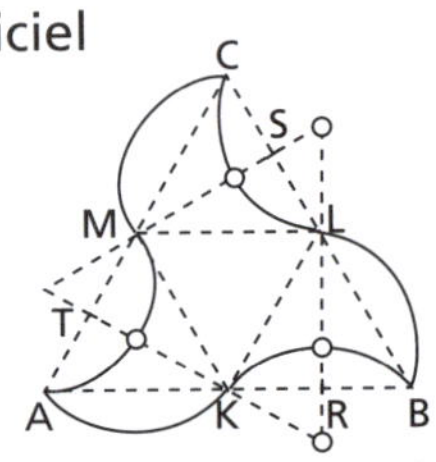

Aide
Les points cerclés montrent où pointer le compas.

Auto évaluation Très bien ☐ Bien ☐ Pas assez bien ☐

50 Symétrie centrale : centre de symétrie (définition et construction)

→ Corrigés p. XV

J'observe et je retiens

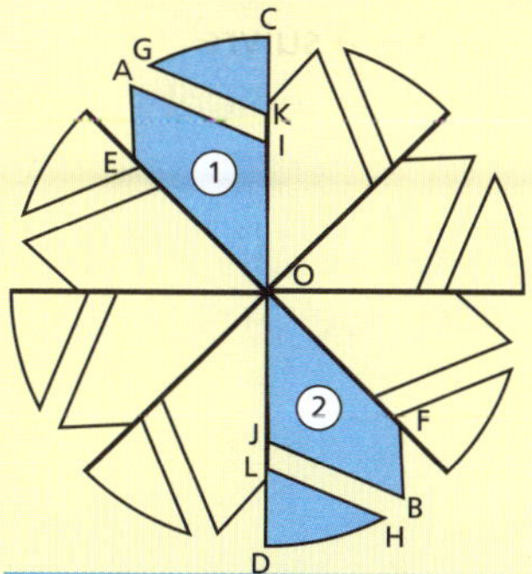

- Le segment qui joint deux points correspondants des motifs 1 et 2 a pour milieu le point O.
- Le déplacement qui permet de passer du motif 1 au motif 2 est un **demi-tour autour du point O** ou bien une rotation autour du point O de 180°.
O étant un point fixé du plan : le point B est le symétrique du point A par rapport au point O ; cela signifie que O est le **milieu** du segment [AB] ou bien **OA = OB** avec A, O et B **alignés**.
- **Comment construit-on le point B symétrique du point A par rapport au point O ?**

Étape n° 1	Étape n° 2	Étape n° 3	Étape n° 4
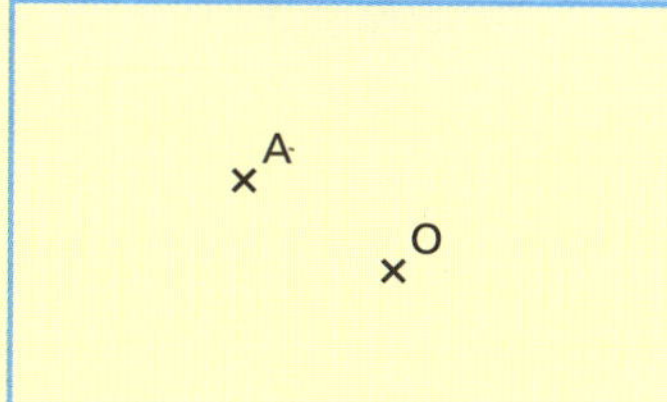	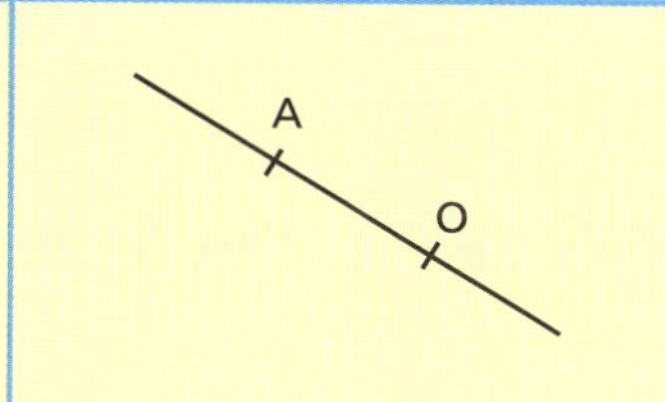	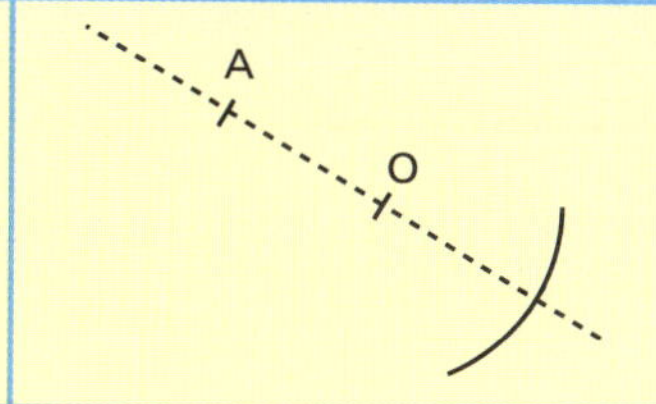	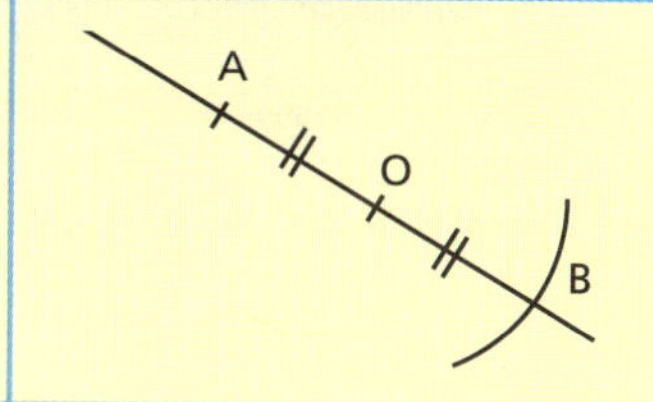
A et O sont deux points.	On trace la droite (OA).	Avec le compas, on prend la longueur OA. On trace un arc de cercle de centre O et de rayon OA de l'autre côté de O.	Le point B symétrique du point A par rapport à O est le point d'intersection de la droite (AO) et de l'arc de cercle tracé.

Un point O est le centre de symétrie d'une figure si, en effectuant un demi-tour autour du point O, la figure reste invariante.

Méthode
On utilise un calque.

Je m'entraîne

1 ★ **Construis le symétrique de chaque point par rapport au point O.
On note A_1 le symétrique du point A.**

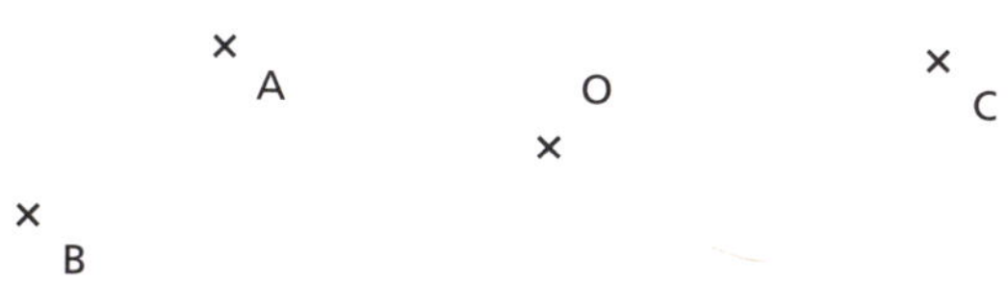

2 ★ **A est le symétrique de J par rapport à B.
Trouve l'emplacement du point B.**

3 ★★ **Pour la figure, le point O est un centre de symétrie et la droite (FB) est un axe de symétrie.
Complète le tableau.**

Point	A	H	F	O
Symétrique de ce point par rapport à O				
Symétrique de ce point par rapport à (FB)				

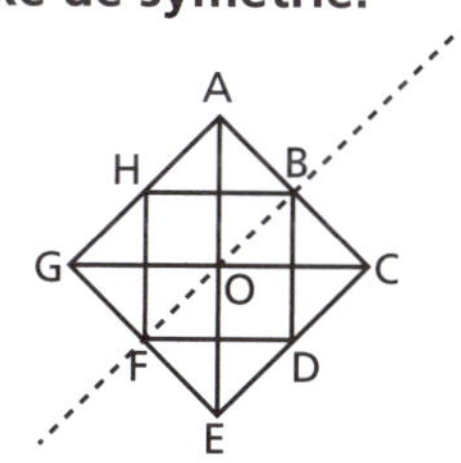

Auto évaluation Très bien ☐ Bien ☐ Pas assez bien ☐

51 Symétrie centrale : symétrique d'une figure

→ Corrigés p. XVI

J'observe et je retiens

■ Dans une symétrie centrale de centre O :
– l'image d'une droite est une droite qui lui est parallèle ;
– l'image d'un segment est un segment de même longueur et parallèle ;
– l'image d'une demi-droite est une demi-droite de support parallèle et de sens opposé ;
– l'image d'un cercle de centre I de rayon *r* est un cercle de centre I_1 et de rayon *r* avec I_1 symétrique de I par rapport à O ;
– l'image d'un angle est un angle de même mesure. Les côtés symétriques de ces deux angles sont respectivement des demi-droites parallèles et de sens contraires.

Je m'entraîne

1 ★ Construis le symétrique de la figure (F) par rapport au point A.

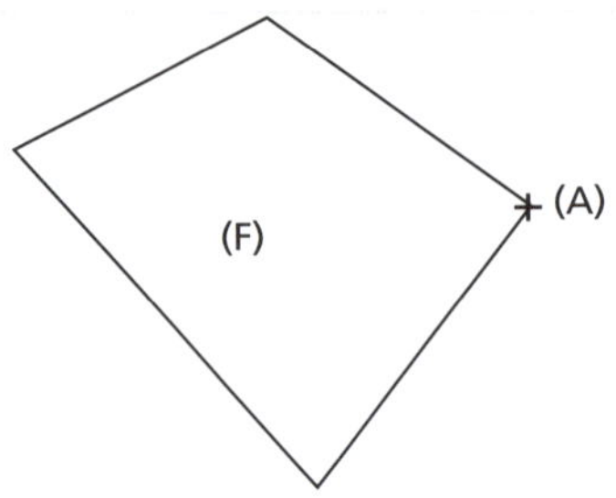

2 ★ Construis le symétrique EFG du triangle MNP par rapport au point I.

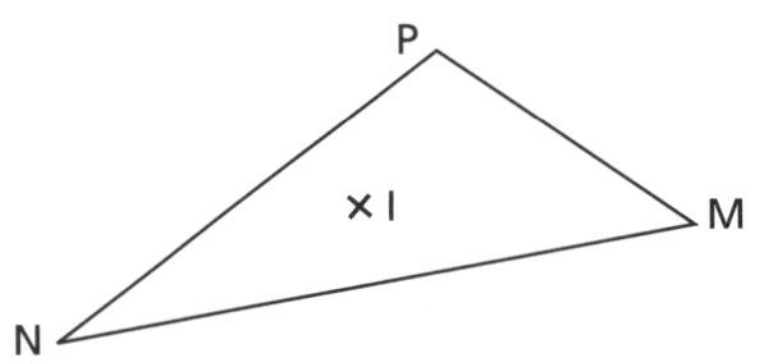

3 ★★ On sait que A' est le symétrique de A par rapport à O. Sans l'aide du point O, construit le symétrique du point B par rapport à O. Justifie ta méthode.

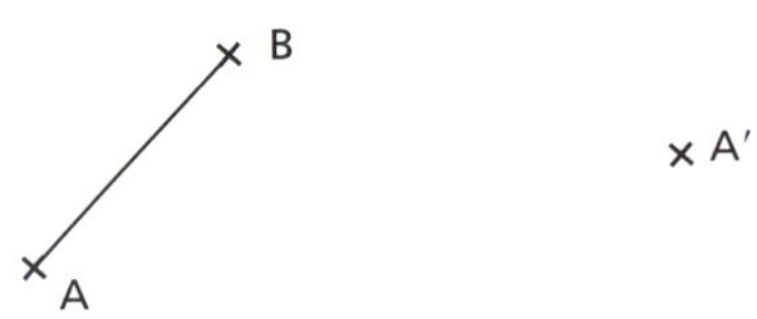

4 ★★ 1. Construis en vert la figure FGHIJ symétrique par rapport à un point O de la figure ABCDE.
2. Construis en bleu la figure KLMNP symétrique de la figure ABCDE par rapport au point M.

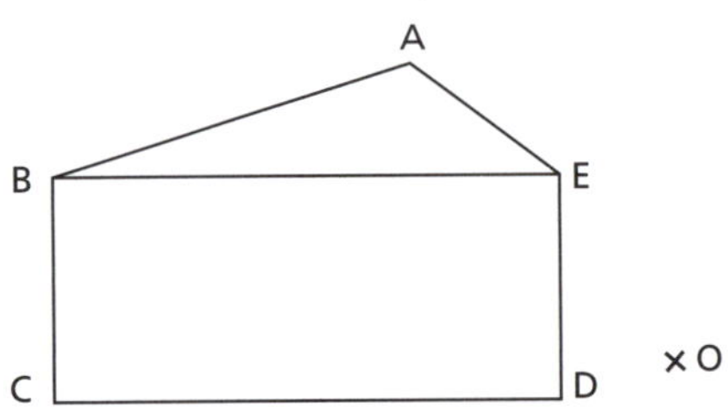

Auto évaluation Très bien ☐ Bien ☐ Pas assez bien ☐

52 Symétrie centrale et angles : propriété directe et réciproque

→ Corrigés p.XVI

J'observe et je retiens

■ Grâce à la symétrie centrale, les deux propriétés appelées **outils mathématiques** ont pour but de faire comprendre la différence entre **la cause** et **la conséquence**. (→ voir mémento)

■ **Propriété directe**

Si deux droites parallèles sont coupées par une droite sécante, alors elles déterminent des angles alternes internes de même mesure, des angles correspondants de même mesure.

Énoncé ou texte	Les droites (*xy*) et (*zt*) sont strictement parallèles coupées respectivement en E et F par la sécante (*mn*). L'angle $\widehat{zFn}$ mesure 40°. Calcule la mesure de l'angle $\widehat{yEn}$. 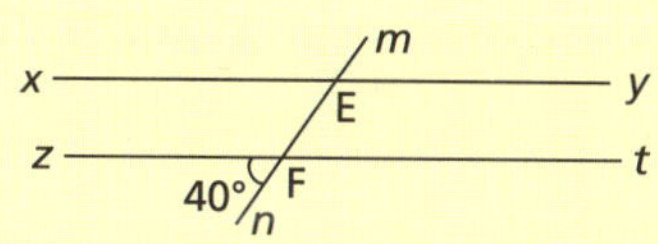
Ce que l'on cherche	La mesure de l'angle $\widehat{xEn}$.
Renseignement de l'énoncé	(*xy*) // (*zt*) et $\widehat{zFn}$ = 40°.
Outil mathématique	Si deux droites coupées par une sécante sont strictement parallèles alors elles déterminent des angles correspondants de même mesure **ou bien** des angles alternes internes de même mesure.
Conclusion	On peut trouver la mesure d'un ou plusieurs angles.

■ **Propriété réciproque**

Si deux droites coupées par une sécante déterminent deux angles correspondants de même mesure **ou bien** deux angles alternes internes de même mesure, alors ces deux droites sont parallèles.

Énoncé ou texte	Les droites (*xy*) et (*zt*) sont coupées respectivement en E et F par la sécante (*mn*). L'angle $\widehat{zFn}$ mesure 40° et l'angle $\widehat{yEn}$ mesure 140°. Prouve que les droites (*xy*) et (*zt*) sont parallèles. 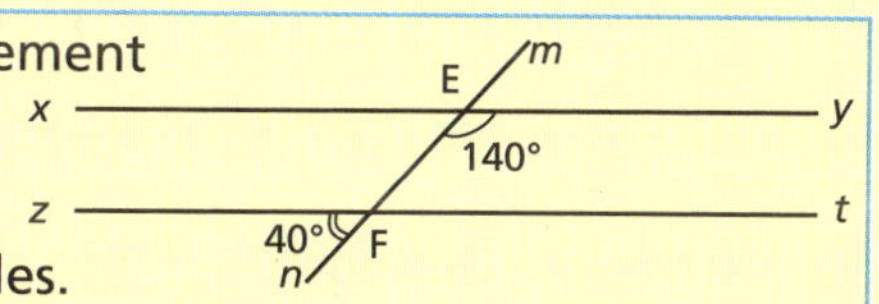
Ce que l'on cherche	Le parallélisme des droites (*xy*) et (*zt*)
Renseignement de l'énoncé	(*xy*) et (*zt*) coupées par (*mn*) en E et F et $\widehat{zFn}$ = 40° et $\widehat{nEy}$ = 140°.
Outil mathématique	Si deux droites coupées par une sécante déterminent deux angles correspondants de même mesure **ou bien** deux angles alternes internes de même mesure alors ces deux droites sont parallèles.
Conclusion	On peut montrer que les deux droites sont parallèles.

Je m'entraîne

1 ★ Dans le schéma ci-dessous les droites (*d*) et (*d'*) sont strictement parallèles et G_3 = 57°. Calcule les mesures des angles M_4 et M_2.

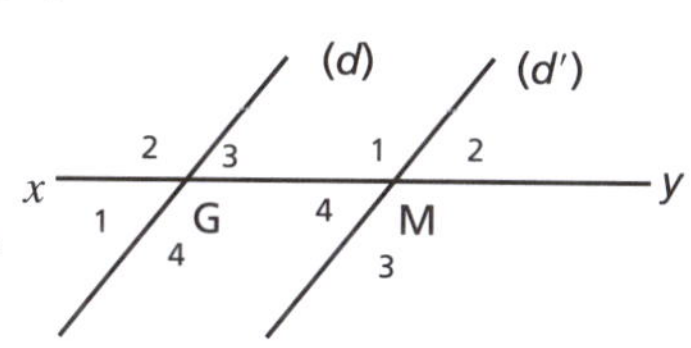

(*d*) et (*d'*) sont des droites strictement parallèles coupées par la sécante.

Elles déterminent des angles alternes-........ et des angles alternes-........ de même mesure.

G_3 et M_4 sont des angles alternes-........, donc M_4 = ... ;

Or M_4........ Et M_2 .... Donc M_2 = ...

2 ★★ Les angles $\widehat{mEy}$ et $\widehat{nFt}$ mesurent respectivement 45° et 135°. Calcule la mesure de l'angle $\widehat{mFt}$. Démontre que (*xy*) et (*zt*) sont parallèles.

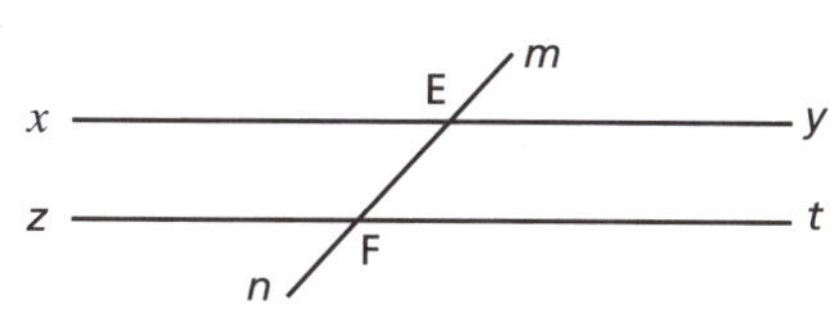

....

Auto évaluation Très bien ☐ Bien ☐ Pas assez bien ☐

53 Symétrie centrale : démonstration

→ Corrigés p. XVI

J'observe et je retiens

Pour faire une démonstration, on prend des informations dans l'énoncé et on les transforme à l'aide d'outils mathématiques afin d'aboutir aux résultats.

Conseil
Avant de commencer ces exercices, relis les parties *J'observe et je retiens* des fiches 48 à 52.

Je m'entraîne

1 ★★ ABC est un triangle, E et F sont les milieux respectifs des côtés [AB] et [AC].
M est le symétrique de C par rapport à E et N est le symétrique de M par rapport à F.

1. Fais une figure au brouillon.

2. Démontre que BC = CN.
On a rédigé la démonstration mais l'ordre des phrases a été modifié. Remets-les dans l'ordre :
a. F est le milieu du segment [AC].
b. M est le symétrique de C par rapport à E.
c. Donc AM = BC.
d. A est le symétrique de B par rapport à E.
e. Donc C est le symétrique de A par rapport à F.
f. N est le symétrique de M par rapport à F.
g. Le symétrique du segment [CB] par rapport à E est le segment [AM].
h. Et AM = CN.
i. E est le milieu du segment [AB].
j. Le symétrique d'un segment par rapport à un point est un segment de même longueur.
k. AM = CN et AM = BC donc BC = CN.
l. Le symétrique du segment [AM] par rapport à F est le segment [CN].

2 ★★★ ABCD est un trapèze de bases [AB] et [DC] tel que $\widehat{ABC} = 130°$ et $\widehat{DBC} = 75°$.

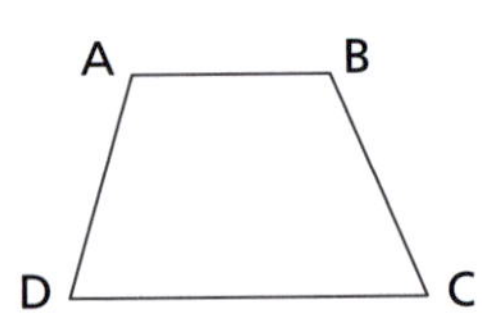

Aide
Trace la diagonale [BD].

1. Calcule la mesure de l'angle $\widehat{ABD}$.

....

2. Déduis-en la mesure de l'angle $\widehat{BDC}$.

....

3 ★★★ 1. Construis un triangle ABC tel que BC = 6 cm, $\widehat{ABC} = 50°$ et $\widehat{ACB} = 35°$.
2. Construis la bissectrice [A*x*) de l'angle $\widehat{BAC}$. Place le point E de la demi-droite [A*x*) tel que le triangle ACE soit isocèle en C.
3. Démontre que les angles $\widehat{CEA}$ et $\widehat{BAE}$ sont de même mesure.
4. Déduis-en que les droites (AB) et (CE) sont parallèles.

4 ★★★ (D_1) et (D_2) sont deux droites strictement parallèles. M est un point de (D_1) et N est un point de (D_2). J est le milieu du segment [MN]. (Δ) est une droite sécante à (D_1) passant par J. (Δ) coupe (D_2) en E et (D_1) en F.

1. Fais une construction au brouillon.

2. Réponds aux questions suivantes en justifiant.

a. Quel est le symétrique de M par rapport à J ?

....

b. Quel est le symétrique de la droite (D_1) par rapport au point J ?

....

c. Quel est le symétrique de la droite (Δ) par rapport au point J ?

....

d. F est le point d'intersection des droites (D_1) et (Δ), déduis-en à quelles droites le symétrique de F par rapport à J doit-il appartenir ? ....

e. Démontre que J est le milieu du segment [EF].

....

....

Auto évaluation Très bien ☐ Bien ☐ Pas assez bien ☐

54 Parallélogramme : définition et propriété des diagonales

→ Corrigés p.XVII

J'observe et je retiens

■ Un parallélogramme est un quadrilatère qui a **ses côtés opposés parallèles deux à deux.**

→ ABCD est un parallélogramme ce qui signifie que (AB) // (DC) et (AD) // (BC).

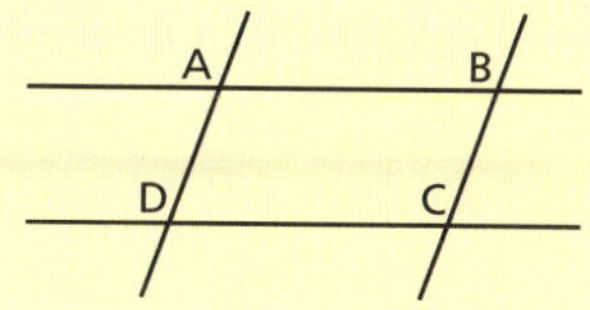

■ Les diagonales d'un parallélogramme **se coupent en leur milieu.**

→ Les diagonales [AC] et [BD] du parallélogramme ABCD se coupent en leur milieu O, donc $AO = OC = \frac{1}{2}AC$ et $DO = OB = \frac{1}{2}BD$.

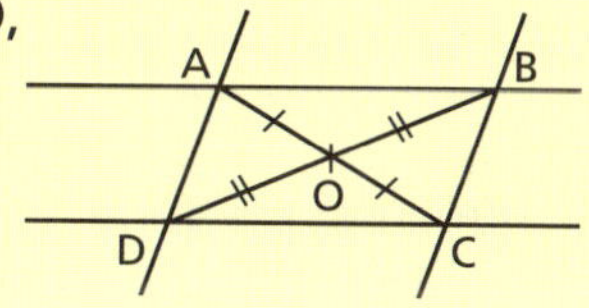

Je m'entraîne

Pour les exercices 1 à 4, l'unité de longueur est le centimètre.

1 ★ **Construis le parallélogramme ABCD tel que $\widehat{DAB} = 100°$, AB = 4 et DA = 5.**
Cite la propriété utilisée pour construire cette figure.

La propriété utilisée est ....

2 ★ **Construis le parallélogramme EFGH tel que EF = 4,5, EH = 3 et FH = 6.**
Cite la propriété utilisée pour construire cette figure.

La propriété utilisée est ....

3 ★ **Construis le parallélogramme IJKL de centre O tel que IK = 5, JL = 7 et $\widehat{IOJ} = 70°$.**
Cite la propriété utilisée pour construire la figure et complète les pointillés.

La propriété utilisée est ....

OI = ... OK = ...

OL = ... OJ = ...

4 ★★ **Sur une feuille à part.**

1. **Construis le triangle ABC tel que AB = 2,5, AC = 3,5 et BC = 5.**
2. **Marque le milieu I du segment [BC].**
3. **Construis le symétrique E de A par rapport à I.**
4. **Quelle est la nature de ABEC ?**

5 ★★★ **Sur une feuille à part.**

1. **Construis un parallélogramme IJKL de centre M tel que IJ = 2,5 cm, IK = 3,6 cm et JL = 4 cm.**
2. **Construis le symétrique ABCD du parallélogramme IJKL par rapport à la droite (JK). Que représente la droite (JK) pour le segment [IA] ?**
3. **Construis le symétrique EFGH du parallélogramme IJKL par rapport au point L. Que représente le point L pour le segment [BF] ?**

Auto évaluation Très bien ☐ Bien ☐ Pas assez bien ☐

55 Parallélogramme : propriétés

→ Corrigés p.XVII

J'observe et je retiens

■ Dans un parallélogramme, les côtés opposés sont de **même longueur**.

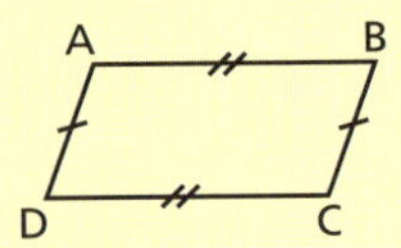

► ABCD est un parallélogramme donc **AB = DC et AD = BC**.

■ Dans un parallélogramme, les angles opposés sont de **même mesure**.

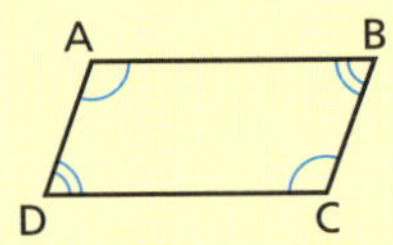

► ABCD est un parallélogramme donc **$\widehat{ABC} = \widehat{CDA}$ et $\widehat{DAB} = \widehat{BCD}$**.

■ Dans un parallélogramme, deux angles consécutifs sont **supplémentaires**.

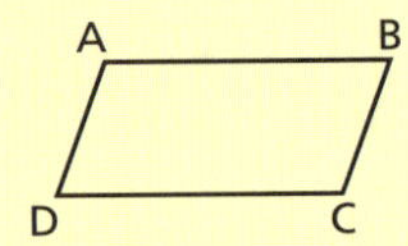

► ABCD est un parallélogramme donc les angles **$\widehat{ABC}$** et **$\widehat{BCD}$** sont **supplémentaires**. **$\widehat{ABC} + \widehat{BCD} = 180°$**. De même pour deux autre angles consécutifs du parallélogramme.

Je m'entraîne

1 ★ Construis sur une feuille le parallélogramme EFGH tel que EF = 5 cm, HE = 3,5 cm et $\widehat{HEF}$ = 110°.

1. Quelles sont les mesures des angles $\widehat{EFG}$ et $\widehat{FGH}$?

....

2. On sait que, dans un parallélogramme, deux angles consécutifs sont ....

Dans le parallélogramme EFGH, $\widehat{HEF}$ et $\widehat{EFG}$ sont des angles consécutifs donc ils sont ....

Cela signifie que $\widehat{EFG} + \widehat{HEF}$ = ...

donc $\widehat{EFG}$ = 180 – .... Donc $\widehat{EFG}$ = ... On sait que, dans un parallélogramme, les angles opposés sont de .... Dans le parallélogramme EFGH, les angles $\widehat{HEF}$ et $\widehat{FGH}$ sont opposés donc ils sont de ....: $\widehat{HEF} = \widehat{FGH}$ et $\widehat{HEF}$ = ... Donc $\widehat{FGH}$ = ...

2 ★★ Dans le schéma ci-dessous, construis le point M sur [Ax) tel que OM = OA. Puis construis les symétriques respectifs B et N de A et M par rapport au point O.

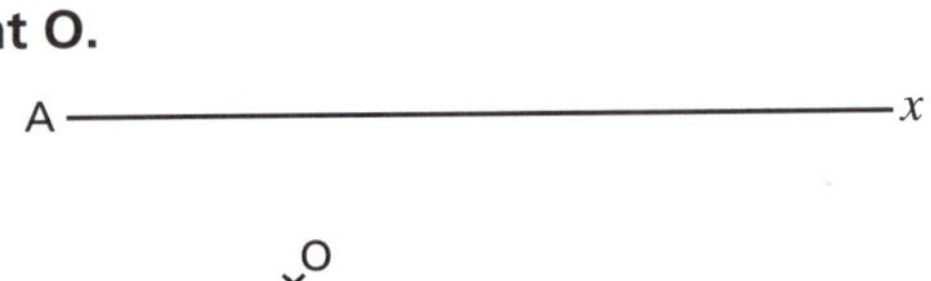

1. On considère le quadrilatère AMNB.

a. Quel est le côté opposé au côté [AM] ? ....

b. Quel est le côté opposé au côté [MN] ? ....

2. En utilisant la symétrie centrale de centre O, explique pourquoi AM = BN et MN = BA.

....

3. Complète la phrase suivante : le quadrilatère AMNB a ses côtés opposés de .... et pourtant ce n'est pas un parallélogramme.

3 ★★★ Construis sur une feuille le triangle ABC tel que $\widehat{ABC}$ = 110°, AB = 3 cm et BC = 4 cm.

1. Construis la bissectrice [Bx) de l'angle $\widehat{ABC}$. Elle coupe le côté [AC] en E. Construis le point H tel que ABEH soit un parallélogramme.

2. Tu vas déterminer la mesure des angles du parallélogramme ABEH en complétant les phrases suivantes : [Bx) est la bissectrice de l'angle $\widehat{ABC}$. Cela signifie que $\widehat{ABx} = \frac{\widehat{ABC}}{2}$, $\widehat{ABx}$ = ... E appartient à [Bx) donc $\widehat{ABE}$ = ...

3. Puis, pour les angles $\widehat{BEH}$, $\widehat{EHA}$ et $\widehat{HAB}$, reprends la même méthode que dans l'exercice 1.

....

Auto évaluation — Très bien ☐ Bien ☐ Pas assez bien ☐

56 Parallélogramme : démonstration

→ Corrigés p.XVII

J'observe et je retiens

■ Pour montrer qu'un quadrilatère est un parallélogramme, on montre que :
- ou bien les diagonales ont le même milieu ;
- ou bien les côtés opposés sont parallèles deux à deux ;
- ou bien les angles opposés sont deux à deux de même mesure ;
- ou bien, pour un quadrilatère non croisé, deux côtés opposés sont parallèles et de même longueur ;
- ou bien les angles consécutifs pris deux à deux sont supplémentaires ;
- ou bien le quadrilatère non croisé a un centre de symétrie.

Je m'entraîne

1 ★ Trace sur une feuille de dessin un triangle EFG tel que EG = 3 cm, $\widehat{FEG}$ = 65° et $\widehat{EGF}$ = 35°.

1. Construis les points H et I symétriques respectifs des points F et G par rapport à E.

2. Démontre que le quadrilatère IHGF est un parallélogramme en complétant les phrases suivantes :
H est le symétrique de F par rapport à E cela signifie que ....
I est le ....
....
Les diagonales [HF] et [GI] du quadrilatère ....
Cela signifie que le quadrilatère IHGF est ....

2 ★ Construis un triangle ABC tel que BC = 6 cm, $\widehat{ABC}$ = 50° et $\widehat{ACB}$ = 70° et un point M sur [AB] tel que AM = 2 cm.

1. Construis la droite parallèle à la droite (BC) passant par le point M qui coupe le segment [AC] en N.

2. Construis la droite parallèle à la droite (AB) passant par le point N qui coupe le segment [BC] en P.

3. Quelle est la nature de BMNP ?
La droite parallèle à la droite (AB) passant par le point N qui coupe le segment [BC] en P est la droite (NP). On a (AB)//(PN).
Or le point M appartient à la droite (AB) donc (BM) est parallèle à (PN). De même, la droite parallèle à (BC) passant par M coupe [AC] en ......, donc ...... est parallèle à (BC). P appartient au segment ....], donc (MN) est parallèle à (BP). Le quadrilatère BMNP a ses côtés .... ; Cela signifie que le quadrilatère BMNP est un ....

3 ★★ Construis un parallélogramme ABCD. Construis les points E et F symétriques respectifs des points C et D par rapport à B.

1. Démontre que (EF) // (CD) et que EF = CD, puis que (AB) // (CD) et que AB = CD en complétant les phrases suivantes.
Dans la symétrie de centre B, le point C a pour image le point E et le point D .... On sait que dans une symétrie centrale, l'image d'une droite est une .... et l'image d'un segment est .... Donc l'image de la droite (CD) est .... et l'image du segment [CD] est .... On a donc (.......) // (.......) et .... = ...
ABCD est un ...., cela signifie que .... De plus, les côtés d'un parallélogramme sont .... donc ....

2. Déduis que (AB) // (EF) et que AB = EF et trouve la nature du quadrilatère non croisé ABFE.
On a (CD) // .... et (CD) .... donc ....
On a CD = ... et CD = ... donc ....
Le quadrilatère non croisé ABFE a ....
donc ABFE est un ....

4 ★★ FURS est un parallélogramme. I est le milieu du segment [RU]. G est le symétrique de F par rapport à I. Quelle est la nature du quadrilatère FUGR ?

....

Auto évaluation Très bien ☐ Bien ☐ Pas assez bien ☐

57 Triangle : somme des angles et cas des triangles particuliers

→ Corrigés p.XVIII

J'observe et je retiens

■ La somme des angles d'un triangle est égale à **180°**.

Cela signifie que dans le triangle ABC : $\widehat{ABC} + \widehat{ACB} + \widehat{BAC} = 180°$.

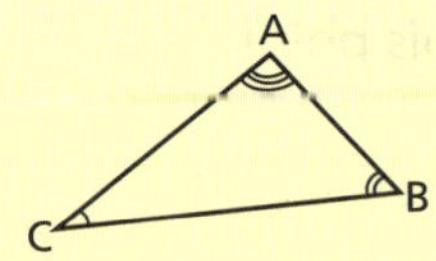

■ **À quoi sert cette règle ?**

Quand on connaît la mesure de deux angles d'un triangle, on peut **calculer** la mesure du troisième angle.

Exemple ABC est un triangle tel que $\widehat{A} = 41°$ et $\widehat{B} = 62°$. Quelle est la mesure de l'angle $\widehat{C}$?

On sait que la somme des angles du triangle ABC est égale à 180°. Cela signifie que $\widehat{A} + \widehat{B} + \widehat{C} = 180°$.

$\widehat{A} + \widehat{B} + \widehat{C} = 180°$ cela signifie que $\widehat{C} = 180 - (\widehat{A} + \widehat{B}) = 180 - (41 + 62) = 180 - 103 = 77$. L'angle $\widehat{C}$ mesure 77°.

Cette règle permet aussi de **réaliser la construction** d'un triangle (voir exercice 4).

Cette règle valable pour tous les triangles a pour conséquence :

- Dans un **triangle équilatéral**, la mesure de chaque angle est égale à 60°.
- Dans un **triangle rectangle**, la somme des mesures des angles aigus est égale à 90° ou encore les angles aigus sont complémentaires.

Je m'entraîne

1 ★ Construis un triangle ABC tel que AB = 5 cm, $\widehat{BAC} = 65°$ et $\widehat{ABC} = 40°$. Calcule la mesure de l'angle $\widehat{ACB}$. Vérifie avec le rapporteur.

....

....

2 ★ EFG est un triangle isocèle en E tel que $\widehat{EFG} = 40°$. Quelle est la mesure de l'angle $\widehat{EGF}$?

$\widehat{EGF}$ = ...

Calcule la mesure de l'angle $\widehat{FEG}$.

$\widehat{FEG}$ = ...

3 ★★ Les triangles ci-dessous existent-ils ?

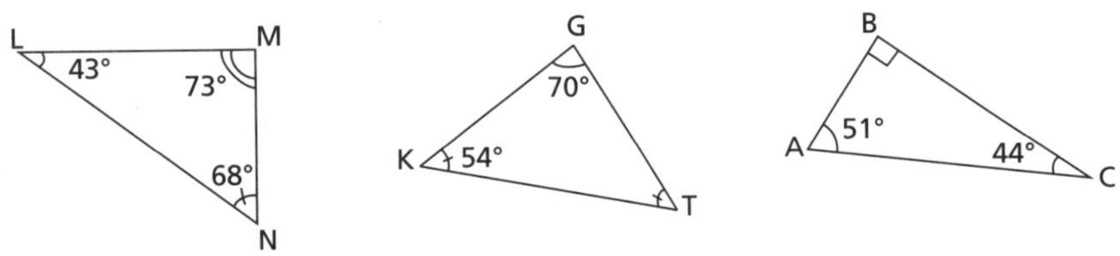

Justification par un calcul :

....

....

....

4 ★★ Construis sur une feuille, un triangle MNO tel que MO = 6 cm, $\widehat{MNO} = 36°$ et $\widehat{MON} = 48°$.

5 ★★ Construis sur une feuille, un triangle JET isocèle en T tel que $\widehat{JTE} = 35°$ et JE = 6 cm.

Indication

Une figure tracée à main levée sur laquelle tu portes toutes les indications de l'énoncé montre qu'il faut d'abord faire un calcul d'angle.

Auto évaluation Très bien ☐ Bien ☐ Pas assez bien ☐

58 Triangle : inégalité triangulaire

→ Corrigés p.XVIII

J'observe et je retiens

■ Pour trois points non alignés A, B et C définissant un triangle, la longueur de n'importe lequel des côtés du triangle est strictement inférieure à la somme des longueurs des deux autres côtés du triangle.

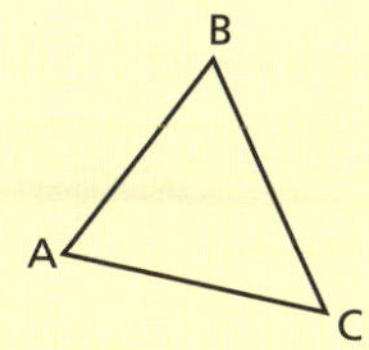

AB < AC + CB   AC < AB + BC   BC < BA + AC

■ L'inégalité qui a été écrite pour chaque côté du triangle est appelée **inégalité triangulaire**.

■ Pour vérifier si l'on peut construire un triangle dont la longueur des trois côtés est connue, il suffit de vérifier que la plus grande longueur est inférieure à la somme des deux autres longueurs.

Remarque

I, J et K sont trois points. Dans le cas où IJ = IK + KJ, cela signifie que K appartient au segment [IJ].

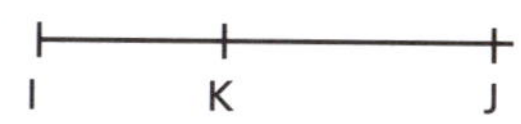

Je m'entraîne

1 ★ **E, L et Y sont trois points tels que EL = 9,2 cm, LY = 3,4 cm et EY = 5,4 cm. Coche la bonne réponse.**

ELY est un triangle.	
Les points E, L et Y sont alignés.	
ELY n'est pas un triangle constructible.	

T, A et Z sont trois points tels que TA = 5,6 cm, AZ = 3,1 cm et TZ = 8,7 cm. Coche la bonne réponse :

TAZ est un triangle.	
Les points T, A et Z sont alignés.	
TAZ n'est pas un triangle constructible.	

2 ★★ **Peut-on construire un triangle FIN tel que FI = 6 cm, IN = 8,5 cm et FN = 3 cm ?**

....

....

3 ★★ **Écris les trois inégalités triangulaires pour le triangle ci-dessous.**

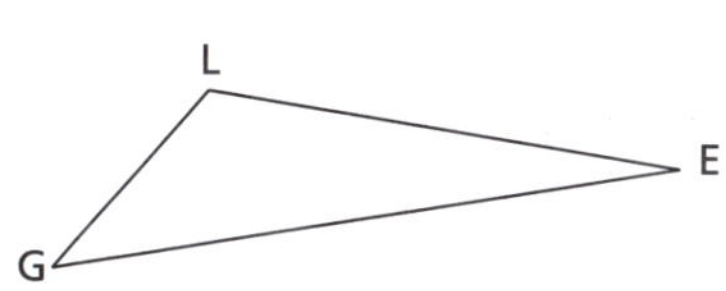

....

....

....

4 ★★ **1.** Le point T appartient au segment [ZQ].
Si ZT = 3,8 cm et TQ = 5,4 cm, calcule la longueur ZQ.

ZQ = ...

2. Le point E appartient au segment [JS].
Si ES = 4,6 cm et JS = 9,8 cm, calcule la longueur EJ.

EJ = ...

3. Le point R appartient au segment [HW].
Si HR = 5,7 cm et RW = 3,9 cm, calcule la longueur HW.

HW = ...

5 ★★★ **POT est un triangle dont les trois côtés ont pour longueur un nombre entier de cm.**
Quelle est la plus grande valeur de la longueur OT quand PO = 5 et TP = 3 ?
Calcule alors le périmètre du triangle POT.

....

....

....

....

....

....

....

....

Auto évaluation Très bien ☐ Bien ☐ Pas assez bien ☐

59 Triangle : hauteur

→ Corrigés p.XIX

J'observe et je retiens

■ **Vocabulaire**

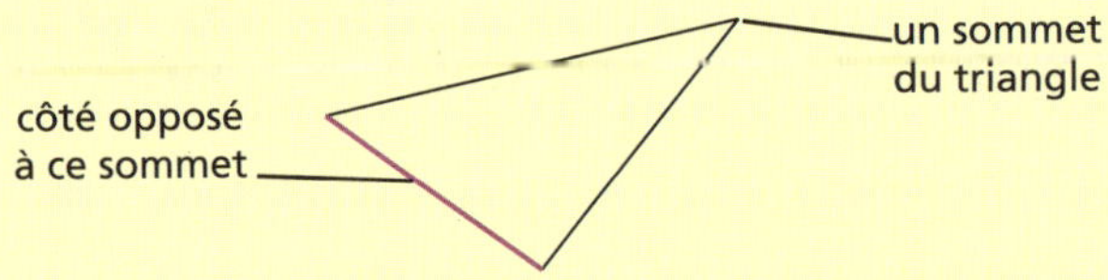

■ Dans un triangle, une **hauteur** est une droite qui passe par un **sommet** du triangle et qui est **perpendiculaire au côté opposé à ce sommet**.

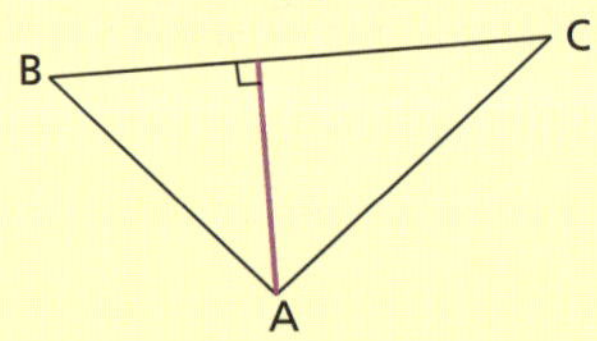

■ La hauteur qui passe par le sommet A, est perpendiculaire au côté [BC].
On dit que la hauteur est issue du sommet A ou encore que c'est la hauteur relative au côté [BC].

■ Dans un triangle, une **médiane** est une droite qui passe par un **sommet** du triangle et par le **milieu du côté opposé à ce sommet**.

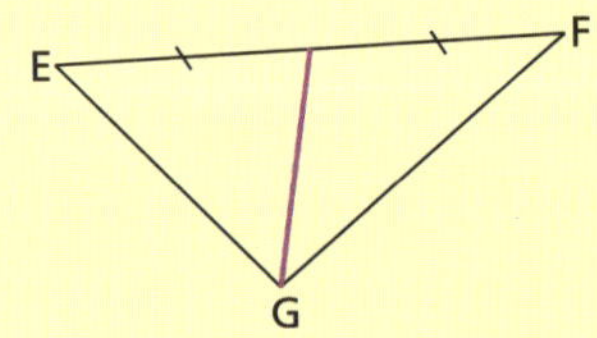

■ La médiane qui passe par le sommet G passe par le milieu du côté opposé [EF].
On dit que la médiane est issue du sommet G ou encore que c'est la médiane relative au côté [EF].

Je m'entraîne

1 ★ **Construis :**

la hauteur issue de S

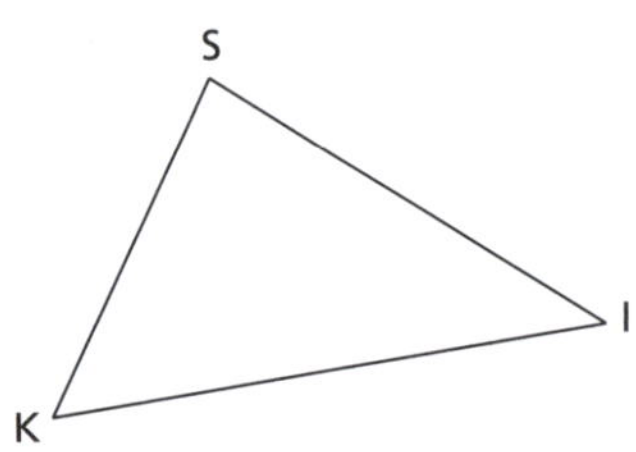

la médiane issue de P

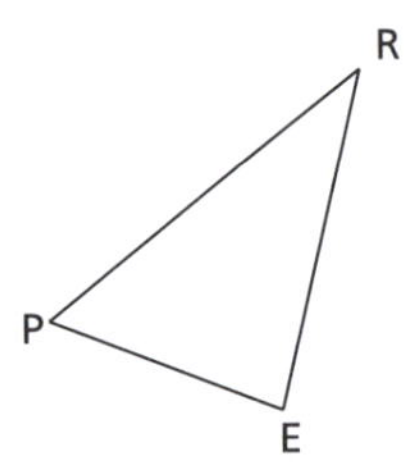

la médiatrice du côté [MD]

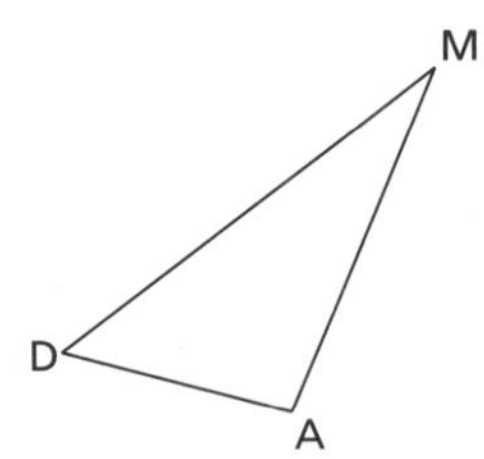

2 ★★ **Construis en vert la hauteur issue du sommet O.**
Que remarques-tu sur la position de cette hauteur ?

....

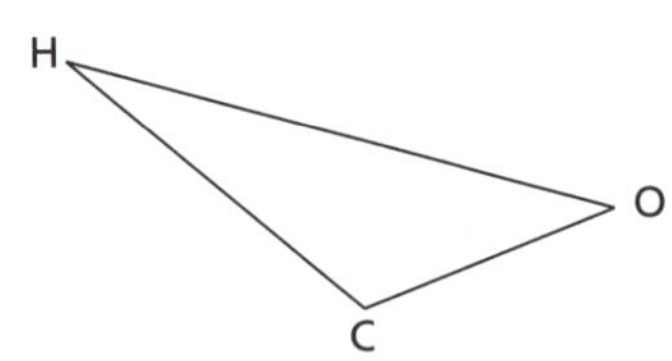

3 ★★ **D'après le codage de la figure, que représente la droite (*d*) ?**

1.

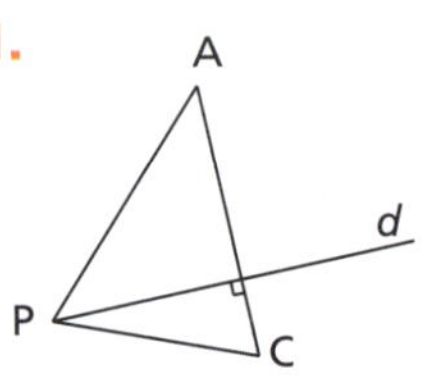

....
....

2.

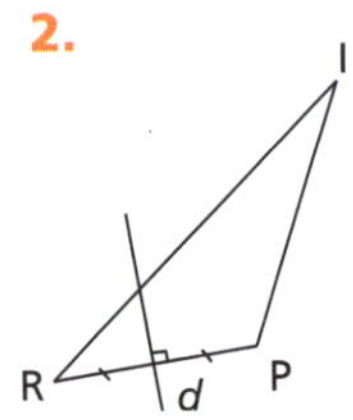

....
....

3.

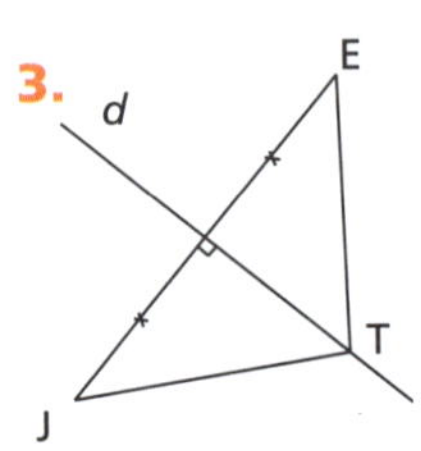

....
....

Auto évaluation Très bien ☐ Bien ☐ Pas assez bien ☐

60 Triangle : démonstration

→ Corrigés p.XIX

Conseil
Avant de commencer ces exercices, relis les parties *J'observe et je retiens* des fiches 57 à 59.

Je m'entraîne

1 ★★ **Est-il possible de construire les triangles ci-dessous ?**

2 ★★ **Quelle est la nature des triangles suivants ?**

1. Triangle RAS : $\widehat{RSA} = 39°$ et $\widehat{ARS} = 51°$

....

2. Triangle BUT : $\widehat{TUB} = 86°$ et $\widehat{TBU} = 47°$

....

3 ★★★ **Dans la figure ci-dessous, sachant que $\widehat{D_1} = 47°$; $\widehat{C_1} = 34°$ et $\widehat{BAE} = 68°$, les points D, E et A sont-ils alignés ?**

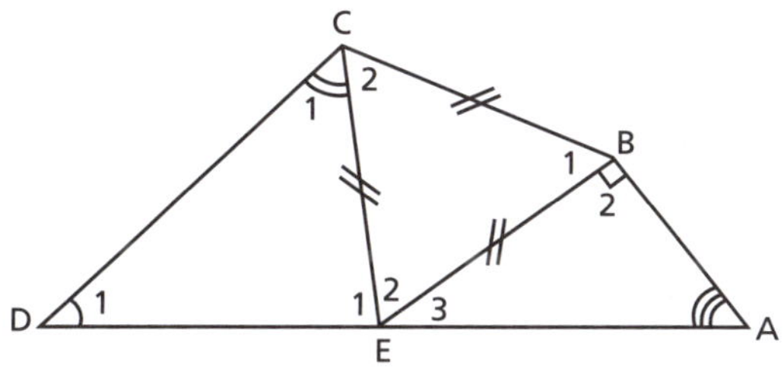

....

....

....

....

....

....

....

....

....

4 ★★★ **VUS est un triangle isocèle de périmètre 11 cm.**

1. Peut-il avoir un côté qui mesure 6 cm ?

....

2a. Peut-il avoir un côté qui mesure 4 cm ?

....

2b. Si oui, construis tous les cas possibles. Si non, dis pourquoi.

....

5 ★★★ **ABCD est un rectangle. Montre que l'aire du triangle AEB est égale à la somme des aires des triangles ADE et ECB.**

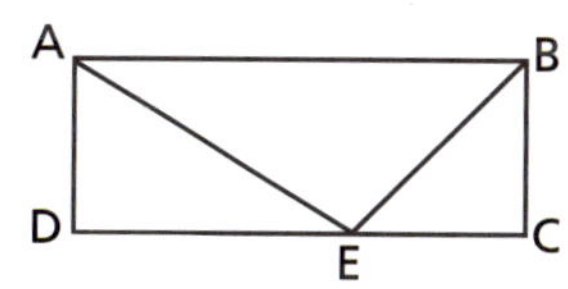

....

6 ★★★ **BAD est un triangle tel que BD = 6 cm, $\widehat{ABD} = 40°$ et $\widehat{BAD} = 110°$.**
Calcule la mesure de l'angle $\widehat{BDA}$.
Construis le triangle ABD.
Construis le point C tel que ABCD soit un parallélogramme.
Calcule les angles $\widehat{BCD}$ et $\widehat{ABC}$.

....

Auto évaluation : Très bien ☐ Bien ☐ Pas assez bien ☐

61 Cylindre de révolution : présentation

→ Corrigés p.XIX

J'observe et je retiens

- Les **bases d'un cylindre** sont deux disques superposables, qui sont situés dans deux plans parallèles.
- La **surface latérale**, non plane, s'enroule autour des bases.
- Une **génératrice d'un cylindre** est un segment joignant deux points du bord de chaque disque de base et qui est perpendiculaire aux plans contenant les disques de base.
- La **longueur d'une génératrice** d'un cylindre est égale à la hauteur du cylindre.

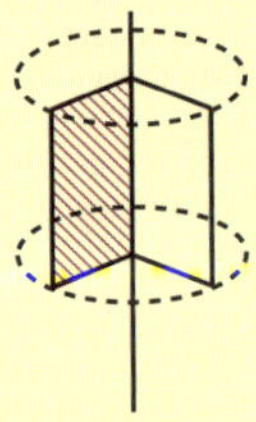

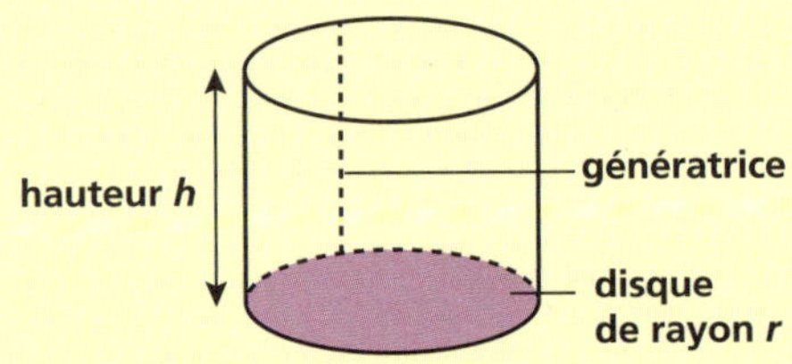

• Dans la représentation en perspective d'un cylindre, les bases ne sont pas obligatoirement représentées par des disques, mais par des ovales que l'on appelle, en mathématiques, des **ellipses**.

Je m'entraîne

1 ★ Complète les schémas suivants qui sont des représentations en perspective de cylindres.

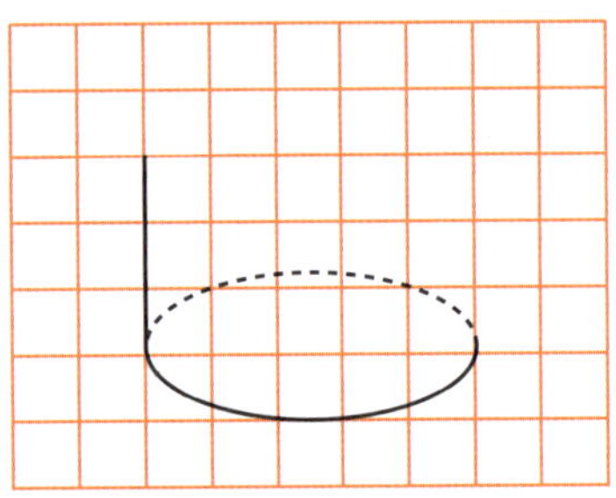

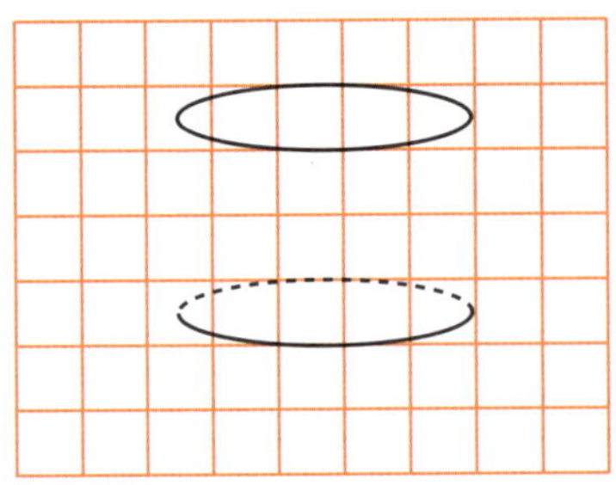

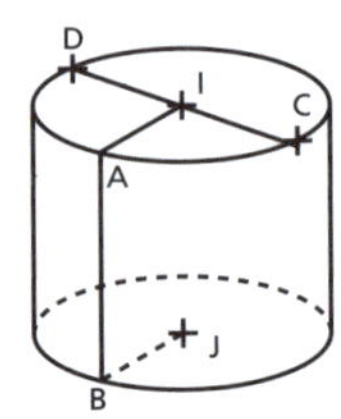

2 ★★ Voici un cylindre de rayon 4 cm et de hauteur 7,5 cm.

1. Quelles sont les longueurs IA, AB, CD, IC et IJ ?

IA = ... ; AB = ... ; CD = ... ; IC = ... ; IJ = ...

2. Complète les phrases suivantes à l'aide des mots « perpendiculaire », « parallèle », « rectangle », « isocèle ».

[IA] est .... à [AB]. [BJ] est .... à [JI].

Les droites (IC) et (JB) sont contenues dans des plans .... Le triangle ABJ est .... en .... Le triangle IAC est .... en .... Le quadrilatère IABJ est un ....

3 ★★ On considère un cylindre de révolution de rayon 2,5 cm, de hauteur 3 cm. Calcule le périmètre de sa base.

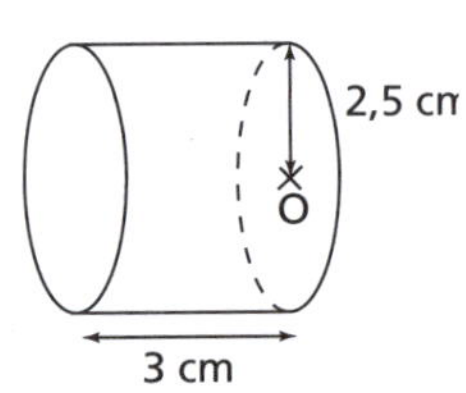

....

Auto évaluation Très bien ☐ Bien ☐ Pas assez bien ☐

62 Cylindre de révolution : patron et aire

→ Corrigés p. XIX

J'observe et je retiens

- Le patron d'un cylindre de révolution est une figure plane qui permet de reconstituer le cylindre par pliage (sans découpage). Il est constitué de deux disques de même dimension (les deux bases du cylindre) et d'un rectangle.
- Ce rectangle a pour dimensions la hauteur du cylindre et le périmètre du disque de base.
- L'aire latérale d'un cylindre est l'aire du rectangle qui est sa face latérale.

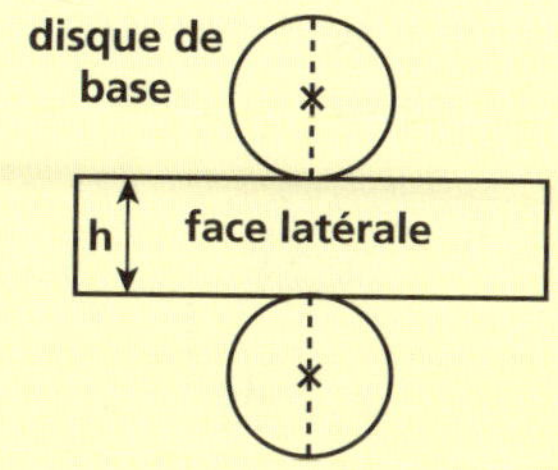

Exemple Pour un cylindre de rayon r et de hauteur h, les dimensions du rectangle sont h et $2\pi\, r$.

Aire latérale = $2 \times \pi \times r \times h = 2\pi\, r\, h$

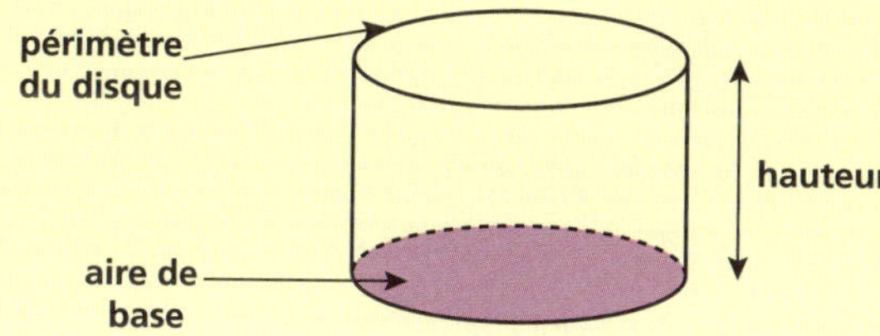

Je m'entraîne

1 ★ On considère un cylindre de révolution de rayon r de base 1,5 cm et de hauteur 3 cm.

1. Quel est le périmètre du disque de base ? ....
2. Quelles sont les dimensions du rectangle qui est la face latérale du cylindre ? ....
3. Réalise un patron de ce cylindre. Calcule l'aire latérale de ce cylindre : ....
4. Donne la valeur arrondie au cm². ....

2 ★ Trois cylindres ont pour hauteur 10 cm et pour rayons respectifs 1 cm, 3 cm et 7 cm.
Exprime l'aire latérale de chaque cylindre en donnant la valeur exacte.

	Cylindre n° 1	Cylindre n° 2	Cylindre n° 3
Rayon	1 cm	3 cm	7 cm
Aire latérale			

Ce tableau est-il un tableau de proportionnalité ? Justifie.

....

....

3 ★★ Un cylindre de révolution a un rayon de 4 cm et une hauteur de 1,5 dm.
Calcule l'aire latérale de ce cylindre. Donne sa valeur exacte, puis la valeur arrondie au cm².

....

4 ★★ Une boîte de conserve a une hauteur de 12 cm et un rayon de 5 cm.
Calcule l'aire de l'étiquette qui recouvre sa face latérale (l'étiquette étant collée bord à bord).

....

Auto évaluation Très bien ☐ Bien ☐ Pas assez bien ☐

63 Algorithmique

→ Corrigés p.XX

J'observe et je retiens

■ Dans le labyrinthe ci-dessous, il est possible de dicter les déplacements du rond vert pour qu'il se rende sur la case rouge sans franchir les traits épais. Seuls des déplacements horizontaux et verticaux sont autorisés.

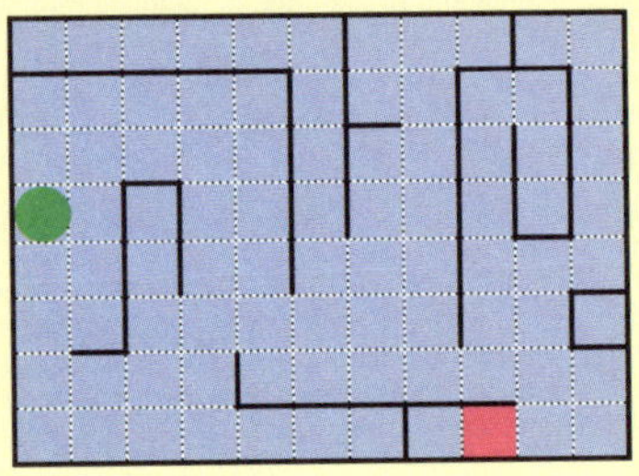

Exemple Un chemin possible :
- 1 case vers le haut, 4 cases vers la droite,
- 4 cases vers le bas, 5 cases vers la droite,
- 1 case vers le bas, 1 case vers la gauche.

Le trajet est alors celui représenté ci-contre :

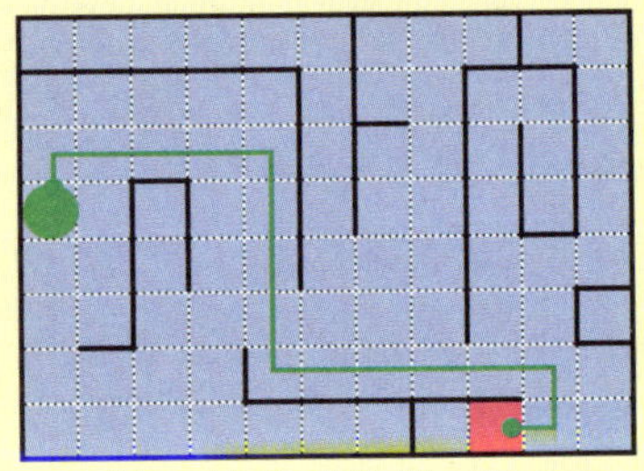

Cette liste d'instructions constitue un algorithme qui permet de résoudre le problème : « Comment se rendre de la pastille verte à la case rouge dans ce labyrinthe ? »

■ Une recette de cuisine est aussi un algorithme : une suite d'étapes (les **instructions**) permettant de passer d'un ensemble d'ingrédients (les **données**) à un plat (le **résultat**).
Faire fonctionner l'algorithme, c'est suivre les instructions dans l'ordre.
Pour obtenir un même résultat, il peut exister plusieurs algorithmes possibles.
Un algorithme a un début et une fin.

À savoir
Un **algorithme** est une stratégie permettant de trouver la solution à un problème donné.

Exemple Algorithme de la vie quotidienne :
« – Pourriez-vous m'indiquer le chemin pour aller à la piscine ?
– Allez tout droit jusqu'au prochain carrefour, prenez à droite au carrefour puis la troisième rue à gauche. »

Je m'entraîne

1 ★ Représente l'itinéraire suivi à partir du point A en suivant l'algorithme suivant :

1. Avancer de 10 pas.
2. Tourner à gauche d'un angle de 120°.
3. Avancer de 10 pas.
4. Tourner à gauche d'un angle de 120°.
5. Avancer de 10 pas.

×

2 ★★ Rédige un algorithme permettant de tracer la spirale ci-dessous.

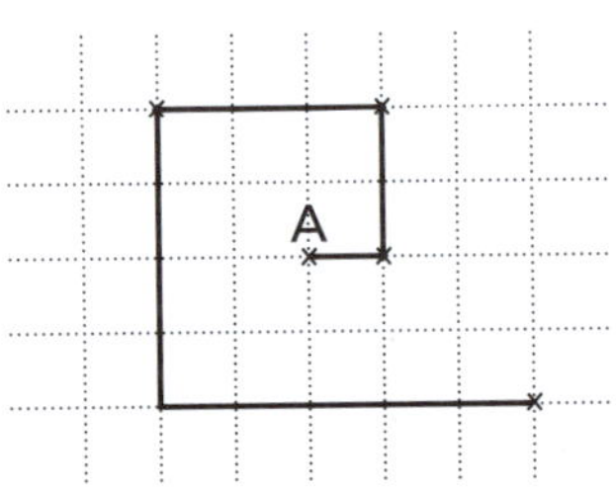

....

....

....

....

....

3 ★★ On considère l'algorithme suivant :
- **multiplier par 2 ;**
- **additionner 3 au résultat obtenu.**

1. Quel résultat obtient-on en appliquant l'algorithme au nombre 7 ?

....

2. Quel résultat obtient-on si l'on fait fonctionner le même algorithme sur le résultat de la question précédente ?

....

....

3. Écris en une seule expression mathématique le résultat obtenu après avoir enchaîné deux fois de suite le programme au nombre d'entrée 7.

....

....

Auto évaluation Très bien ☐ Bien ☐ Pas assez bien ☐

64 Scratch : prise en main

→ Corrigés p.XX

J'observe et je retiens

■ Scratch est un logiciel de programmation par blocs.

■ Le principe est d'emboîter des briques et ainsi de construire des programmes mettant en exécution des objets : le chat, par exemple.
L'écran est partagé en trois espaces.

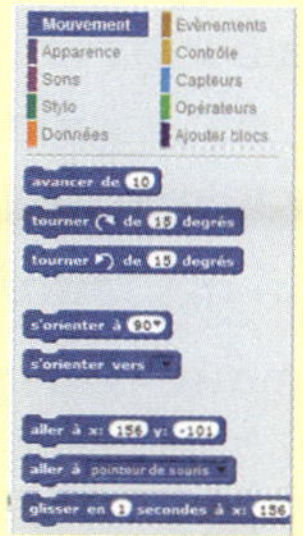

Espace menu

Espace script

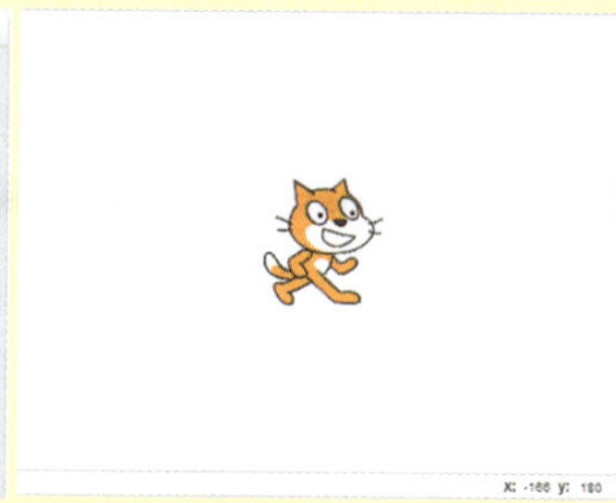

Espace exécution

■ Dans l'**espace menu**, il existe plusieurs types de menus repérés par des couleurs spécifiques.

- Le **menu Variables** : permet de définir les variables qui seront nécessaires dans l'algorithme. Pour cela, on utilise l'onglet « nouvelle variable », et on donne le nom de son choix à cette nouvelle variable.
- Le **menu Contrôle** : permet de contrôler l'exécution du programme.
- Le **menu Mouvement** : permet de déplacer l'objet de différentes façons.
- Le **menu Opérateurs** : permet de réaliser des opérations mathématiques qui seront utiles dans les algorithmes.

On glisse les briques dans l'espace script en les emboîtant l'une dans l'autre par un système d'encoche.

Exemple Avec le programme suivant, on observera dans l'espace « Exécution » après avoir cliqué sur le drapeau vert :

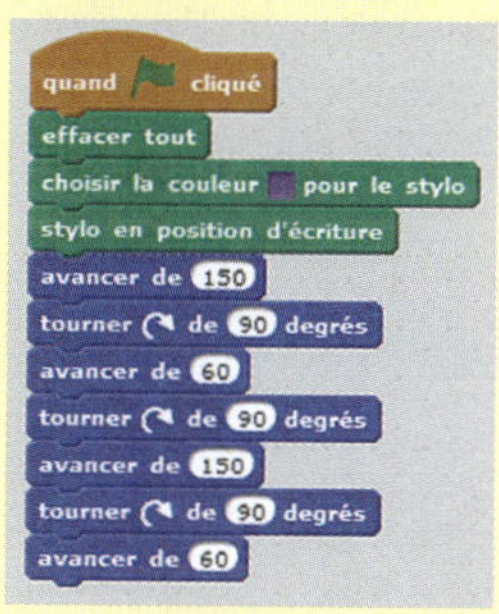

Conseil
Pour s'approprier ce logiciel, fais des essais en sélectionnant des briques et en observant leurs effets.

Je m'entraîne

1 ★ Quel sera l'effet du programme suivant ?

....
....
....
....
....
....
....

2 ★★ Propose un programme qui permettra de tracer un parallélogramme avec des côtés de longueur 100 et 65 formant un angle de 120°.

3 ★★★ En utilisant le logiciel Scratch, construis un programme qui demande : « Comment t'appelles-tu ? » La réponse saisie est X.
Il dit ensuite « Bonjour X, ça va ? »
Si l'utilisateur répond oui, il dit « Cool ! »
Si l'utilisateur répond non, il dit « Oh, dommage ! »

Auto évaluation Très bien ☐ Bien ☐ Pas assez bien ☐

65 Programmation avec Scratch

→ Corrigés p.XX

J'observe et je retiens

■ Une **variable** est un nom associé à une **valeur**. La valeur de la variable peut varier tout au long du programme. En revanche, deux variables ne peuvent pas avoir le même nom dans un même programme.

Pour découvrir le logiciel Scratch et quelques-uns de ses menus, lis la fiche 64.

■ Les variables peuvent être des mots, des nombres ou des lettres.

■ Deux notions permettent de construire des programmes pouvant rapidement devenir assez complexes :

• la **notion de boucle** « répéter .... » : pour répéter une instruction (un ordre) un certain nombre de fois ou jusqu'à une condition d'arrêt.

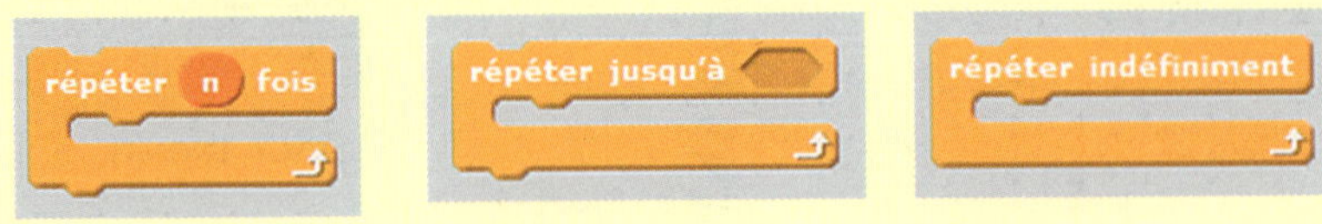

• la **notion de condition** (test) « si .... alors » ou encore « si .... alors .... sinon » : pour aller directement à l'instruction correspondant au résultat de la comparaison.

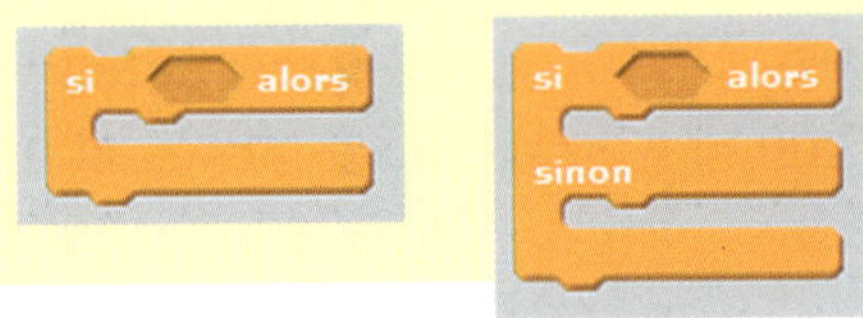

Je m'entraîne

1 ★ Après avoir sélectionné l'arrière-plan Blue-sky : que fait le programme suivant ?

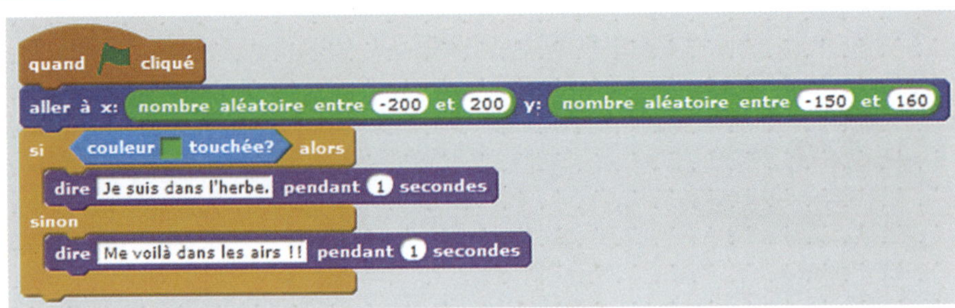

....
....
....
....
....
....
....

Aide
La fonction « nombre aléatoire » fournit en résultat un nombre dont la valeur est donnée au hasard. Dans la fenêtre « Exécution », la position du chat est repérée par un couple de nombres (x, y), couple de coordonnées.

2 ★★★ Programme une séquence de calcul mental : « table de multiplication ».
Le programme déterminera deux nombres entiers a et b, il faut saisir le résultat de $a \times b$.
Le programme affichera « Bravo » ou « Perdu » selon que le résultat est exact ou non.

Aide
Dans le menu Opérateurs de l'espace script : utilise « Nombre aléatoire de 1 à 10 ».

Auto évaluation Très bien ☐ Bien ☐ Pas assez bien ☐